民國武俠小說典藏文庫

雄娘子

民国武侠小说典藏文库·白羽卷

白羽◎著

中国文史出版社

图书在版编目(CIP)数据

雄娘子 / 白羽著. — 北京 : 中国文史出版社,2017.1
(民国武侠小说典藏文库 · 白羽卷)
ISBN 978 - 7 - 5034 - 8382 - 0

Ⅰ. ①雄… Ⅱ. ①白… Ⅲ. ①侠义小说 - 中国 - 当代
Ⅳ. ①I247.5

中国版本图书馆 CIP 数据核字(2016)第 256744 号

整　　理: 周清霖
责任编辑: 马合省　卢祥秋

出版发行: 中国文史出版社
网　　址: http://www. chinawenshi. net
社　　址: 北京市西城区太平桥大街 23 号　邮编: 100811
电　　话: 010 - 66173572　66168268　66192736 (发行部)
传　　真: 010 - 66192703
印　　装: 北京盛彩捷印刷有限公司
经　　销: 全国新华书店
开　　本: 720 × 1020　1/16
印　　张: 13.5　　　字数: 147 千字
版　　次: 2017 年 1 月第 1 版
印　　次: 2018 年 6 月第 2 次印刷
定　　价: 36.00 元

我的生平

生而为纨绔子

民国纪元前十三年九月九日，即己亥年八月初五日，我生于“马厂誓师”的马厂。

祖父讳得平，大约是老秀才，在故乡东阿做县吏。祖母周氏，系出名门。祖母生前常夸说：她的祖先曾在朝中做过大官，不信，“俺坟上还有石人石马哩！”这是真的。什么大官呢？据说“不是吏部天官，就是当朝首相”，在什么时候呢？说是“明朝”！

大概我家是中落过的了，我的祖父好像只有不多的几十亩地。而祖母的娘家却很阔，据说嫁过来时，有一顷啊也不是五十亩的妆田。为什么嫁祖父呢？好像祖母是个独生女，很娇生，已逾及笄，择婿过苛，怕的是公公婆婆、大姑小姑、妯娌娌娌……人多受气，吃苦。后来东床选婿，相中了我的祖父，家虽中资，但是光棍儿，无公无婆，无兄无弟，进门就当家。而且还有一样好处。俗谚说：“大女婿吃馒头，小女婿吃拳头。”我的祖父确大过她几岁。于是这“明朝的大官”家的姑娘，就成为我的祖母了。

然而不然，我的祖父脾气很大，比有婆婆还难伺候。听二伯父说，祖父患背疽时，曾经挞打祖母，又不许动，把夏布衫都打得渗血了。

我们也算是“先前阔”的，不幸，先祖父遗失了库银，又遇上黄灾。老祖母与久在病中的祖父，拖着三个小孩（我的两位伯父与我的父亲，彼时父亲年只三岁），为了不愿看亲族们的炎凉之眼，赔偿库银后，逃难到了济宁或者是德州，受尽了人世间的艰辛。不久老祖父穷愁而死了。我的祖母以三十九岁的孀妇，苦斗，挣扎，把三子抚养成人。——这已是六十年前的事了。

我七岁时，祖母还健在：腰板挺得直直的，面上表情很严肃，但很爱孙儿，——我就跟着祖母睡，曾经一泡尿，把祖母浇了起来——却有点偏心眼，爱儿子不疼媳妇，爱孙儿不疼孙女。当我大妹诞生时，祖母曾经咳了一声说：“又添了一个丫头子！”这“又”字只是表示不满，那时候大妹还是唯一的女孩哩！

我的父亲讳文彩，字协臣，是陆军中校袁项城的卫队。母亲李氏，比父亲小着十六岁。父亲行三，生平志望，在前清时希望戴红顶子，入民国后希望当团长，而结果都没有如愿；只做了二十年的营官，便殁于复辟之役的转年，地在北京西安门达子营。

大伯父讳文修，二伯父讳文兴。大伯父管我最严，常常罚我跪，可是他自己的儿子和孙子都管不了。二伯父又过于溺爱我。有一次，我拿斧头砍那掉下来的春联，被大伯父看见，先用掸子敲我的头一下，然后画一个圈，教我跪着。母亲很心疼地在内院叫，我哭声答应，不敢起来。大伯父大声说：“斧子劈福字，你这罪孽！”忽然绝处逢生了，二伯父施施然自外来，一把先将我抱起，我哇的大哭了，然后二伯父把大伯父“卷”了一顿。大伯父干瞪眼，惹不起我的“二大爷”！

大伯父故事太多，好苛礼，好咬文，有一种嗜好：喜欢磕头、顶香、给人画符。

二伯父不同，好玩鸟，好养马，好购买成药，收集“偏方”；“偏方治大病！”我确切记得：有两回很出了笑话！人家找他要痢疾药，他把十几副都给了人家；人问他：“做几次服？”二伯父掂了掂轻重，说：“分三回。”幸而大伯父赶来，看了看方单，才阻住了。不特此也，人家还拿吃不得的东西冤他，说主治某症，他真个就信。我父亲犯痔疮了，二伯父淘换一个妙方来，是“车辙土，加生石灰，浇高米醋，熏患处立愈”。我父亲皱眉说：“我明天试吧！”对众人说：“二爷不知又上谁的当了，怎么好！”又有一次，他买来一种红色药粉，给他的吃乳的侄儿，治好了某病。后来他自己新生的头一个小男孩病了，把这药吃下去了，死了！过了些日子，我母亲生了一个小弟弟，病了，他又逼着吃，又死了。最后大嫂嫂另一个孩子病了，他又催吃这个药。结果没吃，气得二伯父骂了好几次闲话。

母亲告诉我：父亲做了二十年营长，前十年没剩下钱，就是这老哥俩大伯和二伯和我的那位海轩大哥（大伯父之子）给消耗净了的；我们是始终同居，直到我父之死。

踏上穷途

父亲一死，全家走入否运。父亲当营长时，月入六百八十元，亲族戚故寄居者，共三十七口。父亲以脑溢血逝世，树倒猢狲散，终于只剩了七口人：我母、我夫妻、我弟、我妹和我的长女。直到现在，长女夭折，妹妹出嫁，弟妇来归，先母弃养，我已有了两儿一女，还是七口人；另外一只小猫、一个女用人。

父亲是有名的忠厚人，能忍辱负重。这许多人靠他一手支持二三十年。父亲也有嗜好，喜欢买彩票，喜欢相面。曾记得在北京时有一位名相士，相我父亲就该分发挂牌了。他老人家本来不带武人气，赤红脸，微须，矮胖，像一个县官。但也有一位相士，算我父亲该有二妻三子、两万金的家私。倒被他料着了。只是只有二子二女，人说女婿有半子之份，也就很说得过去。至于两万金的家财，便是我和我弟的学名排行都有一个“万”字。

然而虽未必有两万金，父亲殁后，也还说得上遗产万贯。——后来曾经劫难，只我个人的藏书，便卖了五六百元。不幸我那时正是一个书痴，一点世故不通，总觉金山已倒，来日可怕，胡乱想出路，要再找回这每月数百元来。结果是认清了社会的诈欺！亲故不必提了，甚至于三河县的老妈郭妈——居然怂恿太太到她家购田务农，家里的裁缝老陈便给她破坏：“不是庄稼人，千万别种地！可以做小买卖，譬如开成衣铺。”

我到底到三河县去了一趟，在路上骑驴，八十里路连摔了四次滚，然后回来。那个拉包车的老刘，便劝我们开洋车厂，打造洋车出赁，每辆每月七块钱；二十辆呢，岂不是月入一百多块？

种种的当全上了，万金家私，不过年余，倏然地耗费去一多半。

“太太，坐吃山空不是事呀！”

“少爷，这死钱一花就完！”

我也曾买房，也曾经商。我是个不到二十岁的少年……

这其间，还有我父亲的上司，某统领，据闻曾干没了先父的恤金，诸如段芝贵、倪嗣冲、张作霖……的赙赠，全被统领“人家说了没给，我还给你当账讨去么？”一句话了账。尤其是张作霖，这位统领曾命我随着他的马弁，亲到顺城街去谢过，看过了张氏那个清秀的面孔，而结果一文也没见。据说是一共四千多元。

我觉得情形不对，我们孤儿寡母商量，决计南迁。安徽有我的海轩大哥当督练官，可将余资交他，代买田产房舍。这一次离别，我母率我妻及弟妹南下，我与大妹独留北方；我们无依无靠，母子姑嫂抱头痛哭！于是我从邮局退职，投考师大，我妹由女中转学津女师，我们算计着："五年之后，再图完聚！"

否运是一齐来！甫到安徽十几天，而××的变兵由豫境窜到皖省，扬言要找倪家寻隙。整整一旅，枪火很足，加上胁从与当地土匪，足够两三万；阜阳弹丸小城一攻而入，连装都装不开了！大抢大掠，前后四五天，于是我们倾家荡产，又逃回北方来。在济南断了路费，卖了些东西，才转到天津，由我妹卖了金戒指，把她们送到北京。我的唯一的弟弟，还被变兵架去了七天；后来亏了别人说了好话："这是街上卖进豆的穷孩子。"才得放宽一步，逃脱回来。当匪人绑架我弟时，我母拼命来夺，被土匪打了一枪，幸而是空弹，我母亲被蹴到沟里去了。我弟弟说："你们别打她，我跟你们走。"那时他是十一二岁的小孩。

于是穷途开始，我再不能入大学了！

我已没有亲戚，我已没有朋友！我已没有资财，我已没有了一切凭借，我只有一支笔！我要借这支笔，来养活我的家和我自己。

笔尖下讨生活

在北京十年苦挣，我遇见了冷笑、白眼，我也遇见热情的援手。而热情的援手，卒无救于我的穷途之摆脱。民十七以前，我历次地当过了团部司书、家庭教师、小学教员、税吏，并曾再度从军作幕，当了旅书记官，仍不能解决人生的第一难题。军队里欠薪，我于是“谋事无成，成亦不久”；在很短的时期，自荐信稿订成了五本。

辗转流离，终于投入了报界；卖文，做校对，写钢板，当编辑，编文艺，发新闻。我的环境越来越困顿，人也越加糊涂了；多疑善忌，动辄得咎，对人抱着敌意，我颓唐，我愤激，我还得挣扎着混……我太不通世故了，而穷途的刺激，格外增加了我的乖僻。

终于，在民十七的初夏，再耐不住火坑里的冷酷了，我甘心抛弃了税局文书帮办的职位。因为在十一天中，喧传了八回换局长，受不了乍得乍失的恐惧频频袭击，我就不顾一切，支了六块大洋，辞别了寄寓十六年的燕市，只身来到天津，要想另打开一道生活之门。

我在天津。

我用自荐的方法，考入了一家大报。十五元的校对，半月后加了八元，一个月后，兼文艺版，兼市闻版，兼小报要闻主任，兼总校阅；未及两个月，月入增到七十三元——而意外地由此招来了妒忌！

两个月以后，为阴谋所中，被挤出来，我又唱起来“失业的悲哀”来了！但，我很快地得着职业，给另一大报编琐闻。

大约敷衍了半年吧，又得罪了“表弟”。当我既隶属于编辑部，又兼属于事务部做所谓文书主任时，十几小时的工作，我只拿到一份月薪，而比其他人的标准薪额还少十元。当我要求准许我两小时的自由，出社兼一个月脩二十元的私馆时，而事务部长所谓表弟者，突然给我延长了四小时的到班钟点。于是我除了七八小时的睡眠外，都在上班。“一番抗议”，身被停职，而“再度失业”。

我开始恐怖了！在北平时屡听见人的讥评：“一个人总得有人缘！”而现在，这个可怕的字眼又在我耳畔响了！我没有“人缘”！没有人缘，岂不就是没有“饭缘”！

我自己宣布了自己的死刑：“糟了！没有人缘！”

我怎么会没有人缘呢？原因复杂，愤激、乖僻、笔尖酸刻、世故粗疏，这还不是致命伤；致命伤是“穷书痴”，而从前是阔少爷！

环境变幻真出人意外！我居然卖了一个半月的文，忽然做起外勤记者了。

我，没口才，没眼色，没有交际手腕，朋友们晓得我，我也晓得“语言无味，面目可憎”八个字的意味，我仅仅能够伏案握管。

“他怎么干起外勤来了？”

“我怎么干起外勤来了！”

转变人生

然而环境迫着你干，不干，吃什么？我就干起来。豁出讨人嫌，惹人厌，要小钱似的，哭丧着脸，访新闻。遇见机关上的人员，摆着焦灼的神气，劈头一句就问：“有没有消息？”人家很诧异地看着我，只回答两个字：“没有。”

那是当然！

我只好抄“公布消息”了。抄来，编好，发出去，没人用，那也是当然。几十天的碰钉，渐渐碰出一点技巧来了；也慢慢地会用勾拒之法、诱发之法，而探索出一点点的“特讯”来了。

渐渐地，学会了“对话”，学会了“对人”，渐渐地由乖僻孤介，而圆滑，而狡狯，而阴沉，而喜怒不形于色，而老练，……而“今日之我”转变成另一个人。

我于是乎非复昔日之热情少年，而想到“世故老人”这四个字。

由于当外勤，结识了不少朋友，我跳入政界。

由政界转回了报界。

在报界也要兼着机关的差。

当官吏也还写一些稿。

当我在北京时，虽然不乏热情的援手，而我依然处处失脚。自从到津，当了外勤记者以后，虽然也有应付失当之时，而步步多踏稳——这是什么缘故呢？噫！青年未改造社会，社会改造了青年。

我再说一说我的最近的过去。

我在北京，如果说是“穷愁”，那么我自从到津，我就算“穷”之外，又加上了“忙”；大多时候，至少有两件以上的兼差。曾有一个时期，我给一家大报当编辑，同时兼着两个通讯社的采访工作。又一个时期，白天做官，晚上写小说，一个人干三个人的活，卖命而已。尤其是民二十一至二十三年，我曾经一睁开眼，就起来写小说，给某晚报；午后到某机关（注：天津市社会局）办稿，编刊物，做宣传；（注：晚上）七点以后，到画报社，开始剪刀浆糊工作；挤出一点空来，用十分钟再写一篇小说，再写两篇或一篇短评！假如需要，再挤出一段小品文；画报工作未完，而又一地方的工作已误时了。于是十点半匆匆地赶到一家新创办的小报，给他发要闻；偶而还要作社论。像这么干，足有两三年。当外勤时，又是一种忙法。天天早十一点吃午餐，晚十一点吃晚餐，对头饿十二小时，而实在是跑得不饿了。挥汗写稿，忽然想起一件心事，恍然大悟地说："哦！我还短一顿饭哩！"

这样七八年，我得了怔忡盗汗的病。

二十四年冬，先母以肺炎弃养；喘哮不堪，夜不成眠。我弟兄夫妻四人接连七八日地昼夜扶侍。先母死了，个个人都失了形，我可就丧事未了，便病倒了；九个多月，心跳、肋痛，极度的神经衰弱。又以某种刺激，二十五年冬，我突然咯了一口血，健康从此没有了！

易地疗养，非钱不办；恰有一个老朋友接办乡村师范，二十六年春，我遂移居乡下，教中学国文——决计改变生活方式。我友劝告我："你得要命啊！"

事变起了，这养病的人拖着妻子，钻防空洞，跳墙，避难。二十六年十一月，于酷寒大水中，坐小火轮，闯过绑匪出没的猴儿山，逃回天津；手头还剩大洋七元。

我不得已，重整笔墨，再为冯妇，于是乎卖文。

对于笔墨生活，我从小就爱。十五六岁时，定报，买稿纸，赔邮票，投稿起来。不懂戏而要作戏评，登出来，虽是白登无酬，然而高兴。这高兴一直维持到经鲁迅先生的介绍，在北京晨报译著短篇小说时为止；一得稿费，渐渐地也就开始了厌倦。

我半生的生活经验，大致如此，句句都是真的么？也未必。你问我的生活态度么？创作态度么？

我对人生的态度是"厌恶"。

我对创作的态度是“厌倦”。

“四十而无闻焉，‘死’亦不足畏也已！”我静等着我的最后的到来。

（二十七年十二月二十日）

目　　录

第一章

车前拦双美　酒楼论人妖

湖南株洲西南，有一个小地方，叫作黎家冲。黎家冲地方住着一位隐居的老武师，名字叫黎道朗，原是南方有名拳师。当黎道朗中年的时候，在岳阳一家镖局做事，镖局字号是长胜记，总镖头朱宏业，年岁已老，他却很佩服黎镖师的武艺，把他倚为左右手。因着黎道朗镖师，不但武功好，而且人缘佳，所交的朋友，各界都有，拉拢既大，在保镖行自然吃得开了。往往有别位镖客，押货出行，沿途发生了事故，得罪了江湖人物，甚至于镖货被劫，经长胜镖局闻耗之后，就派由黎道朗镖师，拿着长胜镖局的名帖，备具拜山的礼物，前往肇事地点，疏通人情，每每地能把失镖和平讨回。以此黎道朗在镖局劳苦功高，一直干了二十来年，已经升为副总镖头，而且加了"入股"。

等到黎道朗镖师五十多岁的时候，本局镖客又因争镖道，和同行起了纠葛，双方镖客竟以武力拼斗起来。临到末了，总镖头朱宏业，仍烦黎道朗前往折中，费了很大的力量，幸得化险为夷，把镖道争回来，却得罪了好几位朋友，黎道朗为此灰心，觉得同业相争，比起跟绿林道打交道还难，他就暗暗地有了退志。

如此又对付了几年，黎道朗已然五十七岁，并且家成业就，子女长成了，他就向镖局告老乞休。恰好此时他的第一知己好友总镖头朱宏业已然逝世，朱宏业的二弟朱宏道接管镖局，黎道朗决计退股，告老还乡，朱宏道自是恳切挽留。无如黎道朗去志已决，又耽搁了一个多月，到底算清股款，退出镖局。那朱宏道自然依礼馈赠，又排筵欢送。黎道朗便这样善退了。

黎道朗老不歇心，回转黎家冲，拿出钱来，开了一座酒楼，又在店铺后面，铺着把式场，照样授徒传艺。这时候，黎道朗的一子一女，早已长成。长子黎绍光，幼承父学，善使单刀铁拐，年已二十七八岁，生得长身量，重眉毛，两肩甚阔，十分雄壮；次女黎小霞，年已十八，至今未嫁，也生得长身玉立，气度英爽，颇有英雄气概，善使双刀，又精暗器，却恪守闺训，从不在外面炫才。外面的事，和酒楼的营业，都由黎绍光主持，老当家的黎道朗只和门徒们在酒楼后面练武场，督促门徒习艺，也不过是一半结习难忘，一半随意消遣罢了。

这一日，夏末秋初，宝泉居酒楼（就是黎家新开的那一号），当未申之交，正是午饭已过，晚饭未到，酒楼饭座空虚无人。少掌柜黎绍光也觉得闷闷无聊，便推楼窗，往外闲眺，酒楼对面小巷，住着一家姓张的读书人，家中人口恰与黎家一样，也是一个老头儿，守着一子一女，老婆儿早死了，不过张老者不甘寂寞，新续弦娶了一个二十七八岁的老处女姓王。这老处女大概是因为婚姻不遂，芳春虚度过去了，现在虽然出了嫁，给张老头做了填房，她却被环境激迫，脾气很怪。而且张老者不比黎武师，那是一个身体很弱的老头子了，与这张王氏年貌既不相当，这老处女做填房就郁郁不乐，每每地好生闷气，闹小性，跟这前室之女张家姑娘闹着别扭，连儿媳妇也跟她不和。所幸张门乃诗礼之家，虽然娶了这么一个幽怨乖僻的继室，大体上尚能相安于室，不过不甚融洽罢了。

张姑娘今年十九岁，小名桂枝，从前和黎小霞，乃是闺房良伴。自从张家继室过门，黎小姐看出这张王氏撇嘴咧嘴的怪脾气，就渐渐跟她们疏远了，而且黎小姐年岁也大了，也不便串门子了。

张家的大少爷叫张金铉，和黎绍光又都是本街上出头露脸的人物，女眷虽不常走动，男子照样往来。街面上每有公益的事，多是黎绍光和张金铉出头，所以，黎家和张家不但是近邻，而且是通家之好。

这天午后，黎绍光在酒楼清静的时候，对窗闲看，恰望到张宅的门口，门口只有一个小贩。放着鲜果挑子，有一两个小孩，围着果挑买零食。还并没有怎么，黎绍光只是漫不经心地闲看罢了，心上空空洞洞的。忽然间，由大街抬来两乘小轿，跟着一辆轿车，直开进小巷张宅，便停住了，一个听差，一个女仆，先从车上下来，过来到轿旁服侍，轿帘一挑，先下来十六七岁一个少女，衣裙富丽，是大家闺秀模样；黎绍光并不认识，大概猜想，许是张宅的亲戚眷属了。第二乘小轿下来的，恰是张家桂枝小姐，两位小姐由女仆跟随，都进宅去了。听差先进去一趟，随后拿出钱来，把小轿和轿车全打发走了。于是哐当一声，张宅的朱红大门交掩，小巷除了果挑，又寂静无人了。

少掌柜黎绍光在酒楼上，看了个清清楚楚，想这大概是张桂枝到亡故的母亲的外家去了，这是刚回来，但不知同来的少女又是何人。心头微一作念，随后也就丢在脑后，把眼光一放，更望到远处，远处是镇外农田，一片青苍，被片片林木遮掩，黎绍光看了一会儿，又放眼往下看，恰好又注视到小巷张宅门前，这工夫，忽有一穿长衫、戴大草帽的少年，从大街穿过，一直进小巷，到张宅门首停住。片刻之间，围着张宅绕了两圈，末后就到果挑前边，似乎也买果子吃，又似乎正和果挑小贩搭讪着说话。这个少年忽然回头往身后望了一眼，从身上掏钱，买了两大捧果子，分给挑子旁的孩童，一面凑合着，跟小孩攀谈。

少掌柜黎绍光是个行家，一见这情形，心中一动，自己问自己："这个家伙是做什么的？看光景分明是刺探什么。他是私访的六扇门？还是拾买卖采盘的黑道朋友呢？"不过这少年穿着打扮，类似书生，又不很像黑道上挖窟窿、跳墙头的合字。黎绍光心中滋疑，不觉得尽力注目下望，只可惜相隔较远，看不十分仔细，更看不出这少年跟小贩讲什么话。

但是黎家冲这个市镇，因是黎镖师故乡，一向地面很安宁，巨盗关照情面，不肯来打搅，小贼惧怕威名，更不敢来闯祸。黎家冲可以说这些年，没有发生过盗案窃案。而张宅又是书香人家，不会犯法被官人查访的。邻舍也都是良懦之民，黎绍光这样想，便又释然，不再窥看了。他就转过脸，往别处眺望。

过了一会儿，那少年生客还未走，黎绍光不禁回过头来，再往下看。那个少年竟又买了许多果子，靠张宅大门，坐在小贩的凳上，且吃且问，谈个不休，把果核果皮丢了一地。忽然间张宅大门开了，出来一个听差模样的人，似乎嫌门前弄脏，冲那小贩指手画脚，似在谴责，想是话头伤了那个少年客，少年客突然立起身来，和听差对吵，而且把一堆果子（似乎是瓜子、落花生），都撒在地上，态度很傲慢。听差也不服气，两人竟要动手，被小贩作揖打躬地劝开了。

随后便是听差哓哓地进了宅，拿出扫帚来，那小贩抢过去，接了扫帚，代为清除果核。那少年立在门旁，似乎也消气，等到小贩把地扫干净，听差接过扫把进了宅，关上街门，小贩也挑起筐来走开，那少年也就不再逗留，转身出离小巷，转弯抹角不见了。

黎绍光把这一台吵街小戏看完，以为这少年穿着虽整洁，大概还是个光棍泥腿罢了，只是气度又不大像，正在揣摸着，身后一阵楼梯响，上来两人，回头一看，前行的是一个戴大帽的长衫少年，和刚才吵街的生客模样相似，后行的便是本酒楼的堂倌了。

这少年生客上得酒楼，往四面一看，只有他一个座客，他立刻面露笑容，略一踟蹰，一直向临街窗前的座位，择一个座头，恰好望得见对面小巷，摘帽子坐下了。堂倌上前，问客人要什么酒菜，这客人说道："先泡一壶茶，酒饭随后再叫，时候离吃饭还早，我要在这里等候朋友。"堂倌答应着，下楼去了。

少年生客就座四顾，侧目看看少掌柜黎绍光，略一注意，旋即回过头来，临窗外望，意态很是消闲。少掌柜黎绍光，暗暗打量这个生客，已然断定这一定是在对巷张宅门前打晃的少年，这少年的行止很觉可疑，黎绍光就坐在隔桌，暗中琢磨这个少年，并要看他以后的举动，过了一会儿，堂倌给打来净面水，泡好了茶，这少年慢慢喝茶，两只眼依然往对巷看。

少年客守着茶壶，竟喝了半个时辰，被堂倌连问数次，他这才点菜、要酒，一面缓斟低啜，一面伸着颈子，往窗外望着，还是窥看那对巷张宅。这种举动，引得少掌柜黎绍光越发不肯离开地方，在旁桌尽量冷眼打量这个少年，只从表面看，这少年潇洒昂藏，颇有豪气，似乎不与平常百姓相类。黎绍光更打量他的身手，觉得手掌颇大，青筋微露，与那白皙的面庞不类，这很像一个会武的人，却又没有拳师、镖客的粗率气。黎绍光暗想，这个人多半是独行客，江湖人物，可又有些稚气，近来株洲一郡，连传离奇盗案，莫非就与此人有关吗？心中猜疑，更想仔细察看少年客的眼神和气度，黎绍光便离开旁桌，闲闲地转到少年对面的酒座那边，坐下了，慢慢地窥察。这少年也抬头看了黎绍光一眼，似乎毫不理会，仍然独乐其乐地饮酒闲望。忽然间，少年似有所见，身躯一挺，目露光芒，又扭头看了黎绍光一眼，收回眼光，低下头吃菜，黎绍光被他这一看，心中微动，这少年客的眼可有点厉害。

当下，黎绍光越发觉得少年客孤踪可怪，少年客依然是旁若无人，不觉得耗过了一个时辰，黎绍光心中微笑："我这黎家冲里，好久没有闹过贼了，莫非今天真要有事？莫非真是对巷张秀才家，谩藏诲盗，勾来了歹人不成吗？这个，我父子可不能不管。"黎绍光虽然这样猜，心上还是不肯相信，暗中又想："且看一看这少年客是否有同伙，在这里订约相会。……不过，这少年眉目清秀，相貌不俗，又未必准是歹人。"黎绍光面对一个异样的生客，未免想入非非，有些个胡思乱猜了。

但等到又耗过半个时辰，已到了晚饭时光，渐渐到上饭座的时候了，于是一阵楼梯响，从下面上来了三个客人，其中有一位是本地商人，和黎绍光还认识，黎绍光忙过来打招呼。那商人对黎绍光说，是与同行借这酒楼，宴请一个远来的商贩。当下寒暄过了，三个客人落座，那商人还请黎绍光入座，黎绍光当然谢绝了。

三个酒客就坐在少年生客的隔桌，先是分宾主让座位，次是点菜叫酒，乱了一大阵，方才坐定饮酒。三个客人说的全是买卖交易，随后三杯入肚，又谈到别的闲话上。大概那首座客人是个外江贩货客人，话引话很谈了一些"行路难""路劫多"的江湖艰险。那个陪客，又说近年地面上不靖，不但出门难，便是在家做生意也是不易。头一宗是官面的骚扰，和土棍的捣乱，全使得商人没法子安生。

如此谈下去，这三个座客竟由生意经，扯到江湖道了。三个人旋即骂起车船店脚，勾结会帮，种种刁难，比开黑店还霸道。跟着又讲起近数月来的盗案。某商某人路遇拦江贼，弄得船货皆空，只侥幸逃回性命。某商某行雇了镖客，想不到半路上遇见挖店的小贼。说来说去，竟讲到近日吏治废弛、绿营黑暗，才弄到三江五湖群盗如毛。

黎绍光在旁听得暗笑，这些买卖人谩骂盗贼，固然是言者无心，只恐怕闻者有意。黎绍光就用冷眼偷窥少年客：少年客似乎不甚理会，只抬头往这边瞥了一眼。忽然间，那边座客又谈起了人妖和采花贼，上首客人就大骂起新近株洲发生一件事。说是有个男扮女装的贼，到处诱骗良家妇女，既破害了人家妻室，又劫女子的珍饰，实在是万恶滔天。那个陪客就说："这样的妖贼，既然是男扮女，想必是生得很俊俏，一准不是正经绿林好汉，多一半是戏班中的旦角，或者竟是武旦，若不然，他怎会有很好武功。男扮女装的妖人，脚下也是莲步姗姗，头上也蓄着长发，言笑举动和女子无异。只等到采花作案时，才知他是男子，这样看来，好人哪里肯装扮女人的，这一定是个像姑娈童之流。"

座上客说到这里，全都笑了。那个做主人的就指着陪客笑道："我们四爷，就素好男色，你要是遇上这么一个雄娘子，你准乐了。"三个人说着全笑了。那上首客又说："据我猜想，这个男扮女的妖贼，也许就是什么地方大盗的男宠。既然是女子打扮，又有这么厉害的夜行功夫，他准是大盗的娈童，从他孤老那里，学来的能耐。"那做主人的就大笑道："有你这么一猜，大概是这样的。"又看看那陪客说："四爷你不是挑识过四喜班的胡彩云吗？胡彩云就天生的跟女人一样，他的武把子又好，你问问他，会上房不会？”陪客笑道：“胡彩云只是个花旦，他再不会当强盗。”主人道：“他可是比女人还风骚呢。”上首客笑道：“所以四爷就教他一个小兔蛋，迷的连家都不顾了。”

于是，这三个座客就大谈起人妖和男旦，又提到采花贼，座上客笑道：“这个男扮女的采花贼，也许会碰见男子。像他这么闹法，倘有一天碰上一个武功很硬的男子，把他竟当女子活捉住，他也就采不了花，还要被采花吧。”主人道：“那可是没准的事，他只顾玷污人家的妇女，他自己也许免不了一报还一报，当下被人捉住，竟拿他当女人……”

正说得兴头上，猛听砰的一声，又哗啦一响。三个客人吃了一惊，忙回头寻望，只见那隔座的少年客，把饭桌拍得山响，大骂起来。三位座客不知哪里的事，正瞠目不解，酒楼的堂倌忙跑到少年客面前，抄着手很客气地问：“客爷，是你……你还要什么不要？”

少年客怒睁二目，望着隔座，半晌才说：“混账东西，你们这买卖怎么开的？这是吃饭的地方，怎的满嘴喷粪！天生不长眼珠子的下贼坯子，你们一家子全是像姑，你们一家子全是兔蛋！”一片大骂，把堂倌骂得翻白眼，不知所谓。那边的黎绍光早已望出棱缝来了，可是他把怒火一按，一声不响，只冲堂倌施了一个眼色。堂倌依然和颜悦色，向这少年客极力敷衍，低声下气地问：“是不是要热酒？是不是还要别的菜？”少年客含嗔不语，仍然斜瞪着隔座，似乎隔座三个客人只一搭腔，这少年便要向他们挑隙。隔座这三个买卖人却觉得少年客无端发怒，又跟自己不认识，觉得他不会骂到自己头上，主客三人扭头观望着，都愣住了。俄延了一会儿，便没人拾这个碴，仍然扭转头去，照旧传杯欢饮，照旧谈自己的话。

不过那个请客的主人，心意也有点不对劲，疑心这少年指桑骂槐，也许骂的是自己。只是天底下断没有拾骂的人，“我却不理他。我还是谈我们的。”眼望着那个陪客，重提前话，那个陪客也自己会意，两个人咬定了男扮女的采花贼，越发恶骂起来，什么兔蛋、娈童、像姑、男妓，越说越丑。一面骂，一面侧目看着隔座少年，心想：“这小子莫非也是个兔蛋，我们闲谈，骂着他了不成？他还真敢答声不成？我偏要骂，看看到底谁拾骂。”

这个请客的商人，自问应付的招儿很阴，又自恃是本乡有地位的人，同座的人数又多，料到少年客人单势孤，不会接明吵。他就一面骂，一面冲那陪客施眼色，两人含着恶意地笑。他们万想不到这个少年早已怒满胸膛，到此再忍不住了，把桌子一拍，站起身来，面向三客喝道：“你们三个东西，是在这里吃饭，是在这里骂街？呔，我问的是你！”

请客的商人见少年红着脸，瞪着眼发威，他就傲然地把身子往椅背上一仰，冷笑道：“你是干什么的？我跟你不认识，你问不着我！”少年越怒道：“我偏要问你，我不是干什么的，我就不许你们三个东西，在这里胡言乱语，脏了太爷的耳朵！”

这商人不识起倒，还拿着惫赖的神气，向少年说：“我们是骂臭贼，骂男扮女的像姑，我们没有骂你呀！这可真是怪道。”转脸对同座笑道：“我们骂兔蛋子，竟有人挑了眼，好像骂了他似的，难道说人还有自认是当像姑的不成吗？”

他还在说便宜话，少年早已玉面泛红，顺手抄起碟子，骂一声：“满口喷粪的东西，大爷今天要教训教训你！”两个瓷碟脱手飞来，这商人哎哟一声，起身要闪，不知怎的身子反溜到桌子底下，碟子正打在椅子背上，顿时粉碎。少年客跳过来，抡拳就打，那个商人竟夹在桌椅当中，动转不得。那个陪客和上首客一齐喊骂，站起来要帮拳动手，眼瞧这酒楼就要受池鱼之殃，那边旁观的掌柜黎绍光再也耐不下去了，忙走到少年背后，叫了一声：“客官且慢！”这工夫，少年把那陪客捣了一拳，推到一边。那上首客才绕桌子转过来，竟吓得举着拳头空嚷，这个宴客的主人好容易从桌椅夹缝钻出来，头顶后背，连挨了少年三四拳，弄了一身菜汁，这时就疯了似的，扑上来抓打少年。少年只一伸手，便扣住商人的手腕，一带一推，又把他推倒在椅子上，竟把椅子连人都推倒在地。少年又一转身，来揪打那个陪客。黎绍光这才迫不得已，把少年胳臂一架，说道：“客官，请不要动手！”

那个跑堂的也早过来，伸手扶搀那个挨打的商人，商人怒极，竟挣扎着，要跟少年撞头。少年忙把胳臂一挣，竟不料他的胳臂被黎绍光架住，仓促没有夺出来。少年暗吃一惊，努力一挣，伸左手照黎绍光手臂上一切，黎绍光用左手一穿，把少年两臂全架住了。然后轻轻一送，把少年客推送出两三步外，离开了三酒客，然后微微赔笑说道：“客官请息怒！客官看在我的面上，请息怒！”于是松了手，把身子横遮住。

这工夫，堂倌们也已劝住了三酒客，三客依然哓哓叫嚣，兔长兔短地骂，少年客更是愧愤。等到松开手脚，回身凝眸，打量黎绍光，黎绍光满脸是笑，不住地打躬。

这少年客要变脸打黎绍光，却是他看出黎绍光的体态神情，似不易与，暗想：“这是个行家！”心中仍很不忿，抗声道：“你要替他们拔闯吗？”黎绍光拱手笑道：“客官你误会了！这小酒馆就是在下开的，凡是顾客，都是我在下的衣食父母，如果酒言醉语，吵闹起来，我在下一定要舍死忘生地劝解，我不敢偏向一方。”很客气地站在少年客面前，左一个揖，右一个揖，似乎赔礼，恰好把邻座三客挡住了，叫他们双方都没法往一块凑。

少年客气势虎虎，怒目不语。那邻座三个客人有点不识起倒，此时有了人劝，三个人捋袖子，伸胳臂，喊骂不休，仗恃着三打一，要扑过来群殴这少年客；堂倌们竟拦阻不住，眼看两边又要挤到一块。少掌柜黎绍光胸中冒火，赶忙回身，伸双臂，把三酒客拦住，口中连说：“别打!”急急向那做主人的酒客再三示意，又高声说：“你动不得手，快消消气吧，回头我对你说!”

此时酒楼下的人也已听见喧闹，跑上来几个人。内中一位司账和堂倌们，都过来劝架，黎绍光授意司账，把三个酒客劝到别间，单留下少年客，由黎绍光对付。

这少年客已经看出黎绍光目露英光，膀阔腰细，两手粗筋暴露，像个身有功夫的人。他就忽然收拾起怒气，见座无他人，满面佯笑，向黎绍光拱手道：“我谢谢阁下，若不是阁下劝架，刚才我一时鲁莽，就打出是非来！这实怨我沉不住气，可是刚才那三个畜生，也真混账，也许你们这个地方，时兴这一套，偏拿脏事当众抖搂，我是外乡人，耳朵有点装不下去……”

这话其中带刺，似乎连黎绍光也捎带上似的。黎绍光虽然是镖师家风，做了多日生意，比较的躁释矜平，一任少年客恶言诋斥，他只赔笑劝解，又招呼堂倌：“这位客官的酒凉了，快给重烫。”客客气气请少年入座，自己在旁相陪，一味顺着少年的口气说，果然把少年的怒气和敌意全化解了。然后黎绍光假做无意，淡淡地向少年请教姓名，打听职业，何时来到黎家冲，有何贵干？

黎绍光问的口气尽管平淡，少年客不是傻瓜。只是说自己姓张，到黎家冲，乃是路过，要在此地会个朋友，别的话一点问不出来。黎绍光正觉失望，少年客忽然手指临窗对面的小巷，问道："黎掌柜，我跟你打听打听，这小巷这对大门，可是姓张吗？他家可是个秀才，家里有个年轻姑娘么！"

黎绍光顺手往外一看，顿时恍然了："这小子果然是冲张家姑娘来的！好哇，瞎了眼的东西，真敢到我们黎家冲来踩盘子，哈哈！"扭转头来，再望少年客，少年客正在盯着自己，想必是自己动了感情，脸上变色了，忙按下心头火，赔笑说道："你老问的是朱红大门那一家吗？不错，他家正姓张，倒也是个秀才，家中倒也有个没出阁的姑娘。不过他们家乃是世代书香，在本地很有势力，听说他家至今还雇有护院的武师呢，他们家是一大户，人口必多，可以说是我们黎家冲首户，有名叫作张大户。"他就一半恶作剧，一半叙实。把张家大大形容了一番，又说到张宅的护宅武师，功夫很强，上年曾经捉住挖房洞的小匪，几乎被他们打折了腿，那少年客漫不措意地听着，似乎也知黎绍光言中有物，想要开口和黎绍光抬杠，不知怎的，张了张嘴，又不言语了，也不再问了。

这少年客喝完残酒，就叫跑堂的拿饭来匆匆吃罢饭，算还饭账，向黎绍光拱了拱手，下楼而去。黎绍光暗想，这东西一定不是好人，只怕我的话未必能把他震住。遂又到楼窗前，往下看了看，已不见那少年徘徊，遂又到那三个酒客那里，敷衍一阵。这时已到晚饭时候，饭座越来越多，黎绍光便信步下楼，到楼下去了。转瞬天黑，万家灯火齐明，黎绍光预备回家，刚出酒楼，突又跟那少年碰上，少年客想是又到这吃夜饭来了，黎绍光暗嘱堂倌，留神少年的举动，他自己一径回家，找他父亲商量此事。

老镖师黎道朗正在家中饭后闲坐，女儿黎小霞自在闺中刺绣。黎绍光一到上房，见了父母，便问："妹妹呢？"黎老太太说："她在厢房呢。"黎绍光便叫婢女快把小姐请来。

黎老镖师看出儿子的举动，有些奇怪，遂问道："什么事？我看你脸上神气，好像有事，你找你妹妹做甚？"黎绍光做出淡漠的样子来，赔笑道："没有什么事，只是今天在酒楼上，遇见了一个外来客，好像绿林人物，冲着张秀才家来的，我打算对父亲讲一讲，把妹妹叫来，叫她也听听。"黎老太太不禁失笑——"张家就算闹贼，有你妹妹什么事？真格的，你要教你妹妹施展武艺，出去拿贼吗？"

黎绍光也笑了，说道："我只是叫妹妹听听，好让她也长一点见识。"谈话时，黎小霞姑娘已被使女请来了，挨着母亲坐下，向黎绍光问道："哥哥是叫我吗？"

这工夫，黎绍光已有些后悔，这话似乎不该当着母亲说，母亲是最不喜欢儿女谈论江湖上的事的，对待女儿，更是严加管束，不准她拿刀动剑，以女侠自命的。不过黎老镖师又喜欢女儿聪明，愿意把家传拳技传给女儿，说是可以健身、可以御侮，学会了拳，没有什么害处的，何况我们又不叫女儿出头露面，不打算跑马卖解，这有什么相干；而且，黎小霞姑娘和她哥哥相差不多，当年黎老镖师教给儿子练拳脚、练兵刃时，为了试招的方便，便将女儿与儿子同教，现在女儿的拳技跟儿子也差不多，女儿又喜爱学，儿子又直怂恿，黎老太太虽然不以为然，也拗不过丈夫子女去，平日为了这事，可也短不了抬杠！

当下，黎小霞已然出来，黎绍光尽管自悔失言，也就不能不讲，遂对妹妹说："今天我在酒楼上，遇上一个外来客，好像是道里朋友，冲着张秀才家来的，据我推测，这个东西多半不是好人，他不只是冲着张家的财产转念头，弄不好，还许是冲着张家桂枝姑娘来的……"说着，转脸对黎老镖师说："爹爹，你说怎么办？这少年客品貌清俊，两只眼却歹毒，绝不是好贼，而且他盯得很紧，先在张家门口绕，后来又上咱们酒楼来，假装饮酒，暗中实在是窥探张宅出入路口，而且是来了两趟，据孩儿推测，这小子如果是下五门合字，今天夜里，就怕他要下手，孩儿想，爹爹是出了名的镖师，现在万一堵着我们的家门口，出了抢案、盗案、淫杀案件，我们简直是没法再在黎家冲住了，这是一节。再说张家跟我们又是通家至好，张家桂枝姑娘在她家中，又跟继母不大和好，万一外间有个风吹草动，她那继母更要振振有词了。刚才孩儿在铺子里琢磨了好半晌，觉得此事我们不能袖手，至不济，也得想法子关照张家一声，爹爹你想，怎么办才好?”又回顾黎小霞姑娘道：“妹妹可不可以用你的口气，派个使女去，把桂枝姑娘邀到咱们家坐坐呢?”

黎绍光的意思，是要叫妹妹到张宅假装串门，送个信去，当着她母亲，有点不敢明说。果然黎老太太很不高兴道：“你们今天练把式，明天练武艺，把眼都练邪了，望着谁都像是绿林；这哪里是治家之道？常言说：各人自扫门前雪，不管他人瓦上霜。就算真有小偷儿，冲张宅打主意，又碍着咱们什么事？况且张家那位续弦娘子，酸溜溜的，我们更犯不上管他们家的闲事!”

黎老太太说话很絮叨，竟麻烦了好半晌，闹得黎绍光、黎小霞这兄妹俩相视微笑，全不敢搭腔了。黎老镖师皱眉道：“你又唠叨了，绍光不过是说，看出有歹人琢磨我们的四邻，我们又是干过镖行的，不能装聋装瞎，我们这是商量商量，你不用管了。”

但是黎老太太不歇心，一定要干涉，这老夫妇眼看要抬杠，黎绍光正要劝解，黎小霞抿嘴一笑，站起来，出去了。工夫不大，黎绍光的妻黎大娘子从厢房出来，到老太太面前，讨论裁衣服的事。黎老太太不知不觉，跟着儿媳，到厢房看衣料去了。黎老太太前脚走，黎小霞姑娘后脚进来，面含谲笑，向父亲和哥哥说："娘已经裁衣裳去了，爹爹和哥哥快说吧。可是叫我到张家，关照桂枝姐姐一声吗？"

黎老镖师拦阻道："你先等一等。"转问黎绍光："你说的这个少年客真是绿林吗？你不会看错吗？"

黎绍光道："决计看不错，我再告诉你老一件事，刚才那少年在我们酒楼上喝酒时，恰巧邻座上有三位酒客，因为酒后闲谈，顺口谩骂贼盗，这个少年客就面带怒容，很不喜欢听。后来他们骂起株洲近来闹的人妖案子，和淫贼采花的案子，好像正骂着这个少年客的心病，他居然答了腔，要打人。孩儿劝了半天，才把他劝住，同时我也就试出他的膂力。他果然很有功夫，那三个酒客竟不是他一个人的对手；若不是孩儿把少年客的臂腕架住，那三个酒客当下就要吃大亏。"

黎老镖师起初很留神听，听到末后，不禁摇头道："这未必是绿林，倘是绿林，焉肯在酒楼中露相？"

黎绍光笑道："爹爹你是没看见这个少年，这少年客十分狂傲，恐怕是初出茅庐的绿林，所以才这么张狂。孩儿自信决没把事看错。"黎道朗老镖师仍不甚相信道："我只怕你看走了眼，现在这个少年还在酒楼不？"

黎绍光道："一定还在，他又吃夜饭来了。"

老镖师道："那么，我先看看去。"

黎小霞道："我也跟了去。"老镖师不悦道："你一个女孩子家，做什么去？"黎小霞很不痛快，面对哥哥说："我一个女孩子，你叫我出来做什么？"招得黎老镖师也笑了，用好言安慰道："我知道你们，学会了本事，愿意找个机会试试。你放心，我准叫你试试好了，不过得瞒着你母亲。"说罢，穿上长衣服，和黎绍光一同离家，径奔到酒楼。

那少年果然还没走，依旧坐在楼上临街的窗前酒座上，自酌自饮，不时往窗外对巷窥望。少掌柜黎绍光便暗暗引领他父，隔帘窥伺这少年客的举动，头上脚下，望了半晌，黎老镖师就悄嘱堂倌几句话，然后自己假装饭客，一直走进来，择一副座头坐下，和少年客正好对面，叫来一壶酒，两碟菜，慢慢独酌，潜加品察，少掌柜在外面等候。

这时饭客不少，楼上很热闹，但是独酌的酒客，只有这个少年和黎老镖师。黎老镖师乍进来时，这少年只抬头看了一眼，似乎也觉得黎老精神矍铄，体格壮伟，有些异样。可是他依然很傲慢地自斟自饮，不时把堂倌叫到面前，问东问西。堂倌预受黎老之嘱，一面权词答对，一面设言诱引。那少年居然自称是武林之士了。

黎道朗老镖师，足足窥察了小半个时辰，看眼神，看体气，看穿着打扮，听谈吐，听他与堂倌问答，已然断定黎绍光所料不虚，少年客确乎是个新出手的绿林。黎老镖师本要上前向他搭话，用言语把他讽走。后来听少年公然向堂倌打听张家的姑娘，多大年纪，有没有婿家，她家中都有什么人？她家可是黎家冲的客户首富吗？这意思简直公然自认是采花贼了，而且就在酒楼里打听，未免太以藐视黎家冲的人物。黎老镖师十分恼怒，重重咳了一声，少年只斜睨他一眼，仍不理会，反倒面带傲容。黎老镖师越怒，索性一声不响，假装喝完酒，记账出来。一面打发堂倌，把自己的一个徒弟唤来，叫徒弟暗中缀着这少年客。一面叫儿子黎绍光同他回家，预备把少年贼驱逐，或擒拿交官。

这老人知道他的太太最不愿管闲事，临到家门，告诉儿子说："不要叫你娘知道，你只把你妹妹唤出来，咱们爷三个，在前院客厅商量吧。"黎绍光笑着答应了，刚要往里院走，黎老镖师又把他叫住道："你不用进去了，想这事不叫你妹妹知道也好。她一个没出阁的女孩子家，让她参预这拿采花贼的事情，也嫌不好。"

黎绍光游移道："这怕不行吧，妹妹平日以女侠客自居，学好了武艺，总想得机会一试。你不叫她参预，她若晓得了，又该要小孩子气了。"

这父子二个站在外院客厅门前，低声商计，随说随进了客厅，命雇工点上灯火，黎老镖师随便坐下了，叫黎绍光在旁边。想了一想，说道："一个女孩子，哪能尽依着她一贯的性子去做。我看对付这个少年贼，就由你我父子二人，再加上你那两个师弟，人数足够了，很不用你妹妹下场。"

黎绍光道："但是，我们要想关照张家桂枝姑娘，不叫妹妹去，又打发谁去呢？"

黎老镖师沉吟道："我的打算是，四面下卡子，你我父子师徒四个人，恰好分四面张网，贼子若来，我们四面包围，把他活活擒住，简直不必惊动张家，我们就把贼逮住了。"

刚说到这里，忽然窗外接了声："我们女孩子就不该学武艺，爹爹引着头，教我们练，就只许我们跟哥哥打下手，所以练会了武艺，也不准用，是不是！"

父子俩一齐抬头，往窗外看，知道密议的话叫黎小霞姑娘偷听去了。父子俩哂然一笑，黎小霞已然含嗔带笑，走进来了。故意努着嘴向哥哥说："你刚才把我提登出来，现在又跟爹爹瞒着我，你们拿着，还不许我们看看热闹吗？我只问爹爹，当日教我们练武艺，到底有什么用？况且刚才你们本来答应我了，现在怎又反悔？"

老头子望着这满面娇嗔的女儿，点头微笑道："孩子，不是我反悔，我是怕你母亲不答应。”黎小霞道：“所以你就连我跟娘一块瞒起来了。我只问哥哥，到底还用我不用？不用我，为什么又故意儿馋我？”说着，她坐在父亲身边，发出了威胁的话道：“反正这一回我也看出来了，爹爹和哥哥又要管闲事，又要背着娘，你爷俩不把我打点好了，我到娘那里告诉去。”

黎老镖师皱眉笑道：“是了，是了，我就只许你跟去看看热闹，你可不要动手。”黎小霞道：“不动手就不动手，可是我得跟哥哥一样，必须带了兵刃去。”黎老镖师道：“那倒可以。”

父子兄妹就在客厅内间，悄悄地计议应付贼人之策。一切都商计好了，只剩下一节，是通知本主张家呢，还是瞒着他们，悄悄把贼赶跑，或捉住交官？

依着他们初计，是不打算惊动张宅。可又想到，张秀才虽然没有护院的武师，家中却有雇工、壮丁，夜晚拿起贼来，又真怕良莠不辨，引起误会，最后还是觉得暗暗关照他们一声好，这样一来，便谈到教谁去传话了。黎老镖师要叫儿子黎绍光，去知会张秀才父子，黎小霞自告奋勇，要去知会张桂枝姑娘和她的继母。兄妹俩互争起来，好在他家跟张宅相距不远，黎老镖师说：“你们兄妹俩一同去也好。”

这时已经快二更天了。黎小霞姑娘并不修饰，只进去系了裙子，便偷偷溜出来。黎绍光也穿上马褂，兄妹二人就提着一盏灯笼，也不带使女，也不带长工，径到张宅叩门。

第二章

护芳邻兄妹御寇

张宅的门户很严紧，一到天黑了便加闩上锁。黎绍光敲了好半晌，张宅的长工方才隔着门搭话。等到问明白了，仍不敢开门，把客人蹲在外面，转身进内宅，通报宅主。这时张翁和他的继室夫人，已经归寝，还未睡熟。只有张秀才在书房念文章，一听说黎家大爷有要事来拜，吓了一跳，忙讨钥匙，叫长工端着灯，把街门开了。

在摇动的灯影中，张秀才问道："黎大哥夤夜光临，有什么事情?"忽一眼看见了黎小霞，越发骇异，拱手说道："这是……这可是……"黎绍光忙道："是舍妹!"黎小霞也笑着答声道："张家大哥连我都不认识了?"张秀才道："哎呀，我没看出来，原来是黎世妹，我真想不到世妹和大哥一道来的……快请里边坐吧，你们兄妹夜间见访，莫非有什么……事吗?"

黎小霞扑哧一笑，和黎绍光且往里走，且说道："张家大哥头前引路吧。这么黑的天，我们来了，自然有事。伯父、伯母安歇了没有，桂枝姐姐睡了没有?"

张秀才陪伴绍光兄妹，进了前院，吩咐长工，重闩上街门。一面回答应道："家父早睡了，舍妹这工夫大概……"说着眼望西厢扇，见有灯光，接着说："她大概还没有睡。"因为他们两家是通家之好，不肯往客厅让，张秀才就把黎氏兄妹往自己住的东厢房让，却先隔窗叫了一声："少奶奶，黎家大哥和黎家二妹来了。"

张少奶奶刚把被褥铺好，闻声忙应了一声，慌慌张张，把被褥掀起来，在屋中答应道："哦，快请进来吧。"

黎绍光叫张秀才在前面走，兄妹二人跟着在后，一面走一面打量院内的格局，院内倒也有一盏灯，地方很宽敞，当下来到屋里，看见张少奶奶正立在外间屋心，彼此见礼逊坐，黎小霞坐在茶几旁，黎绍光坐在客位，张秀才夫妇满面惶惑，只坐在一边，献过茶之后，张秀才就问："大哥和二妹今晚闲在呀，可有什么事情？"夫妇两个都眼巴巴看着这兄妹的嘴，静听发话。

黎绍光自知来得仓促，已使主人惊讶，便放缓了声音，淡淡说道："大哥今天没出门吗？"

张秀才道："没有。"

黎绍光道："可是桂枝妹妹今天出门了吧？"

张秀才道："她吗？她今天没出门……她是前几天到外婆家住了几天，今天坐车刚回来的。"

黎绍光道："就是桂枝妹一个人来的吗？"

张秀才答道："不，还有外婆家的孙女儿，玉洁妹妹同她一块来的。"说着，眼望黎氏兄妹静等下文。

黎绍光道："那就是了……"底下的话，他竟不知何从说起。一来他的口讷，二来他知道张秀才家忌讳很多。他正在斟酌说辞，黎小霞忍不住冲张娘子发话道："大嫂，我问问你，这工夫我桂枝姐姐可睡了没有？请你费心，把她请过，我告诉她几句话。"

张娘子道：“我看看去。”站起来，就往外走。张秀才仍问黎绍光道：“大哥，到底是怎么一回事？你们打听舍妹回来没回来，究竟是怎么个意思？”

黎绍光沉吟说道：“大哥，你可别怪罪。今日白天，桂枝妹坐车回来的时候，我在酒楼上，瞥见一个人，在车后面紧缀着，等到桂枝妹妹和令亲下车之后，这个人还是在府上徘徊不去，末后又到我们那个酒楼上，隔楼窗往府上窥看。当时我便看出这个人，决非良民，很像是个走黑道的绿林。而且这个人年纪很轻，气度很狂傲，必不是寻常的小贼。近来大哥可听说株洲的凶杀案吗？”

张秀才还没听完，便满面通红道：“这这岂有此理，黎大哥据你看，这个人真是歹人吗？”

黎绍光道：“这个人确是歹人，不但小弟看出来，我还请家父看过，家父也断定他不是平常挖墙洞、偷鸡摸狗的小贼，上月株洲发生的那件凶杀案，听说是个采花妖贼……”

张秀才的脸更红了，又是害怕，又是害臊，口中却不住说：“岂有此理，岂有此理，我们乃是书香人家，哪能招引来这种的歹人，黎大哥你不要吓我。”他简直有点讳疾忌医的意思。倒怪着黎绍光不该往坏处猜想似的。

黎小霞扑哧的笑了，插言道：“张大哥既然这么看，也很有理，也许是家父、家兄看错了人，虚惊虚诈，那就算我兄妹不该来就是了。哥哥我们走吧！”

她才站起来，张秀才又慌了，张着手说：“不不不，黎家妹妹不要误会，我是说歹人太可恨了。黎大哥给我送信，我们很感激。不过，不过，现在天黑了，我们怎么办，报官也来不及了，可是的，黎大哥，这贼是一个贼，还是两个贼，还是好多好多贼……”

张秀才简直是没有勇气来听恶消息，他不住口地说：“岂有此理，岂有此理，贼怎么单冲我们来？我们黎家冲的财主很多，就是有年轻姑娘的人家也很多很多，他他他这恶贼怎么偏生找到我家！这不是家门不幸吗？”

他正在这里怨天怨地，一筹莫展，这工夫他的娘子，已将妹妹张桂枝姑娘邀来了。

张桂枝姑娘今年已经十九岁，且经许配人家，因故尚未过门。桂枝姑娘确是生得很俊美，而且也很明智。她一听黎氏兄妹夤夜来访，她问了几句话，赶紧起床，掠了掠发，走了出来。

张桂枝刚一进屋，黎小霞立刻迎上去，握住了桂枝的手，容得桂枝向黎绍光见过了礼，问候完了，两个姑娘就相携坐在床边，张桂枝是个很聪慧的女孩子，凝眸向黎家兄妹一望，又看了看哥哥的神色，立刻发话道：“黎妹妹，你有什么事，要对我说？”

张秀才正要讲话，黎小霞抢着问道：“桂枝姐姐你可曾理会今儿白天，你坐车回家的时候，有一个年轻的外乡人，缀着你的车，一直跟到你家门口吗？”

张桂枝杏眼一转，想了想道：“恍惚是有这么一个人似的。莫非这个人是歹人吗？”

黎小霞笑了，把桂枝一搂道：“桂枝姐姐，你心眼真快，你可记得这个外乡人是从什么时候，在哪个地方，就跟缀下来的？”

桂枝姑娘低头良久道：“这却记不清了。”又改口道：“我起初没有留神，大概是在半路上才瞥见这个人。只因这个人忽然赶到车前，忽然跟在车后，贼眉鼠眼的非常可恶，一直到我们的车夫冲他叫喝，他方才留了神，玉洁妹也对我说，这东西可恨！我们临到家，下车的时候，这个东西居然跟到巷内。玉洁妹只回头看他，是我叫玉洁不要回头，我们就进家了。我也没对嫂嫂说起，我想这是个年轻的混账罢了。黎妹妹忽然问到这个，可是知道这东西，真是歹人吗?”说着，俊目往在座各人脸上一扫，见诸人都看着她，她不禁红了脸。

黎小霞姑娘，就把父、兄窥察此人的可疑情形，很快地告诉了桂枝姑娘。又说：“据父、兄揣测，此人决非良善，恐怕今夜他就要到府上来，潜行非法之举了。故此我家父和我家兄合计了一下子，念到舍下和府上的交情，趁现在时候还早，打发我兄妹来，关照府上，要多加防备。”……话还没说完，张桂枝姑娘蓦地惊羞交迸，脸色由白转红，由红转成灰色，她是个玲珑剔透的少女，她立刻听懂了黎小霞未说出口的言中微意。她却是很胆小的女孩子，竟掉下眼泪来了，一手抓住黎小霞，一手抓住了嫂嫂，很惶恐地说道：“这可怎么好？这一定是歹人，我我我们怎么办呢?”

张娘子也很吃惊，忙向丈夫说：“快把长工们叫起来了吧，我们赶紧报官。”

张秀才立刻大声喊叫：“长年！长年!”长年，就是南方人喊长期雇工的名词。黎绍光笑拦道：“张大哥，且先别慌。你们家的长年，不过是几个乡下笨汉，恐怕不足以护宅防盗……”说着凑到秀才耳边，低声道：“大哥你先想一想这歹人的来意，他是为什么来的？第二步再盘算个应付之法，而且要现在就实行起来。”

黎绍光的话，就是暗示秀才，贼人乃是采花来的，可是这话决不能明点，张秀才还是没有听明白，涩声说：“贼人还有别的打算吗？一定不是偷，就是抢，我说黎大哥，到底这贼是一个人，还是有同伙？你猜是怎么个来法？他要打算怎么样？还是明火，还是暗偷？”

这话问得黎绍光兄妹暗笑。那桂枝已然猜出黎氏兄妹偕来的意思，越发羞得她满面通红，又不肯说出口，只眼望嫂嫂，希望嫂嫂比哥哥明白一点，替自己想个妥当法子。不料张娘子跟丈夫一样，当事则迷，立刻要禀报公婆。这夫妻俩一递一声地乱出主意，可是一点准打算也没有说出来，惹得黎氏兄妹很不耐烦，黎绍光首先说：“张大哥，你看看什么时候了，你怎么还是乱糟糟，你还不拿出准办法来？”

黎小霞更干脆，手拉着张桂枝姑娘，站起一眼望黎绍光说：“哥哥，你就不用再催张大哥，张大哥这工夫分明是乱了方寸，现在第一步，是该把他们的府上长年叫起来，教他们悄悄地上房，悄悄地巡逻，别的不行，替府上打更线还成。”

黎绍光摇头道：“他们一些乡下人，胆量最小，叫他们巡风，反倒误事。”黎小霞咳了一声道：“不管怎么样，你趁早替张大哥布置吧，你们不要说了，越说越乱。”她的意思，是催哥哥越俎代谋，赶快替张家安排防贼御侮的办法，黎绍光想了想，笑着站起身来，对张秀才说：“大哥，你不要寻思了，快跟我出来吧，我们弟兄，通家至好，我小弟怎好袖手避嫌，现在我要不客气，替你府上派兵点将，勘地设防了。”催着张秀才，出离厢房，叫起群仆，点了许多灯笼，到前院后院各处照着，张秀才一面惶恐，又一面犯疑心，以为那个少年外乡人也许不是贼，也许是黎氏兄妹看岔，其实他是有点怕事，他府上的长年也多一半不肯相信，以为黎绍光是个练武艺的阔少爷，黑更半夜跑到这里来闹贼，简直是显本领，开玩笑，黎绍光并不管他们主仆的猜疑暗笑，依然很认真的布置。

同时，黎小霞姑娘，也拽着张桂枝，来到西厢房，这正是桂枝姑娘的卧房，那个玉洁姑娘已睡在绣榻上，并没有醒，黎小霞悄悄地私问了张桂枝许多话，张桂枝含羞点头，承认了那个少年异乡客，两只贼眼确是直盯了她俩一道，并且那个人在半路上，还和她们的车夫吵过架，那个人故意跑到车前拦路，为的要看看车中的桂枝姑娘和玉洁姑娘，车夫叫他让路，他竟口出不逊，张桂枝承认这个异乡客心怀不测，大概是冲她们来的。张桂枝又垂泪说，回家之后，心上很难过，父亲年老，母亲是继母，心腹不能对她说，嫂嫂是个没主意的人，哥哥是个书呆子，又说自己此时很害怕，倘或这个异乡客真是歹人，恳求黎小霞设法救她，她的话很可怜，纵然有父兄，有母有嫂，好像他们并不能体贴女孩儿的苦情。

张桂枝这样诉苦，越激动了黎小霞的不平，她立刻打定了一个主意，要把张桂枝姑娘接到自己家去，她自己情愿李代桃僵，睡在张桂枝姑娘的卧房里，等候歹人前来，她告诉张桂枝，她的武功自信能够御侮，她已经带来了匕首和暗器，她要会一会这个少年的采花贼。她毫无顾忌地叫出这“采花贼”三个字；张桂枝羞得抬不起头，忙掩住黎小霞的嘴，叫她不要说这样的话，这样的话传到继母耳中，必然向父亲说桂枝举止轻狂，才把采花贼引到家来，桂枝是有着这个顾忌。黎小霞听了，越发勃然大怒，立刻催张桂枝跟自己回家暂借一寓，她决计要替张桂枝姑娘留在张家，等候这个恶贼，她首先把这个办法，对桂枝说出，张桂枝自然是求之不得，可是黎小霞叫她避到黎宅，天色这样黑，时候这样晚，道路虽近，在她看来，还算是远，抓住了黎小霞的手，说道：“黎姐姐，我不上你府上去，行不行？我就藏在我自己家里，你看好不好？”

黎小霞看桂枝这等娇怯，心中很不谓然，万一贼人来到，势必动手，那岂不把这位小姐吓坏了？可是黎小霞不好过于强迫桂枝往自己家去，恰好张娘子惊惊惶惶的，也站在身旁，黎小霞就问张娘子：“张大嫂，你说怎么样，是叫桂枝姐姐暂到舍下躲一躲，还是藏在府上别的屋里？”

张大娘子也说不出准主意来，她此时只惦记着要禀报公婆，她唯恐将来受这继母婆婆的抱怨，黎小霞问她话，她简直心不在焉，怔了一会儿，才说：“还是跟她哥哥商量商量吧。”

这工夫，张秀才被黎绍光牵率着，已将前后院勘巡了一遍，把阖宅奴仆都叫起来，分派了一下。众奴仆出来进去的一闹，上房张老员外已然惊醒了，只有他的继室夫人，娇惰已甚，依然睡得很熟。张老员外不忍惊动这新娶的娇妻，慢慢爬起来，披衣拖鞋，站在窗前，轻轻问了一声：“是谁在外面哪？你们乱什么？可是下雨了？”张秀才慌忙答道：“老爷子，是我，外面没有下雨。”张老员外道：“没有下雨，你们打着灯笼照什么？”原来外面的灯光，照到上房纸窗，张老者看见了。张秀才仓促没有回答，张老者穿好衣履，回头看了看床头，床头人倚枕侧卧，香梦正酣。这老人便悄悄地溜到堂屋，开了房门，走出来了，低声喝问：“你们到底乱什么，可是闹贼，还是闹鼠狼？”又问道：“那是谁？可是张升吗？”

张秀才答道：“这个……”黎绍光忙一举手中灯笼，大声叫道：“张老伯，是我，我是黎绍光。”

张老员外唔了一声，十分诧异道：“原来是黎绍光大少爷，黑更半夜……莫非你父亲身上有事吗？”他的话是疑心黎道朗老镖师半夜害病，黎绍光前来讨药。黎绍光笑着走过来，见了礼，然后说：“老伯没睡吗？小侄到府上来，倒不是舍下有事，仍是府上有点事，小侄特来送信。”

张秀才本不愿把实情对年老昏庸的父亲说出。黎绍光却因听出张老口气不快，也就引起他的不快，便咳了一声，把采花贼行将光顾尊府的话，率直说出来。因又讲到自家和张家的交情，既有所见，不敢不告。“小侄这是奉家父之命，偕同舍妹，前来送信的。”

黎绍光话太直了一些，顿时说得这老人脸盘一绷，怫然不悦。可又见到他的大少爷，督促奴仆，窜前跑后，听得情势紧张，他也有些心慌。这老头子向来没有准主意，先说出：“不能，不会有，我家怎么会招出贼来？”又说：“倘若贼真来了，那可怎么好，报官也不好，不报官也不好，官面上专会欺负乡下财主的。”末后又质问黎绍光：“你们没看错吗？”

黎绍光只得说：“没有看错。”

这老人又问：“贼准来吗？”

回答道：“大概准来。”

老人却又问道：“你看他今晚上准来吗？今晚上什么时候来，来几个贼，他们要想怎么样？他们怎么单冲着我家来，为什么不琢磨别家呢？”

末后又问：“你们怎么知道的呢？”

这个老呆子越问越不像话，好在黎氏兄妹素来晓得他，是色厉内荏的老废物，便不屑跟他计较。黎绍光依然很客气地回答他所问的话，说是在酒楼上目睹贼人在府上踩道。黎小霞恰在那边听见，暗暗生气，脱口说：“张老伯，你不要细问了，贼人若来，就在三更以后，现在时候不早，要提防，就该快准备了。”

张老员外搔头道：“哦，侄女也在这里了，我还没有看见呢，你说怎么准备？”不等回答，他先说出自己的办法，吩咐奴仆，前后院，里外屋，一齐点亮了灯，人要聚在一处，都拿了棍棒刀枪，贼人一到，立即呐喊。这样一来，预示有备无患，准可以把贼吓走。

这法子一说，他的大少爷首先赞成，他家的奴仆也应声赞叹："还是老太爷的主意高，这种匪人不过是欺负住户孤弱，这样一办，把匪吓得不敢动手，又不失财，又不结怨，而且也积了德，也省得惊动官面，自惹麻烦。"

这位奴仆赞不绝口，原为讨家主翁的欢喜，黎氏兄妹不约而同，齐哼了一声。黎小霞比哥哥嘴还快，忍不住说道："这法子好倒是好，就有一节，贼人见硬就回，却不免乘虚而入，你总不能天天摆阵，夜夜设防呀，照你这样说，天天大举等贼，贼不来，久耗生厌，不等贼，贼又突然而至，那时候，又该怎么办？何况这贼不是好贼，他不只要偷要抢，他还是个采……"刚说到这里，她的后襟被张桂枝姑娘扯了一下，黎绍光也忙插言打断，道："对！对！舍妹的话很对，家父也这么说，所以才打发小侄到府上来，家父叫小侄转达老伯，御贼之法，不可虚张声势，必须暗中布置，给贼一个厉害，教他知难而退。家父说，虚张声势实在就是示弱，凡做贼的都懂得，主家越闹得凶，贼人越知道他好斗。贼人最怕的是，主家静悄悄毫无动作，虚实难测。到底宅中有无防备，外面一点看不透，贼人倒不敢轻举妄动了。"又道："现在时候不早，小侄既来，一定要替府上设法御贼。最好是把贼诱进来，捉住他，那时或打，或放，或送官，给他一个厉害，他就再不敢正觑府上了。老伯当知家父乃是老镖师，对这贼情确有深知。老伯只要信得及小侄父子，一切请望安，小侄兄妹情愿留在府上，替你老把贼给打走了。"

张老员外听黎绍光这样透彻一说，顿时不言语了。心中暗想，敢情这么好，只不知黎家父子这等热心代谋，有什么私意没有？

其实黎氏兄妹的私意，不是没有，他们不过借此炫才逞能，要表示他们的武师门风，不许宵小在黎家冲胡为，也可借机一试所学。黎小霞姑娘竟比哥哥心眼还多，见张老头伫立不语，料他又犯了愚而多疑的毛病，便微微一笑，径直揭破他的疑猜。叫了一声：“张老伯，府上闹贼，家父打发侄女们过来，绝不是多事好事，也不敢卖好逞能。实在因为家父在这黎家冲，乃是有名的武师，断不允许邻居亲友家下闹出盗案来，那于他老人家的名声太有妨碍了，我们是为这个来的。况且靠府上跟舍下的交情，家父既有所知，更不肯袖手旁观了……”

黎绍光也笑着接声道：“舍妹小孩子说话，太嫌爽直，可是她讲的倒真是实话。”又一指天空道：“时候可快到了，老伯不要多虑，赶快地叫他们布置吧。”

张老头至此渐渐释然，连连拱手道：“我谢谢你兄妹的盛情，现在我们该怎样呢？”却又皱眉头，说：“怎么贼人单打我家呢，况且我又不是本镇首富。”

黎绍光不禁微笑，复道：“现在就请老伯照常回房安寝，院里院外一切事，尽请交给张大哥和小侄，我们两人一块儿安排，管保不叫你老受惊。”

正说着，张桂枝姑娘悄悄走到父亲身边，低声说道：“爹爹，黎家姐姐要叫我到她家暂住一宵，她要替我在西厢房等候一晚上。贼万一来了，她说她可以拿袖箭把贼打跑，爹爹你说，我是去好呢，还是在家好呢？”

张老头道：“哦，这个，你屋里不是还有玉洁侄女儿吗？她现在哪里？”张桂枝道：“玉洁妹还睡着，没有醒呢。”

张老头道：“你倒不必躲开，你索性到上房来，在西套间睡就行。倒是玉洁侄女，人家乃是客，不要吓着她，她岁数又小。”

张桂枝道：“但是玉洁妹这工夫睡得很香，还得把她叫起来吗？”

张老头眼望黎氏兄妹道：“我看也无须要这么大惊小怪……简直的就叫黎家侄女跟你们俩，都在厢房一待，反正后半夜，你们睡灵醒一点，就完了。贼人真敢造反不成？”

张秀才掩言道：“还有她嫂子，索性也搬到西厢房，这东厢房可以请黎大哥跟我，在里面守候动静。”张娘子一块石头落地，忙向黎小霞、张桂枝说道：“这样子很好，两位妹子咱们先进屋吧。老爷子你也不要在当院站着了，怕受了夜寒，你请进上房吧。”

张秀才和黎绍光一齐请老员外回家安歇，张老员外更沉不住气，再也不能就枕，就进了上房，把灯剔亮，看一看继室娘子，依然睡得很香；老头儿不忍惊动，坐在床边，一时看看这年当少艾的娇妻，一时看看窗，心头麻乱，等候看闹贼。

院中的黎小霞，左手拉着张桂枝，右手拉着张娘子，三女相伴，进了西厢房，黎小霞立刻看了看房中情形，请张娘子到内间绣榻，与玉洁姑娘共枕，把帐子放下来。小霞姑娘自己，拉着张桂枝，预备在明间床上假寝，以等候贼人，催张桂枝姑娘先行上床，全不脱衣服，外面盖上夹被，也放下帐子，就手要把桌上的铜灯熄灭。想一想又不熄灭，拿来放在地上，信手找了一铜盆，用东西垫高，把灯亮扣住。

张桂枝眼睁睁看着黎小霞的动作，似了解，又不尽了解，她心中受到无形的恐怖，十分不安，睡不着，坐不住，在绣榻上翻来覆去，直折饼子。黎小霞扭头看看她笑，依然自己忙自己，把暗器、小剑都备在手头，这口小剑只一尺多长，心想当时与贼人对敌，太不应手，站在屋心想了想，打算找哥哥回家，拿她那一口二尺八寸的长剑去，于是她掀帘要出，张桂枝在榻上出了声："妹妹别走，我怕！"黎小霞回头失笑道："我不走，这就回来。"于是她一径找到对面东厢房，隔门喊她哥哥。

哥哥黎绍光此时也正布置，带着张秀才，安排好了外面，然后收拾东厢房，也是用扣灯亮的法子，把一只灯笼藏在屋内，张秀才有人仗胆，这工夫也拿着家藏的一把古剑，比了又比，试了又试，黎绍光瞪眼笑，这把剑就只是古玩，并未开锋，如何能防身伤贼，正在劝秀才丢下宝剑，上来睡觉，黎小霞姑娘已然隔门缝叫道："哥哥在屋吗？你出来！"

张秀才大惊，吓得退后一步道："你听，黎妹妹叫你了，贼准是来了！"

黎绍光也被他闹得心虚，忙抽匕首奔过去，问道："什么事，有动静了吗？"随说随将门开放，黎小霞道："哥哥，我们还得回家去一趟，我们的应手兵器全没有带来，哥哥是你去一趟，还是打发他家听差去取一趟呢？"

黎绍光忍不住笑起来道："好好，你这一叫门，把张大哥吓了一跳，连我也慌了。"兄妹二人原来打定的主意，是要回去一趟的，一面要给父亲送信，一面把张小姐送去借寓，现在主意已变；黎绍光想一想，便告诉秀才，要叫张家的雇工，到自己家去取兵刃，外带传信。这时二更已过，将到三更了，张家的雇工支支吾吾的，不大愿意出门；黎绍光不悦道："算了吧，还是我回去一趟。"也不打灯笼，提好匕首，站起来就走，张家长年给开了街门，黎绍光气哼哼往外走，心说："管闲事，找麻烦，我倒成了求他们的人了。"他前脚走，黎小霞追在后面叫道："哥哥，你到我房里，千万把我的那口剑找出带来，我使别的家伙不合手。”

黎绍光漫应了一声，拔步出门，来到小巷，径往自己家走去。

却不料就在这时，夜行人已然潜踪而至，正伏在邻院，往张宅虎视眈眈地窥望。

黎小霞目送哥哥出去，转身回来，由张宅外院，进了内宅。张秀才这时候想起了走黑道需要灯亮，把那个藏在东厢的灯笼，拿了下来，手打着由内宅往外院走，且走且说：“大哥，给你灯笼不要摸黑走！”

这个灯笼却和黎小霞姑娘碰了个对脸，黎小霞的面貌恰被灯光照耀得清清楚楚，明明白白。

邻房上的夜行人，凝神下窥，也就看了个清清楚楚，明明白白，心中说：“咦，这又是一个漂亮女子，跟白天那个不大一样，哦，这么苗条，手里头还拿着家伙！”这个夜行人物正是被人妖玉蜻蜓桑林武引诱误入歧途，流为采花匪的雄娘子张青禾。

张青禾自恃貌美，每每顾影自怜，也效法桑林武，忽然扮作女妆，设计诱骗良家女子，忽然又露出本来面目，幕面男装，夜袭民宅，以武力强施淫威。在短短的八个月中，连被他淫污少妇少女五六个。当他以女妆诱奸时，自称是落难女子，逃亡婢妾，恳求良家闺秀收容，乘夜恳谈，拿媚情艳语挑逗。等到女子们被他说得春情流露，他就猝然灭灯，与女子并枕，把女子迷住了。就有坚贞之女，也无法拒绝：因为他除了美色，还借重玉蜻蜓送给他的药物药酒。到了那时，女子们往往守身无术，一任他破坏了贞操，甚至丧了性命。可是他玩厌这套媚术时，也突然扮成凶眉竖目的妖精，用秘制的假鬼火，持刀登榻，威吓良妇，故意吓得女子们战战兢兢，迷迷糊糊，他然后横施强暴，欢然地欣赏这丧胆待屠的羔羊。

张青禾便这样日趋下流，挟技孤行，一味纵情淫虐，但是他又十分乖觉，深知自己是嵩阳派南支剑客门下的叛徒。嵩阳派群侠已经接受他的义母兼恩师的杜十一娘杜若英的控告，正在到处访拿他，他便忽东忽西地乱跑，并且他时时化妆，天天改扮，行踪诡密。到一个地方，决不作旬日以上的勾留，访拿他很难着手，他越发得意妄为了。

他被淫朋拉入了下五门，却不与下五门的人们交接。除了他那几个淫朋，他谁也不敢信，对谁也不说实话，以此全身远害，自谓奇祸可免。可是他有时清夜自思，也会忏悔起来，常常睡梦中惊醒，觉得师长同门追来了，把他捉住了，要把他乱刀分尸了，便突然吓得叫起来。然而他自知罪深孽重，今日就想赎罪，也知师门不能轻恕，嵩阳派的森严的门规条例，倒挤得他无地自容，明知自己往地狱走，已然陷入泥潭，摆脱不出来了，而况耳旁还有坏朋友，在那里勾引，而况还有淫虐的怪兴趣在那里把他迷恋住，他终于无力自拔，做成十足的一个淫恶之徒，不久便得了雄娘子这个绰号。

张青禾到处漂泊，一来避祸，二来寻乐。当时溜到黎家冲小地方。在这小地方，突逢双艳，便是张桂枝姑娘和玉洁小姐。他明知这两个女孩子够不上绝色，他竟睁着一对色迷眼，跟着盯梢，要看看两个女孩子对他怎样。果然这两个小姐被他盯急了，桂枝姑娘的脸红红的放下车帘，低声吩咐车夫快走；张青禾反倒欣然得意，迈开大步，跟牲口赛起跑来。居然走出不远，被他抢到车前，口中发出调皮话，遮前窜后，漫无忌惮地闹，引得车夫跟他闹起来，他满不在乎，一直跟缀到张家门口，眼看着两位小姐下车进院，他依然徘徊不去。

他竟看中了娇嗔满面的张桂枝姑娘。玉洁小姐年岁小，望见一个生人缀车，她不由好奇心生，侧目流盼；张青禾越发高兴了，自言自语道："两个都不坏！"

于是他盘算办法，决计今晚一箭双雕，究竟是装女郎呢？还是装妖精？张青禾暗想，这是两个女孩，我若假扮落难女子，恐不相宜，而且深宅大院，也怕挨不进门。想来还是装妖精，可以把两女孩子全吓住，全弄到手。打定了主意，随即探道。绕张宅转了一圈，末后上了酒楼，由楼窗下窥张宅房舍的建造款式。两次登酒楼，窥街窗，竟引起了黎氏父子的愤怒。现在他就要下手装妖，黎家兄妹也就要动手捉盗了。

张青禾伏在那邻院房上，窥见了另外的一个女子，就是侠女黎小霞。黎小霞漫不措意，由外院回转内庭，偶然抬头，往上一瞥。其实黎小霞没有看见张青禾，张青禾自己多疑，暗道："不好，这个女子怕是行家！咦，她怎么直往这边瞧，而且她手里还有刀？"

这工夫黎小霞很快地走过去了，一男一女，一高一下被墙阻挡，谁也望不见谁了。张青禾道："不对，我得盯住了她，到底她望见没有？看这小娘大概手底下有玩意儿，我不要吃了她的暗算！"一时多心，从潜窥处，伏腰蛇行，往这边绕来。绕到分际，便由邻院屋顶溜到墙头，直起腰来，看准落脚处，嗖的一窜，由墙头跳到另一排房上，身法是十分迅速。这样再一绕，便可迫近张宅，俯身径可察见黎小霞姑娘究往何处去了。却不料张青禾只顾盯着黎小霞，外边来了黎绍光。

黎绍光回本宅取了兵刃，告诉了乃父黎道朗老镖头。老镖头也跟来了，老镖头多年的江湖经验，刚到大街，仰望天星，便说时辰已近，匪人若来也该到了。立刻吹灭了灯笼，掖起长袍，命儿子黎绍光抽剑出鞘，将暗器也备好。不走正路，父子相偕，悄悄地贴墙根，蹑足急行。于是十分凑巧，瞥见了伏绕房脊、三面窥院的采花人雄娘子张青禾。

黎道朗老镖头暗拉黎绍光，黎绍光也瞥见了。父子俩各持兵刃，各带暗器，一声不响，唰的分开。不敲张家街门，悄悄地溜到前后院墙根。黎道朗老镖师持刀在外潜伺，黎绍光持刀越墙，跳入张家后院。

黎氏父子想，此时不到三更，匪人暂时还不会入户作案。哪知此人色胆如天，自恃蒙药有灵，薰香助虐，竟敢装神弄鬼，提早动手。

少年采花贼张青禾，瞥见了急装短剑的武林少女黎小霞，他心说："这可有趣，我还没有会过手下有功夫的漂亮女子呢，今天真是天赐良缘！我若把这个女子弄到掌握，大可不必始乱后弃，我可以把她拐走！叫她给我做伴，做猎艳的钓饵！"

又想："她也许手底下很有玩意儿，桀骜不驯，我应该先把她麻酸了，玷污了，再把她治醒，把真面目摆给她看，自古嫦娥还爱少年，何况我有着这么漂亮的脸庞儿，这么硬朗的功夫，我一定能够把她恋住，教她怎样就怎样。她就算支吾，我给她软硬一齐来。上月那个姓虞的女孩子，也是拼命支拒，拿刀威吓她，她都不怕。但等到我把她拍过去之后，乘她昏迷不醒，让我恣意蹂躏了一够，我把她剥得赤条条一丝不挂，然后我搂住她，把她救醒，她不是一点撑拒的能力也没有的吗？……被我连睡了好几夜，末后她倒哭着央求我，一点也不闹了……我把她整治得神魂颠倒，拿真事当了做梦，拿做梦当了真事。实在是我把她熏过去了，她倒当作梦中会情郎。她含泪问我，是做梦，是真的？问我是人，是鬼？那简直有意思极了，她把我当作五通神、灵鬼狐仙了。临到末了，她竟无可奈何，一到夜晚，三更以后，便偷偷遣开使女，自己个修饰打扮，擦胭脂抹粉，换新衣裳，穿绣花鞋，等着我去。我也用不着迷她了，她倒迷上了我。末后几天，倒在我怀里，央告我把她娶了，她也知道我是个匪，她已经失身于我，再也没法子出嫁了，只可将错就错，教成全她。但是，她一开头拒绝我时，我倒觉着扭手扭脚，很有意思，现在她竟认了命，跟我百依百随起来，我就腻烦了，我可也未忍害她，我把她丢下一走！”

张青禾追想旧日淫孽，脑海随见幻景，黑影中仿佛看见那个虞姓少女身遭淫污，无可奈何，反而忍辱乞怜的凄哀面容，蹙着眉峰，含着眼泪，要求自己不要始乱终弃；然而她当初拼命拒奸，实是贞烈之女，一旦失身，竟甘心哑亏，反愿委身下嫁淫匪，她这不是太矛盾吗？然而这正是旧礼教奖励片面贞节的自然结果，女子失贞，不论是情愿，是遭强迫，一样被道学所不齿，社会流俗，倒是对那始乱终成的男女，肯于原谅，以为善补过，虞姓的女子一片私心，便是想到，既已失身于张青禾，倘得嫁给他，反倒遮羞。她哪里知道，张青禾并不真爱她，只是纵情淫虐，而且日久生厌了！

虞姓少女的日后结果，当然很悲惨，张青禾现在伏在张家墙头，眼望黎小霞的俏影，陡发遐想，忽然看花了眼。黑影中现出这一个黄瘦少女面孔，向他凝睇含怨，十分悲苦，他顿然眼差，乍见这面影似是虞家少女，随即一变，变成血淋淋的另一个俊俏面孔了，那却是他数月前，被他惨杀的另一家闺中少妇。

张青禾心中一迷糊，顿然忘其所以，身在房顶，不禁忘情唔的一声。那由院心已走到西厢的小霞姑娘，正伏在窗前，微启窗幕，悄然向外偷窥匪徒，西厢房的铜灯，依然用铜盆扣住，光不外射，屋内昏昏暗暗。黎小霞手中，只有一把一尺八寸长的短剑，不足以应敌，渴盼胞兄把长剑取来，可是胞兄黎绍光竟一去不回，黎小霞姑娘十分焦灼。

当她这样窥窗待援的时候，床头上的张桂枝小姐，在黑影中看呆了，也吓愣了，忍不住低声叫了一句："黎妹妹，你瞧什么，可是，可是匪来了？"

黎小霞不禁着急地说："你怎么叫起来了？"赶紧回身连打手势，不教她出声。黑灯影里，张桂枝小姐只顾惊慌，没有看出手势。她只觉一个人留在床上，十分危险，竟又低叫了一声，掀起被单，摸索着要下地。她是缠足姑娘，并没有脱鞋，连睡鞋也没敢换，自然也没有脱去小衣。她竟战抖抖地溜下屋地，要凑到黎小霞姑娘跟前仗胆。她可就忘了屋心的铜盆和铜灯，还垫着书。她蹑手蹑脚地一走，叮当的一响，把铜盆踢翻了。吓得她失声惊叫，同时屋内的张大娘子、玉洁姑娘也吓出声了。

张桂枝小姐慌慌张张奔过来，把黎小霞拦腰抱住叫道："妹妹，我怕！"屋中的张大娘子和幼稚的玉洁小姐也互相搂作一团，以为贼人来到了，闯进来了。铜盆一翻，铜灯立见，贴地发出了晕光，映到纸窗上，虽不是灿然大亮，也照得门缝窗隙微露一线之明。

黎小霞姑娘大恚，赶紧放下窗帘。

张桂枝紧紧搂住她的腰，呼呼地喘息着，语不成声地叫："妹妹，救救我！"黎小霞这只手还拿着匕首，那手也正潜摸暗器囊；一生气，腾出手来，掩住了桂枝的嘴，骗她道："匪还没来，你嚷什么?”

张桂枝战战兢兢道:“我害怕，匪没来吗?妹妹你瞧什么?”仍然搂住黎小霞，整个身子往黎小霞怀中钻，恨不得教黎小霞抱着她，她才不慌。竟把黎小霞累赘得没法，也不能察看来匪的趋向了。

第三章

幕后短剑窗畔嗅异香

黎小霞一面撕罗，一面悄声埋怨说：“你看你吓得这样！贼还没来，你就把我揪住，那不是给贼留穴，让他闯进来吗?”又发狠道：“这不行，你还是……你就不该留在这里。这工夫也不能上我家藏着去了，简直的，咳，你索性进里屋，找大嫂子去吧，教她给你仗胆，我在外头替你等贼。贼来了，我就给他这一刀，这都有我呢，你还怕什么!”

当下，黎小霞插起匕首，也顾不得外面的贼人，里面的灯光，把张桂枝架起胳臂，硬搀进内间黑影中，张大娘子也正搂着玉洁哆嗦。黎小霞悄叫了一声，把张桂枝抱上床头，送到大嫂子怀中，于是张大娘子、张桂枝、玉洁，一个少妇、两个女孩子，互相偎抱着，挤在内间床头。黎小霞索性给她们放下床帐，坚嘱数语：“贼这就来，再听见什么动静，你们千万可不要出声了，再出声，可是自找倒霉。”

黎小霞这才又好恼、又好笑地转身出来，重将铜盆扣好铜灯。一切摆布舒齐，重奔到窗前，微掀窗幕，再察匪踪，匪人早已离开了对面房头，不知溜到哪一面去了。黎小霞往里屋瞥了一眼，愤愤不已，抽匕首转到另一窗前，扒幕缝，撕窗纸，重寻匪影，匪人的影子仍然不见。同时她的胞兄黎绍光已然取刀回来，但并未叩门。

黎小霞双眉微蹙，紧咬银牙，暗暗地生气……不料这工夫，这独行少年贼张青禾，已然窥见西厢的艳影，也猜破她们几个女孩子暗中是有准备。

这少年贼微微一笑："这一定是刚才那个拿小剑的女孩子窥见了我，她一定在屋中暗暗设下埋伏，要骗我上当。丫头，你把我看成什么人了？你真敢跟我斗？"

雄娘子张青禾，他立刻伏身蛇行，绕到西厢后，立刻拿出了他的化妆，很快地扮成妖精。他也知西厢中女子既有行家，这鬼脸假磷火未必吓得住她；可是他还有别的方法，他打扮完毕，立刻又取出了薰香盒，四外一瞥，飞身跳到西厢房后夹道。抬头一找，找见了西厢房后窗，立刻沾唾津，点破小小一洞，把薰香盒的机关弄好，伏身暗隅，用火折悄悄燃着了点薰香引火物，鼓动起来，很快地把薰香点着。然后，挺身站起，傲然四顾，嘴角微浮浅笑，立刻扑到西厢房后墙根，将放香盒的喇叭口，对进了纸窗破洞，站在后面，鼓动小风箱，顿时浓烟发作，穿窗洞灌入西厢房。

不料此时，黎小霞姑娘在西厢屋中，听见了鼓风的微响，她到底江湖经验不足，虽然会武，竟不懂运用晕香匣子的伎俩，虽然听说过昏香贼，却想象不出昏香该如何用。她已然觉出屋有异味，她反倒不躲；她居然艺高人胆大，既感到后窗发出异响和异香，她居然扑过来，要撕开外窥，要看个究竟。

她竟提一尺八寸长匕首，在屋心微微一窜，来到后窗根，伏窗观一目，往外细瞧。当此时，少年贼雄娘子张青禾的一只眼，也正往里瞧，两只手也正往里鼓捣。两个人陡然对了脸，同时出了声。

黎小霞娇叱道："好大胆的贼！"匕首往外穿窗一削，就在同一刹那间，也咦的一声低喝："什么味？"骤忘厉害，用鼻子连连寻嗅，竟吸入很多的蒙药。陡觉眼花缭乱，头脑轰轰，地转天旋，不能支持，失声一叫，忙往后一退，便跌倒了。

却是她手疾招快，她那一尺八寸的匕首，已然破纸窗，刺中了外面的匪手，外面的匪哼呀一声，把手缩回，手背上迸出热血。

少年匪张青禾大怒，而且色胆如天。忽忙中收抢起薰香盒，把创口一按，抽出了剑，他使的仍是嵩阳派的剑技，并且很快地探囊掏出两个布卷，塞住自己的鼻孔，唰的跳上窗台，把窗扇一扯，掠空翻入西厢房的窗台。西厢房薰香烟气灌入得不太多，却也显得薄雾迷离，足以使喘气不舒。

张青禾穿窗跳入人家的深闺。黎小霞误中薰香，坐倒地上，侥幸知觉尚未全失，兵刃更未脱手，见匪人袭入，倏地一滚，身体挺腰跳起。就在这一滚身之际，将手中尺八匕首一挑，立刻挑起了扣在地上的铜盆，亮出来放在地面的铜灯，灯光闪闪，随人影掠风，霍霍跳荡，但依然能够烛物见人。

黎小霞瞥见了胆大包天的少年匪，少年匪钉住了胆豪气傲的黎小霞姑娘。平地上，灯影摇曳里，照不见双眸蕴怒的黎小霞的芳容，却照见了贴地雀跃的莲钩。张青禾见所罕见，欢然大悦，面含诡笑，兴冲冲喝一声："呔，丫头，不许动！"剑光一闪，翻窗直入，合身猛扑过来。

黎小霞姑娘止不住目眩心跳，她不知自己已中薰香之毒，反恨自己遇变怯敌，咬紧银牙往后一退步，侧身挺刃，一尺八寸长的短剑，照敌人刺去。张青禾启窗带笑，身势不停，长剑一挥，简直是欺负人家女孩子刃短力弱。当的一声响，竟把黎小霞的小剑磕飞，直激到前窗，破窗抛落到院中。

黎小霞姑娘哟的一声叫，心头小鹿乱跳，浑身酥软，薰香的药力循血液，散布到全身了。幸药尽猛，受毒无多，黎小霞神志尚还清醒，她正应该振吭呼救。却见少年匪一脸亵意，向自己扑来，右手剑奔黎姑娘的粉项，左手爪竟奔了黎姑娘的细腰；那意思是用利剑一吓，左臂便要插入女子的右肋，居心叵测。要把黎姑娘抱住，甚至于挟走。

黎姑娘一股急劲，杏眼圆瞪，紧钉敌手，竟倏地扭转柳腰，微退弓足，可惜的是短襟小打扮未全改换。短剑已失，双拳一错，亮开了猴拳，竟奋不顾身，两手空空，很迅猛地挺身搏敌。这只纤手一格张青禾的左腕，那只纤手便抓张青禾持剑的手腕，整个身躯偻着，直抢到敌人怀里。

张青禾很识货，心中微微一惊，这个姑娘居然会空手入白刃的招数，而且应变快，空着手硬往自己怀里挤，这分明是逼迫自己，使利剑没有发挥的余地。他立刻微微撤半步，左手掌一磕敌腕，右手剑往回一缩，突然往外一吐，“金蜂戏蕊”，正取黎小霞的心窝。

这时候，黎小霞姑娘头脑涔涔然，已然支持不定。张青禾这一剑，贪恋女色，未下绝情，他若快速，黎小霞立被刺中胸膛。他不忍下毒手，他另安着毒念，而是剑势前挺略缓。黎小霞惊叫一声，忙用左掌硬来夺剑，居然夺住了敌人手腕。恰在同时，张青禾陡发怪吼，本扮妖魔，左手一抹脸，顿时磷光满面，现出了巨口獠牙，就用这左手，往下一削黎小霞夺剑的手腕。不防黎小霞身手很快，左掌伸出来夺兵刃，却有虚有实，见硬就回，不等到敌人招到，强拖敌腕，往里猛然用力一拧，右手掌紧握拳头，扑地捣上来。

张青禾玩弄敌人，欺负她力弱。黎小霞这一拳直奔面门，并不怕他这张假鬼脸，而且喝出来：“呔，好贼!”张青禾反而受制，慌忙一侧脸，哼哧一声，腮帮狠狠挨了一拳，把个假鬼脸打落地，挂在耳轮的巨口獠牙全掉，只剩了半边蒙额角、遮眼眶的绿油绸面幕。

雄娘子张青禾吃了举动不狠不猛的亏，黎小霞骂道：“恶贼，教你装神弄鬼!”用双手强来夺下敌人的宝剑。她也小瞧匪人，匪徒张青禾这一只持剑的手被黎小霞双掌擒住，那一只左手却空闲着，只听他骂一声：“好丫头!”陡然施“黄莺托腮”，紧扣咽喉，把黎小霞下颚一托；下面双腿一错，一绞一绊，更掉臀把黎小霞整个身子往外一挤，黎小霞顿时失势，赶紧侧脸退步，夺剑的双手不待破，而自行松开。

张青禾乘敌招乱，就手用力，横剑一拍。这工夫黎小霞救招急躲，双臂收回，往上一穿，原为破解张青禾扣咽；张青禾一躲，竟踏着了黎小霞姑娘一只细足。不由得疼得她哎呀一声锐叫，想往外挣，已不能够。张青禾更进一步，再施阴损之招：这只脚不抬，那只脚硬上，右手剑一晃，左手掌当胸一推。

黎小霞姑娘扑噔一声，玉树倾斜，栽倒在地。就被这一震，脑际轰轰，耳鸣眼花，薰香的力量越发按压不住。可是她到底不弱，竟施“燕青十八翻”，往外一滚还想跳起。无奈右足奇痛彻骨，头脑晕眩，柳腰连摆，到底又跪倒在地了。少年贼大喜，挥剑上前，要活捉此女。黎小霞姑娘猛将右手一扬，发出的暗器相距甚近，势难躲闪，偏生黎小霞呼吸短促，芳心狂跳，竟失了准头，竟被张青禾略略一个侧身，闪开了暗器。同时疾如电火，他也探囊取出一物，照黎小霞劈面打来。黎小霞急待退避，不料这暗器不是寻常镖石袖箭，才出手便腾起一层迷雾，笼罩了黎小霞。黎小霞欲避无从，赶忙屏心摄气，到底呻吟一声，被这暗雾扑倒。

张青禾大悦，叫道："好你小妮子！教你快活！"飞身过来，俯腰扑捉。竟把黎小霞挟在肋，夺门要走。陡然间，户外一声暴喝，连连发来了两支暗箭。少年贼张青禾急一俯腰，恰已缩身在窗台以下，暗器全都打空。张青禾十分大胆，挟住黎小霞，扑向后窗要跑。黎小霞神志半昏，尚知身落贼手，狠命地一打千金坠，张青禾便不能腾墙上窗。同时，外面的救兵已在霹雳般狂吼声中，脚踢前面屋门，急遽扑入；黎小霞姑娘的双腕也从贼人挟持下，强夺出一只手来，竟趁张青禾忙乱之际，探手掌猛往上托，硬来扣贼咽喉。

张青禾大叫："我杀死你！"一面扭项，一面要用剑背箍黎小霞的手。可是这工夫已然来不及，从前门扑进来的人，正是黎小霞之父，老镖师黎道朗。这老人也是忽略了少年贼的伎俩，更不知道自己的女儿，李代桃僵，反受了薰香之害。他只听得女儿的一声惊叫，方才袭入，坐令爱女竟陷魔手。当下大吼挥刀，照张青禾猛砍来。张青禾猛然一施身，就势把黎小霞一抡，侠女黎小霞竟做了贼的挡刀牌。

黎小霞锐叫了一声："哥哥快上，我教贼捉住了！"她并不知来的人乃是她父。黎道朗闻声大骇，霍地停刀一退，厉声喝道："好贼！"张青禾公然还口，笑骂道："你敢砍！砍就砍死你们家姑娘！"又高叫一声："闪开了。"左臂又将肉质一抡，右手剑乘空往外一吐，身似旋风一转，后窗不好窜，公然夺路，要走前门。

老镖师黎道朗见状闻呼，大恚大愧，惨吼一声，抛刀上前，展开空手入白刃的功夫，截住张青禾，拼命夺剑，其实是夺人。

黎道朗不比黎小霞，年虽已老，精力过人，况又未中薰香之毒，竟挥动双拳，堵住屋内，与匪人交了手。少年匪张青禾本怀恶意，佯借肉质夺路，实在要挟黎小霞逃走。他却忘了这件事决计行不通，他再想拿肉质拒敌，反倒趁了对手夺人之愿。当下，双方也只见了三四个照面，张青禾所挟持的黎小霞，已被黎道朗夺住。张青禾的右手兵刃，也被黎道朗冒险扼住手腕。张青禾不认输，不想走，还要强夺。却是黎小霞姑娘人虽昏昏迷迷，依然辨清利害，她就趁机奋身一挣，双手全从敌人臂下挣出来，竟狠狠往上一捣，拳头捣中张青禾的要害。匪人不禁哼了一声，骤然失手。黎小霞又一挣，脱然坠地。同时黎道朗也腾出左手来，右掌捋住敌人，这左手便扣上去，把敌腕一拿。张青禾又失声一叫，连剑也被人夺去了。

张青禾竟弄得两手空空，宛然偷鸡舍米。黎家女孩子已然跌倒地上，不能再斗，仅仅一滚身，翻到较远处。黎家老头子须眉怒张，早挥动了夺来的剑，向匪人唰唰的猛砍下来。

张青禾仓皇失措，往地上瞥了一眼，要夺门而逃，老镖师堵着门，他立刻要翻身越窗，老镖师的刀就猛砍他后背，青禾在焦灼之下，怪叫一声，取出一件暗器，照黎道朗面上一打，不管打中打不中，猛喝道："看镖！"飞身掠窗洞而去。老镖师黎道朗惊喊了一声，屏息后退，原来张青禾随手一撩，又泛起了一层迷雾。黎道朗经多见广，竟不敢跟踪穷追。也不顾扶救爱女，忙翻身绕从前门窜出，跃短墙上房追匪，更振吭大呼，教长子黎绍光快出来截匪，更连喊小心暗算："匪是个下五门薰香匪，快追，不要叫他跑了，小心他的暗器！"

老镖师黎道朗这样喊，他的长子黎绍光伏暗隅，早已闻耗跳出来。恰瞥见逃出来的人影，立即横身追截过去，老镖师的喊声，他仅仅听出“快追”，不曾听出暗器的厉害，人就提刃猛缀下去。张青禾拼命地在前跑，黎绍光拼命地在后钉，转眼间，穿镇出郊，两人没入黑影中了。

老镖师黎道朗又顾念儿子，又顾念女儿。女儿挣出匪手，跌倒地上，想必受了贼剑。这老人又愧又恨，又急又怒，竟丢下儿子，折回来先查看女儿。一口气奔到张宅，由壁头跳下，扑入西厢房。先叫了一声：“小霞！”地上的铜灯早已踏灭，忙寻火种，点着了灯，低头一看。爱女黎小霞倒卧在地上，喘息声弱，仅能涩声低应，以肘拄地，抬起头来，呻吟一声，又复躺倒。

黎道朗十分焦急，忙端过灯来，俯身验看。黎小霞姑娘面色惨黄，鬓发蓬松，衣衫凌乱。这老武师蓦地红了脸，顿足打咳，话到口边，要问，又不敢问。把灯放到一边，扶起女儿的头，放低声音，低到有字无声地问：“你你伤了吗？哪里伤了，可是遭到恶贼的……”

黎小霞惨笑摇头，把父亲看了一眼道：“是爹爹！”又道：“我没有，没有伤，这恶贼人捉住了没有？哥哥哪里去了？他太耽误事……我是受了贼人的薰香！”

老武师心痛爱女，不禁骂道：“你哥哥浑蛋！他追贼去了！”急将黎小霞抱到床头，重举铜灯，细加验看，把黎小霞由上到下，看了一周，方才吐了一口气，放下悬着的心，低说道：“孩子，你是怎样受了薰香？可是睡熟了，受的害？你没有别的伤吗？现在觉得怎样？”

这老头儿也是呆脑，只顾担心盘问，忘了急救。黎小霞心中难过，叫道：“爹爹，我心上翻腾，快给我一口水。”黎道朗这才想起来，寻找冷茶，给女儿喝了一杯，又用冷茶渍湿手巾，给女儿擦脸。被冷水这一激，黎小霞才清醒过来，可是十分羞愤，躺在床上，切齿掉泪的恼恨胞兄，取剑迟来，误了大事。

这工夫，黎家父女兄妹，斗贼追贼，跳踉喊骂，闹得惊天动地，宅主人张秀才父子和仆役下人，全吓得钻在屋里，不出头，不哼气，袖手不管，连呐喊助威、拍山镇虎的举动也没有。西厢房里间，蜷卧着张桂枝、张娘子、玉洁姑娘，藏在西厢房黑影里床帐内，分明听见外面扑跌斗殴，全吓得傻了一般，互相搂抱作一团，连喘气都吓住。

老武师黎道朗容得女儿精神稍稍恢复，亲扶她坐起来，把她蓬松的头发，用手捋得整顺了，又替女儿把凌乱的衣衫也整理一下，向女儿连连示意：吃个哑巴亏，不要声张出去。黎小霞姑娘歇了好久，强站起来，把床边小凳上放着的裙子寻着，原来已经掉到地下了，拂去了土，重新穿上，眼泪汪汪，看着父亲说："爹爹给我报仇，我倒做了张桂枝的替死鬼了。教恶贼整对着我的脸，喷了好些薰香。爹爹和哥哥务必设法，把恶贼活捉住，挖他的眼，砸折他的腿，把他碎尸万段，才出女儿这口气!"说着话，摇摇欲倒，体力仍不甚强。

这工夫，西厢房内间的张大娘子、张桂枝、玉洁姑娘已然惊魂稍定。东厢房的张秀才刚才听得人声暴喊，门窗乱响，吓得他不敢出声。此刻已好半晌没有动静了，他也就试探着出来询问。再过一时，张宅的下人们也逐渐出头了。

黎道朗老镖师十分懊丧，等着女儿精神气力渐次恢复，便要携女返家。张大娘子和张桂枝姑娘已听见贼人逞凶的情形，竟不肯放黎氏父女走，仍留他父女防贼。张秀才也一再向黎老镖师作揖打躬，务请在宅多多待一会儿。直耗到天亮，黎宅的人差不多全起来，黎小霞姑娘方得随同她父黎道朗，离开了张宅，回转自己家中。可是她的胞兄黎绍光仗剑追贼，竟一去无踪。

黎小霞回转自己的卧房，很羞愤地和衣躺倒床上，对黎老镖师说："父亲还不快找找哥哥去？我哥哥至今未回，是不是遇上了……是不是上了匪徒的当？"老镖师黎道朗双眼通红，命儿媳伴着女儿，他立刻穿上长衣，暗带兵刃，率领两个徒弟，亲自出去寻找。老武师当时只顾救护爱女，没顾得援助长儿，此刻带人寻找，又不知黎绍光追向何处，只得根据匪徒暗缀张桂枝姑娘轿车时的来路，先往西郊一带访去。

黎老武师直访到午，没有发现匪踪，也没有寻见儿子的下落。正自心慌懊悔，到各处乱找乱问，不想家中人已打发长工倒找来了。老镖师的长子黎绍光，竟被人在北郊外土堡发现，现在叫人用门板搭回来了。果然受了匪徒的暗算，身负重伤，倒在土堡下。因为地点很僻，直到近午，方被行路人发现，幸而黎家冲是小地方，老邻旧居彼此认识，这才把他抬回来。

黎绍光受的也是薰香蒙药之害，并不是硬伤，但当他中毒摔倒之时，也险些被少年匪徒张青禾所手诛。因为时届黎明，已有晓行之人，黎绍光大呼捉匪，才把张青禾惊走。当下黎镖师黎道朗率领弟子，回转家门。看见一个女儿、一个儿子，全受了匪徒的智算，他心中十分痛愤，这少年贼张青禾所用的蒙药十分歹毒，只用冷水喷救，人虽惊醒，却是四肢无力，时欲呕吐。老武师黎道朗忙用解毒丹，给这一子一女服下，暂且不问贼情，命二人安睡养神。这老人暗暗盘算，决计寻贼复仇，把门弟子悉数找来，将此事告诉最得意的三个弟子，三个弟子一齐自告奋勇，要助师门访拿这个恶贼。

挨到申牌以后，黎小霞和黎绍光渐次精神恢复，黎道朗便把门弟子邀到后堂，命一子一女细述贼的年貌口音，自己也把自己所见说了，三个得意高足立刻分三面出去访查，老镖师也亲担一路。

访到下晚，渺无音耗，张秀才家已经两次派了人来，请黎氏父子，到那边去谈一谈防盗的善后，黎老镖师见张秀才父子没有亲到，心中很不痛快，竟向来人发话：“我父子替张家御侮，人已然受了伤，张家父子竟没有一个人来慰问，好像我们父子吃着他们、喝着他们，该当给他们护院似的，这太难了。”末后竟说：“我们没有工夫。”

来人很会说话，忙向老武师道歉：“黎老太爷你不要误会，我们老太爷是吓病了，我们秀才大爷进县城报案去了，我是我们老太爷躺在病床上，面嘱邀请来的。一来就是给你老道劳，二来就是奉请你老再辛苦一趟，他们怕的是匪今明夜再来，他们打算把两位姑娘送到亲戚家住一天。”

原来张老太爷并没吓病，倒是他续娶的那位继室娘子倒在床上，哼哼唧唧，说是吓病了。张老爷全副精神全放在继室太太身上，对于真个吓病了的女儿张桂枝姑娘，倒不甚理会。还是张秀才的娘子，向公公请示，要把张桂枝姑娘、玉洁小姐，全送回外婆家去，一则养病，二则避匪。张老太爷答应了，便吩咐下人套车，可是护送二女的还没有妥人。张秀才已然进城报案，老太爷一味服侍继室太太，张大娘子十分着急，这才假传公公之命，到黎家去求助，意思是请黎家派人代为护送。

老武师黎道朗大发牢骚，被黎绍光听见了。他此时精神已复，忙向父亲疏通，做人要做彻，何不转烦同门师兄弟，替张家辛苦一趟，连说了两次，老武师方才答应，就叫门弟子谢东华，跟随来人，到张宅去了。张宅这才套上两轮车，张桂枝、玉洁小姐各坐一辆。谢东华和张家一位亲友分跨车辕，仍跟随一仆一婢，径往外婆家去了。张老太爷仍烦求黎老武师护院防匪，黎道朗竟峻辞请绝：“你们不是报官去了吗？官面防护，比我们强。”

黎道朗表面上峻拒，暗中却照样提防着。耗到天晚，刚过二更，便吩咐一子三徒，全换上夜行衣，持兵刃，带暗器，悄悄在黎家冲设下卡子，女儿黎小霞就在家中戒备。这样防守了一通夜，匪徒没来。第三天白天仍出去勘访，到晚又钉了一夜，匪徒仍未出现。大家连熬了三天三夜，精神顿感不支，黎老武师说：“像这样不行!”遂将门徒和子女分成白班、夜班，继续戒备下去。

如此，一连六七天，只偶然在晚间，发觉荒郊夜月，犬吠人影。等到追了过去，人影又不见了。这时候，张秀才进县报警，官衙也派了捕快，明访暗缉，也没有访出匪踪。县尉又率民兵，下道清乡，如此又过几天，这件盗案就要模糊下去了。

黎老武师和黎绍光、黎小霞，以及门弟子们，也商量了几回，以为这少年匪大概是过路绿林，也许是看出我们防备森严，已经知难而退了。又戒备了几天，渺无所猎，一无所见，人心便渐松懈下来。只有黎小霞姑娘，怏怏不乐，引为奇辱。

如此，过了不到二十天忽又出了事。

第四章

外家避贼突逢卖花娘

在黎家冲张秀才宅，和黎武师宅，经他们昼夜提防，少年匪张青禾数度化装窥伺，未敢再来打搅。可是张桂枝姑娘和玉洁小姐，那天避地移居外婆家的时候，忘了潜避之计，是在白昼坐车走的，虽然没被张青禾瞥见，可是不知他用何法，又被他访出来了。

张桂枝的外婆住在昭陵，外婆家姓韩，乃是当地的富农。韩老员外早殁，只有一子一女，儿子年已四十多岁，也算是乡绅，女儿便是张秀才之嫡母，已然病殁。这韩乡绅也有二子一女，女儿便是玉洁小姐，今年才十六七岁。韩老夫人年已七十岁，今尚健在，她是很疼爱这没有亲娘的外孙女张桂枝的。她的孙女儿玉洁，跟外孙女张桂枝一块又回来了，这老婆婆便问："这是怎的一回事？你们去了几天，又翻回来，可是你的继母又闹脾气了？"

张桂枝含着眼泪，诉说家里闹匪之事，孙女儿玉洁小姐说起那天夜间，匪徒跳窗进屋，和黎小霞动了手，这老婆婆一听大骇，赶紧把儿子韩乡绅找来，一五一十说了。教他派人到黎家冲，安慰姑老爷，又教他吩咐长工人等，小心自家的门户。又命张桂枝姑娘和玉洁小姐，同住在一个闺房内，拨派一个仆妇、两个使女，给她们两个女孩子做伴。

玉洁小姐和桂枝小姐就住在韩老夫人的佛堂房后，乃是三间精舍，独占着一个小院。住了几天，平安无事，韩乡绅亲到黎家冲，安慰姐夫，据说闹匪之后，经小心戒备，已然没事了，于是大家全放心。

哪想到少年匪青禾跑到别处，连做了两案，现在又折回黎家冲、昭陵一带了，他竟辗转访出桂枝姑娘现时避居韩乡绅家中，他以为那个会武的女子也必在内，他竟扮成一个卖珠花的少妇，白昼到昭陵来摸底。

桂枝姑娘和韩玉洁小姐，在闺房没事，无非刺绣解闷。秋高气爽，韩玉洁一时倦绣，引着桂枝，去到佛楼闲眺。这佛楼供着观音菩萨，原来是韩老夫人焚香诵经之处，也是乡间大户筑来做瞭望台之用的。两个小姑娘带一个使女，攀扶楼窗，往外面闲看，正好看见韩宅后院墙之外，墙外是一片旷场，附近有几座矮房，竹篱茅舍，住着农家。忽然间，从那边走来了一个挎竹筐、卖纸花的年轻卖花婆，凑到村妇面前，兜揽生意。

韩玉洁小姐在楼上望见，很觉奇怪。这花不知卖的是什么花，刚来到时，只有一两个村姑跟她搭讪，旋即哄然地围上来，好几个村妇都在篮里抢买花朵，似乎篮中还有别的装饰品物，这些村妇不但争买，而且纷纷往自己家中跑，把大姐姐二妹妹叫来一大帮，都争先恐后地买花，好像遇上了便宜货。

玉洁小姐觉得稀奇，第一，是从来没有看过这样打扮的一个年轻卖花婆，远远望来，似乎很漂亮，第二，又从来没见过卖花像白送一样，招得人这般争购，她就忍不住向桂枝叫道："姐姐，你快来看！"桂枝姑娘开那边楼窗，走到玉洁小姐身旁，两人并肩下望，看了一刻，也觉得奇怪。她们再想也想不到，这卖花婆的花真像施舍一样，贱得出奇，这些村姑贪小便宜，由争买竟致争吵起来。那个小使女也凑过来看，这小女孩眼尖，立刻看出便宜来，就劝两位小姐下楼去买花。桂枝姑娘说：“这种串村镇的卖花婆，她手里怎会有好货色？我们不要买吧。”玉洁小姐说：“姐姐你看，围了许多人，一定有好货色。”那个使女插言道：“姑娘你看，那个卖花婆很年轻，雪白的脸蛋，长得很俊，咱们看看她去。”

两位姑娘禁不得怂恿，居然款款下楼，徐趋后院，来到了后门口，由使女开了门闩，高声叫道：“卖花的过来，卖花的过来！”

那个少年卖花婆不等着叫，早已回头看见了高门三女相拥同出，她就嗷应了一声，收起货色，分开村姑，很快地寻了过来。双眸直勾勾地盯着桂枝，顺眼又看到了玉洁小姐，说道：“小姐买花吗？”款动莲足，凑到桂枝面前，把花篮放下，一脸的笑容，请两位小姐选取假珠花。

张桂枝看这卖花婆颇为可讶，这卖花婆只有二十来岁，姿容俊美，小口直鼻，长眉秀目，精神伉爽，穿戴尤其不俗。凡是卖花婆，多半衣饰褴褛，这个卖花婆却年当少艾，装束入时，腰肢纤细，双眉甚阔，耳垂金环，头罩绢帕，穿一件月白色短衫，下系长裙，裙下微露纤足，瘦不盈掬，尖削如菱，直够得三寸莲钩，这居然是个很漂亮的少妇，只身材细长，较寻常妇女高过半头似的，两只眼不住的，顾盼灼灼，不住地盯着张桂枝姑娘和韩玉洁小姐，面上时露奇怪的笑容，手也不闲着，从篮中选取上好的珠花，硬送到桂枝手内，口中哓哓夸奖道：“这花儿太好了，姑娘生得这么漂亮，戴这个花最好。”

桂枝也和寻常少女一样，看见了美貌妇女，她必要凝眸打量，可是她刚刚把这少年卖花婆，由头到脚，看了一眼，这卖花婆不错眼珠地盯着她，竟看得她很不好意思，而且无端地心跳，脸红起来。那卖花婆的一对眼十分尖锐刺人，满脸笑容，强将一朵珠花往桂枝手中塞，竟趁势抓她的手腕，微搔她的手心，脸上神气也似半献媚半轻佻，双眸射出饿虎扑食样的强光来，做足了耽耽而视的猛样。桂枝竟不由得畏缩起来，无形中觉得一种莫名其妙的、恐怖的空气所笼罩，她竟要往后退。退到了后门框边，她的手也躲回来，不肯接取卖花婆递过来的珠花。

这所谓珠花，也就是人工所制的灯草、琉璃珠、蜡纸所造的假花。卖花篮子内盛花全是这些纸制的石榴花、茉莉花、珠花，还有些胭脂、宫粉、花样子、小毛巾、弓鞋面，以及针头线脑之类，货色不多而很精致，索价极贱，贱到出奇，直同白舍。玉洁小姐年岁小，也心惊这卖花妇的年轻貌美，衣饰整齐，不似寻常的卖花婆。她究竟是个小女孩，只顾俯身选花问价，再没想到其他。那张桂枝却觉得这个少年卖花婆双眸的可怕，尤其是卖花婆的身手直迫过来，做出咄咄逼人的气势，张桂枝十分羞怯。卖花婆的手假装选花，摸不着她的手，竟又来摸她的胸乳，她不禁红了脸随转嗔怒，低喝了一声：“做什么？我们不要，妹妹快进来吧。”

韩玉洁小姐不知哪里的事，刚拣起两三朵珠花，看了又看，向卖花婆问价，卖花婆转眼一看玉洁：“这个小丫头也够爱人的，就是个儿小点。”遂含笑答道：“姑娘要买这个珠花吗？我卖给别家三百文钱一朵，卖给二位姑娘，我要格外让价，你只给五十文钱吧。”这种假花竟是精品，按时价说，至少也须五百文一朵，这个卖花婆开口价便小，如今又落到五十文，真是太便宜了。韩玉洁很欢喜，手举着对张桂枝姑娘说：“姐姐，你瞧，她才要五十文钱，咱们买几朵吧。”

韩玉洁捉花赏鉴，恋恋不肯走，一迭声地说：“姐姐，我们可以多买几朵。”张桂枝暗含疑怒，不欲明言，只是摇头说：“我不要，我不要！”扭身就要进门，韩玉洁不知就里，竟抓住她不放，一定教她挑选。张桂枝一面摘夺她的手，一面向玉洁说：“妹妹，我决计不要，你也不用要……这个卖花婆很讨厌，你不要搭理她。”

两个女孩子你拉我推，已然进了后门口。韩玉洁仍然问：“什么？什么？”张桂枝很着急，暗恨玉洁年幼无知，迫不得已，附耳说道：“这个卖花婆不是好人，妹妹快关上门吧，不要买她的东西了。”但是韩玉洁小姐手里还拿着三朵珠花。这卖花婆一声诡笑，竟提篮追进后门洞，笑嘻嘻说：“二位小姐选两朵吧，这全是京货，价钱便宜好多呢。”绕转身子，居然挡住了张桂枝，不放她往回走。

张桂枝大怒，俏眼含嗔道：“你这个卖花婆，好可恶！你怎么追进院子来！快给我出去！”对丫头说：“把她轰出去！快把门关上！”

张桂枝这样发怒，韩玉洁十分惶惑，她素知桂枝性情柔和，从来没有疾言厉色，不知今日何故无端动气，她也觉得这卖花婆艳姿轻俏，衣妆似乎十分飘浮，现在见这卖花婆公然进门入院，阻住道路，她便随着张桂枝的口气，申斥道：“你怎么直往院子里闯？你快出去！”

卖花婆满面春风，扑到玉洁小姐面前道：“小姑娘，你不要发脾气，你拿着我的花，直往你们家里，你到底是要不要呢？”

玉洁道：“这个……”可不是自己手内还举着三朵珠花，不由脸一红，赌气把花往卖花婆手中一送道：“给你，给你，你还怕我们拐走你的花，不给你钱吗？你不要不放心，还你的花，我们不买了，你给我出去！”

卖花婆嘻嘻地一笑，把手一躲，不肯接花，向二女说道：“两位姑娘挑了这么半天，怎么又不买了呢？你们阔小姐不要拿我们穷人逗笑，你多少得买一两朵，不要开玩笑，耽误我们的生意呀。”

张桂枝、韩玉洁一齐生气，卖花婆竟似个赖不着了。张桂枝不愿跟卖花婆还口，只想往院里走，反正卖花婆不敢进入内宅屋里走。韩玉洁却怒道：“我们怎么不想买，我嫌你的东西贵，我们买不起，你快出去吧！”

卖花婆笑道：“你是嫌贵呀，可是，姑娘，多少钱才算不贵？姑娘你还没有还价哩！”

韩玉洁道：“给你十文钱一朵，爱卖不卖！”说罢，将珠花往篮中一丢，转身要走。卖花婆咯咯的一阵娇笑，把丢下的花全抢起来，说道：“十文钱一朵，可真少点，姑娘别走，卖给你了，全卖给你了！”双手分举着这三朵珠花，又横身一遮，把二女全拦住，却将珠花分递向二女。

二女笑不得，恼不得，价值五百文的珠花，卖花婆她竟十文钱就卖了。这固然是便宜货了，可是卖花婆满口说得也是便宜话，她说：“这花卖给别人贵，卖给二位姑娘，我怎肯舍得多讨价钱？二位姑娘不认识我了吗？我却认得二位姑娘，我还知道姑娘你姓张，姑娘你姓韩，对不对？”

韩玉洁不禁睁大了双眸，很诧异地说：“你这卖花婆，我们多咱认得你呀？你怎知道我姓韩，我姐姐姓张？”

卖花婆笑道：“你二位是贵人多忘事，这些日子，你二位不是去黎家冲张秀才家住着吗？你们家里，前些日子在晚上还闹过事，对不对?”

二女越发骇然，韩玉洁以为离奇，便想盘问，张桂枝悄悄说道：“妹妹快给她钱，把她赶紧打发走吧。”韩玉洁小姐赶紧命使女回去取钱。小使女答应着去了，卖花婆竟停在后院门以内，留恋不走，看出张桂枝风格严峻，她就巧笑着，向年幼的韩玉洁搭讪，三朵珠花买定，只索三十文钱，她又拿起别样的花朵、脂粉，向韩玉洁兜售，索价格外低廉，她没话找话，向韩玉洁逗弄。别的村姑村妇那些贪小便宜的，也凑了过来，韩家后院门以内，竟挤进来好几个乡妇村姑，七言八语，向韩玉洁说道：“韩小姐，也出来买花吗？这花真便宜呀，这位小姐是谁呀？是黎家冲的张小姐吗？几年没见面，张小姐长得这么漂亮了。”

张桂枝含嗔低头不语，容得小使女取来铜钱，付了花价，也就扯着韩玉洁小姐，往内宅走。韩玉洁贪恋便宜货，还不想走。张桂枝再也忍耐不住，独自抽身走回内院去了，独自坐在韩玉洁的闺房内，潜生闷气，又细细琢磨这个卖花婆，不知从哪一点，竟觉出她十分可怕。这卖花婆分明是个妖冶的妇人，气度轻狂，决不像个负苦的穷妇，而且张桂枝，又觉得这卖花婆的面目，尤其是她那一对眸子，好像在哪里见过，她那一对眸子恍如饥鹰饿眼一般，看人一下，似乎咬人一口似的，张桂枝再也想不到这少年卖花婆并非寻常女子!

张桂枝姑娘独自生了半晌闷气，韩玉洁小姐仍未回来，连那个小婢也没来。张桂枝暗想，她们买花的，怎么教卖花婆买住了不成？莫非这卖花婆竟是个拍花婆吗？寻思着，忍不住又慢慢出离闺房，走到后院角门旁，探头窥看，果然看见韩玉洁小姐和使女相伴立在一旁，那个卖花婆竟在门洞内条凳上坐下来了，旁边围着村姑，跟她又说又笑。这少年卖花婆把一只纤纤莲钩伸在凳上，用自己的手捏着，皱眉说：“走得路远了，有些脚疼。”这些乡妇村姑都看着她这一对纤足，似乎十分惊羡，她的脚怎的这么瘦小周正呢？卖花婆也似乎故意在人前卖弄脚小，把这只脚放下，又翘起那一只脚，自己依然用手捏揉，村姑们都看着她，跟她说话，韩玉洁小姐和那使女每人手里拿着珠花、纸花，也都在赏鉴这卖花婆的绣鞋莲钩，主仆都不想遣逐这个卖花婆。张桂枝年长心眼多，心中有气，可是自己在外婆家乃是个客，也不好意思做主强驱这三姑六婆，便恨了一声，扭头又走回去了，卖花婆竟在韩宅逗留了好久，将到晚饭时，方才收拾了花篮走去。

韩玉洁小姐拿着好几样便宜货，进了闺房，很欢喜地向张桂枝夸说便宜，像这件珠花，上年哥哥给买了两朵，花了一串钱，现在才十文钱，这盒宫粉，上月花了六百文才买到，现只花了十二文……她这里直夸便宜，抬眼看出张桂枝面露不悦，她越发惊讶道：“姐姐，你怎的了？”

张桂枝道：“我不怎的，我有点头疼。妹妹，那个卖花婆怎的总不走？她堵着后门干什么？她都说了些什么？”

韩玉洁道：“她没说什么呀。”

张桂枝道：“没说什么？你怎的这工夫才进来？”

韩玉洁道：“啊，你说她怎的在咱们门洞耗了这大工夫呀。她是说起了她自己个人的事，她原来身世很可怜，她说她是个被人赶出来的年轻小寡妇，她说她丈夫生前不正干，好嫖好赌，包了一个妓女，后来生什么花柳病死了……姐姐，什么叫花柳病呀？”

张桂枝皱眉道：“不晓得，不知道。”

韩玉洁接着说：“她说，她男人一死，她家中有个大伯子，顶不是东西，总调戏她。她们大嫂子又很厉害，是个吃醋精，她的大伯子和大嫂子总为了她，天天吵架。她还有个本家远门小叔子，也没事找事，常来调戏她。她这小叔子竟为了她，跟她大伯子动起刀来，小叔子砍伤了大伯子，大伯子昏死了过去，小叔子只当是砍死了人，弃下凶刀，连夜逃跑了。可是大伯子并没死，只是流的血太多了，躺在床上起不来，病了好几个月。她那大嫂子就骂她是迷人精、害人精，硬拿擀面棍，把她打出来了，她万般无法，这才卖花糊口，可是她没有住处，没有家，住店又常受人欺负，她说她今晚上就没地方寻宿，她说着哭起来了。"

韩玉洁说到这里，颇有恻然之意，张桂枝姑娘到底心眼多，不禁冷笑了一声，叫道："她这样的寡妇，也倒少有，她男人死了多少年了？"

韩玉洁道："她说死了半年多了。"

张桂枝失声冷笑道："丈夫死了半年多，她那打扮就这么花里胡哨，她一定很正经，很贞洁的了！"

韩玉洁道："可不是，她说她是为了保全贞洁，才被大伯、大嫂子赶逐出来的，刚才她一说出来，就直拿手巾擦眼泪。"她竟听不进张桂枝的话，意含反诮。

张桂枝徐徐说道："她是很可怜，她穿得很阔，打扮得很漂亮，她倒是个美人儿，现在她离开咱这村庄没有？"

韩玉洁道："你没听说，她没地可投吗？现在是后巷贾三娘很可怜她，她把她引到她们家去了。"

张桂枝姑娘哼了一声，半晌没言语，当下，也就把这件事隔过去了。转瞬到了午饭后，韩玉洁看出张桂枝寄寓无聊，便要邀集女伴，跟她玩耍。张桂枝再三拒绝，只说自己乃是饭后食困，所以打不起精神来。韩玉洁搔头说道："我看你总像有心事似的，你到底觉得怎样？莫非还惦记着那天晚上闹贼的事吗？"

张桂枝捧心道："可不是，我一想起来，就心跳，真把我吓坏了。"

韩玉洁道："谁说不是，我也吓破胆子了，但是姐姐你躲在我们这里，不是很消停的吗，你何必总皱着眉头？"停了一会儿，又道："姐姐，我们还是上佛楼玩玩去吧，也省得坐在屋里发闷。"遂强扯着张桂枝，出了闺房，再登佛楼，远眺散闷。

这样的佛楼，乃是乡间大户常见的建筑，楼上供祀神佛祖先，又可以做瞭望台使用；女眷们也常借来，作为登临游目之娱，韩玉洁小姐把张桂枝姑娘重引到佛楼上，远望村景。林岗起伏，云霞影彩，倒也开心骋怀；旋又绕到楼这一角，抬眼遥望，仍然是一抹云天，低头俯窥，便望见脚下村舍，竹篱茅舍，栉次鳞比。张桂枝怅望良久，忽然微喟了一声，她的环境和韩玉洁不同，玉洁乃是韩家门唯一的爱女，上有祖母，中有双亲，一家子都钟爱她的；张桂枝姑娘年已及笄，不幸失恃，父亲续娶，这位继母虽不刁悍，却甚冷漠无情，张桂枝在自己家，宛如做客一般，没有一个嘘寒问暖之人，又届婚期，出阁无日，这更使少女芳心时增寥落之悲了。

韩玉洁只比桂枝小着两三岁，却是两个女孩子的境地，影响到心情，张桂枝已然是大姑娘了，韩玉洁的性情竟比她的岁数更小，张桂枝这里凝眸远望，默心思，韩玉洁宛似小鸟一般，绕楼窗看了这边，又转到那边。突然一眼看到宅北村舍的墙院中，不禁发出诧异之声，道："桂姐姐，你瞧！"

张桂枝转身道："瞧什么？"

韩玉洁道："你瞧这个小院里，聚着这些人，哟，她是谁，就是那个卖花婆吧？"说着，手指楼窗以外。

张桂枝姑娘顺着她的手，往北窗下一瞥，呀，果然在一座茅舍旷院的当中一处，有着六七个妇女，聚在一座小院，院心当中，围着一个人，这个人，果然就是那个卖花婆。

现在，这个年轻卖花婆，已被后巷贾三娘收留在自己家里，她幸得宿处，大概仍不忘招揽买卖，又勾引了这么许多村姑，再不然，便是她自己守孀，以美色招来意外侮辱的凄艳故事了。她在贾三娘家的竹篱院落中，守着她的花篮，坐在一只长条凳上，仍是那样翘着纤足，指手画脚，似乎正在讲话，有几个村姑围在那里，有的翻动她的花篮，有的望着她的嘴，似乎听她说话。张桂枝姑娘一眼望下去，心中暗想，这个青年花婆到底是怎的一回事呢？她为了什么，在这里留恋不走？她恃花卖的这样贱，她恃什么生活呢？

张桂枝凝眸俯视，这样涉想，恰值那个卖花婆也正抬头楼窗仰望，当下，一个在楼上，一个在楼下，又恰恰眼光相碰了，虽然远隔，张桂枝觉得卖花婆的眼光像剪刀似的犀利，直勾勾地盯上来，使得张桂枝局促不宁，急忙一缩身，退回来了。韩玉洁还在身边，絮絮叨叨地问话，张桂枝竟不要看了，闹着要下楼回房，韩玉洁只好跟她回来。

这一日，桂枝精神扰动，十分不安，对玉洁说，要请舅舅给她套车，她要回黎家冲看看，外婆韩老奶奶晓得了，心疼外孙女，再三挽留，教她多住几天，说是："孩儿呀，你家里又闹贼，又有个后娘，谁是知疼着热的人呀，你在外婆家多住些日子吧！"桂枝到底被劝住了，哪想到第二日夜间，在这昭陵镇韩府上，又发生了变故！

这天晚饭后，桂枝姑娘依然神思恍惚，快快不乐，韩玉洁问她："到底怎的了？"她说："大概是昨天日间在佛楼上闲眺，受了野风，身上有点不得劲，要早睡一会儿。"韩玉洁便要告诉她父，打算找点成药给桂枝吃，张桂枝一再阻拦，连说："我睡一觉就好了。"天刚起更，张桂枝姑娘就和衣上床了。

张桂枝姑娘在外婆家，本与韩玉洁联榻，现在她不很舒服，韩玉洁就要跟她并枕，她笑说："不用，不用!"于是韩玉洁亲自给这个表姐加盖了一床被，又给放下幔帐来，让她很安静地睡下，韩玉洁独自对灯挑绣，又到上房去了一趟，和外婆说了一会儿话，随后韩老奶奶扶着一个仆妇，亲到闺房省视，隔帐问了一声，张桂枝欠身说道："外婆还没睡吗?"这老太婆撩起帐子来摸了摸张桂枝的头，她的额角并不十分热，韩老奶奶便说："不碍的，睡一觉就好了。"命使女给拿来几只鲜果，慰问了几句话，扶着仆妇回去了。

挨到二更，韩玉洁小姐倦绣停针，打个呵欠，也就收拾睡了，不大工夫，微透轻鼾，香梦沉沉的了。张桂枝姑娘竟翻来覆去不能成寐，尤其是上床太早，倒害得心神浮躁起来。帐子本已垂下，她觉得闷气，悄悄坐起，把帐子重新挂起来，闺房中桌子上点着一只铜灯，已将灯草拨得很小，吐出淡黄的光晕，听外面风声，阵阵作响，窗格鸣动，遥闻外面村犬吠声，一声远，一声近，这时候大概快三更了，不知何故，张桂枝陡觉心悸，想要招呼韩玉洁，见韩玉洁绣帐低垂，睡得很香，她想了想，到底忍住了，本已拥被而坐，觉到惊恐，便又躺下来，把头一蒙。

不知过隔多久，急起一身躁汗，便又钻出头来，两目炯炯的，一点困倦的意思也没有了，翻来覆去地折腾，强张眼闭上，自己安慰自己："何必害怕？有甚可怕的？睡吧，睡吧！赶明天回家吧！我本来没有择席的毛病，今天是怎的一股劲儿，会睡不着了呢？害怕，怕的是什么呢?"

胸中鬼念着，紧闭双眸，强行寻梦，忽然间，心中又一惊，睁眼一看，铜灯灭了，有一股奇异的香气扑入鼻观，乍闻很香，心说：“这是什么味？在哪里闻过呀？”可是连连猛嗅几下，忽觉香气袭入甚深，耳畔轰的一响，头脑烘烘地乱鸣。紧跟着觉得帐顶乱转，双眼先冒绿星，旋见黄雾，耳门又轰的一震，便人事不知了。

隔过不知多久的时候，张桂枝突觉身体割裂似的奇疼，跟着又坠入梦境，恍惚觉得对面那个少年书生，向自己表示亲热，似乎少年书生的嫩白面孔，正偎着自己的唇腮。张桂枝在万分羞惭下，闭着双眼，觉着少年书生在自己脸上乱嗅。可是桂枝姑娘竟睁不开眼，虽然睁不开眼，却分明看见这个少年书生正对自己施行狂暴的亲爱，自己又羞，又气，反感觉一种从未经验过的舒服，……于是，好久，好久……

她以为是个怪梦，可是她的身体似被一条温暖的蛇紧紧缠住，上至唇腮，中至腹胸，下至双股，一点也动弹不得，她痛苦地又呻吟了一声，拼命一动，只有一只手抬起来了，立刻听到一个奇异的语音道：“小妮子，别动！”她又拼命地又一睁眼，哦，这一回分明睁开了，而且清清楚楚，看见一个雪白的面孔，正压在自己的眉眼之前，相距不到半尺，这雪白面孔的口中嘘气，吹到自己脸上，嘘嘘作声，同时也分明觉出……哎呀，一个活人，压在自己身上！

她大骇惊醒，恐怖，羞耻，可是她不能挣扎，她是处女，从来不肯脱去的小衣现在没有了，身体竟在睡梦中裸露。她惊恐得浑身一跳，失声地悲呼了一声：“哎呀，有贼！”

她只喊了一声，她的身手又被按住，她的咽喉又被一只手扼住，稍稍一紧，张桂枝感觉到死的逼迫。

她痛泪交流的，噤不敢声，仅仅不自觉地发出了呻吟！

她看见了闺房的铜灯又发出黄光，她看清了这个白面孔修眉丰颊，头蓄长发，很像那个年轻卖花婆，可是这卖花婆现在分明是个男人，而且，双眼露出饿狼似的凶暴，毁害了张桂枝姑娘的童贞！她恐怖，她辗转摆脱，终不能逃出。一任这个青年卖花婆恣情狂暴，感到比死还可怕的恐怖！

这白面孔狂徒两肘压住自己的臂，两手捧着桂枝的两腮，连连狂吻，而且说："小妮子，你还躲不躲！"

张桂枝满眼泪痕地说："你是谁呀！你你……你没冤没仇，你害死我了！"在无力抵拒之下，泣不成声，可是她的哀咽，似乎得不到狂徒怜惜，反倒越发勾起第二度的疯狂，张桂枝禁不住喊了一声："救命！"又喊了一声："饶命！"

"救命"二字才出口，狂徒怒道："你喊，你敢喊！"忽有一物按在张桂枝的口鼻之间，一阵怪香气，张桂枝又不知人事了。

良久，良久，狂徒丢下张桂枝，再看对面绣榻上的韩玉洁小姐。

咦，刚才还看见她在榻上，现在没有了，狂徒桀桀地一笑，束衣跳下床来，寻找韩玉洁。呀，竟在绣帐后床底下，发现只穿小衣、战战兢兢、面无人色、年才十六岁的韩玉洁。

狂徒一声狂笑，捉住了韩玉洁，韩玉洁小姐比张桂枝更年轻、更胆小。她半夜惊醒，似乎听见表姐窒息似的呼喊。她睁眼一看，灯影里，对榻绣帐中，表姐张桂枝不住呻吟，她欠起身看，看出压在表姐身上，似有一个妇人头，正自喘吁吁地蠕动，表姐就随着喘声，发出呻吟，大吃一惊，以为这不是女鬼，就是女妖精。她蒙头往帐里藏躲，竟从帐缝坠落到地上，她连人带被蜷伏在床底，连大气也不敢喘。可是那个妇人头，那个女妖精忽然离开了表姐，又来搜捉她。她只哼了一声，当那女妖鬼从床底被中，把她扯出来的时候，她一阵害怕，竟随手俯仰，整个吓昏过去。

那个狂徒，也就是韩玉洁心目中的女妖鬼，张桂枝眼中少年卖花婆的白面孔，活捉着半裸体的韩玉洁，把玉洁放到绣榻，解开了小衣，扯断了腰带。仅只十六岁的韩玉洁竟如被剥脱的羔羊，横陈在刀俎之上。

狂徒发出了毒虐的欢笑，同时韩玉洁发出了惨痛的哀呻，经过了好久的工夫，年幼体弱的韩玉洁小姐，更搪不住狂暴，赤裸裸地晕死过去了。

天破晓的时候，昭陵韩府上的主人翁韩乡绅夫妇，忽听见惨号救命的声音，夫妇俩全都惊醒，可是又害怕，又怀疑，只侧着耳朵听，“这喊声从哪里来的呢?”侧耳细听时，喊声又没有了。夫妇俩从将头放在枕上，以为耳讹了，却是两人才将提起的心神一放，要继续寻前梦，喊救的声音又出来了，韩府本是深宅大院，这喊救的声音似乎很近，似乎就在院内。

如此数回，韩大爷见窗纸已透曙色，便披衣下床，开了屋门寻找这喊救声音。

这声音很怪、很低哑、很恐怖似的，寻来寻去，韩大爷终于听出来，这喊救命的声音就在他女儿玉洁的闺房之内!

韩大爷吓了一跳，踉跄奔向闺房前，叫了一声，房内无人回答，用手一推，门扇紧闭。韩大爷忽感惊慌，狠命一推门，又大声一叫，屋中居然有了应声：“救命啊！救命啊!”似乎是使女，韩大爷忙叫着使女的名字，催她开门。使女只喊救命，不来开门，大爷狠命一撞，这格扇门竟被撞开，韩大爷扑进去，险些跌倒。

闺房门一开，有一股奇怪的气味扑脸。韩大爷急看时，不由失声惊喊。后窗已开，窗前还放着一只小凳，使女小红被捆在外间床足之下，这分明是“糟了”！

韩大爷二目一瞪，急叩内室，内室门应手而开，韩大爷叫了一声：“洁儿、桂姑！”屋中没人回答。

韩大爷顾不得乡绅的架子了，一步闯进了女儿的卧室！

“哎呀！……不好了，你们快来！”

韩大爷分明看见女儿韩玉洁像小白羊似的，裸体横陈在绣榻上，手足张开，仰面瞑目，脸无人色，而且身上一丝不挂，简直使人无法逼视！

更望对榻，哎呀！寄寓的甥女张桂枝姑娘穿一身小衣，已然悬挂在帐柱上，上吊了。

韩大爷骤经惨变，失声大号：“不好了，你们快来！”

时当凌晨，韩大娘刚起，仆妇和长工们刚在开街门扫除庭院，闻吼大惊，一齐奔寻过来，头一个奔入闺房的是长工黄三，第二个人是一个老女仆，第三个才是韩大娘子！

但等到长工黄三扑进闺房时，韩大爷忽然省悟，大张着两只手，阻住了长工，不教了他进来，大瞪眼说：“滚出去，谁教你进来的！”却一任桂枝姑娘吊在帐柱上，一任使女捆缚在床足下，一任女儿裸卧着，他要维持他的绅士颜面！

仆妇被放进来，一望见悬梁的桂枝、裸体的韩玉洁二位小姐，这仆妇失声大号起来，翻身往外跑。恰好韩大娘子姗姗走来，两人撞个满怀，几要跌倒，终于，经过了失神惊扰，韩大爷方才着手抢救二女。

韩大娘子用一床夹被，慌慌失失给裸露的玉洁盖上，已看明爱女童贞已失，人已垂斃。“儿呀，肉呀！”搂抱着哀叫起来，韩大爷在极度恐怖中，到底喊进一个年老长工和一个年轻仆妇，合力把张桂枝姑娘解救下来，外间值宿的使女，此时也被人解去了绑绳。

全宅男妇俱已惊动，连年逾六旬的韩老夫人也被哭声惊醒，这老妪不住声地问：“怎的了？怎的了？”韩府上的人极力隐瞒着，可惜隐瞒不住了。

韩大娘子偎着女儿玉洁小姐哀叫，渐渐叫得玉洁小姐苏醒过来。母女两人一味对哭，韩玉洁昏昏沉沉，亡魂丧胆，经母亲的穷诘，勉强说出了昨夜晚的噩梦。

咳呀，可怕的噩梦呀！那女妖精，那卖花婆，那女妆的采花贼呀！毁害了两个女孩子的贞操，毁害了两个女孩子的生命！

韩大娘子对这意外的灾害，怨天怨地，终于怨到甥女张桂枝身上，都是她招引来的邪魔外道，她上吊了，连累得自己女儿也遭强暴，自己女儿大门不出，二门不迈，怎会勾引来采花淫贼……韩大娘子搂着这娇滴滴的十六岁女儿，望着她粉嫩的脸，而现在蜡渣似的黄，真是心痛不过，怨恨已极。

韩大娘子不知怨恨恶贼，反而怨恨住亲戚，避难来的张桂枝，是张桂枝姑娘给带来了大不幸，这简直是嫁祸！韩大娘子哭，诉，怨，痛……搂着女儿，望着张桂枝姑娘，张桂枝姑娘羞愤自杀，虽被解救下来，可是入缢时间稍长，至今还没有苏醒，虽然肢体还没有僵挺，可是口鼻间不闻吹气，胸口也摸不出跳动来，她也许就这样死下去了，韩大爷悲愤惊惋，一面督促家人急施药救，一面派人给亲家张员外父子送信报凶耗。

直乱到过午，张员外本人要来，被继室夫人强留住，只来了长子张秀才夫妇，车到韩府，秀才夫妇双双趋入厢房，验看胞妹的肢体，此刻早已僵冷了！韩府上起了一片号啕。

张秀才要给妹妹雪冤报仇，要禀官缉凶，但报官便须验尸，而任听仵作检验闺女的尸体，在缙绅旧家，一向引为奇辱。韩大爷的意思，顾全生者的体面要紧，应该以“急病暴亡”为辞，赶紧买棺成殓为是。韩大爷的意见跟张秀才截然不同，甥舅二人争执起来，张秀才更诘问韩舅爷：“是怎的疏于防范，坐令舍妹入缢？”韩舅爷反唇相讥：“我家门无闲丁，从何处招来淫贼？分明这淫贼是由你家里引来的。”

这两位绅士丢下善后不办，竟这样咬文嚼字，穷吵个没完没散。韩大爷拿出舅父的面孔来，申斥外甥：“你小孩子，不懂什么，快教你爹爹来，我要跟他讲。”

外甥冷笑道：“我父亲要肯来，早就来了。”

韩大爷说：“他的女儿死在我家，他想脱心净，不来怎能成？我找他去！他只顾续弦老婆，连惨死了的女儿也不管了吗？”

韩大爷吩咐套车，气哼哼地要找员外！不幸到了黎家冲之后，这郎舅二人，韩与张两位绅士也照样吵闹起来，互相抱怨，互相责难，韩大爷教张员外到昭陵验看张桂枝，赶紧备棺成殓，张员外受继室的讥讽，不肯棺殓，怒说：“我们好好一个姑娘，吊死在你家，怎么还教我自备棺殓？”韩大爷怒说：“你们家闹淫贼，教你女儿引到我家，你女儿吊死了，我女儿也也……活不成了！我的女儿才十六岁，教她怎么嫁人？都是受了你们家的害！”

两位绅士本说“家门不幸，家丑不外扬”！可是怨天尤人的结果，越闹越凶，终于“涉讼公堂”！一经涉讼，昭陵韩家闹采花贼的可悲消息，顿时喧腾众口了。

县官出头了事，虽然依着张家报案的情形，亲来验尸，可是并没有裸验，更没教仵作验视女贞，仅由县官看了看，连说：“可惜可惜，可叹可叹！”随后便劝韩大爷买棺木，张员外购殓衣，先把惨死的张桂枝成殓，然后密讯了韩大爷采花贼一切情形，韩大爷含怒说："职员一切不知，要请父台大人讯问张绅父子。"可是所有案情底细，他已托人密禀了，县官转问张员外父子，员外父子无可奈何，把采花贼闹宅，和张桂枝、韩玉洁同时被扰，同时迁入韩家暂避的情形，如实供出。

县官沉吟良久，屏人向张、韩二家开导了许多话，劝两家息讼。他当然要拨役缉贼，替死者雪冤的。但却说"采花贼"三字是为两家门户之玷，暗暗讽示两家，把张桂枝自缢一事作为私了，不登讼牍，不经官府，如此可以保全绅士的体面。"因遭强奸羞愤致死"一语，"恐非你两家府上所堪。"

张秀才挥泪："如此办理，舍妹岂不白死了！"

县官说："不然，不然，这采花贼，我一定要拿办的，我可以把他办成明火盗案，他仍然有死罪，照样可以给府上雪冤。"

这县官花言巧语，利用两家的绅士架子，居然把采花贼的案子消解了，把一条因奸毙命的命案也消减！仅仅"大事化小"变成了寻常盗案。这一桩常盗案，便交到捕快手内，教他们加紧访拿，虽然严加追查，可是……假如不再生新案，渐渐会变成了具文。

无如那采花贼雄娘子张青禾，乃是一个少年狂贼，初乔女妆，以为新奇，及至为之稍久，反而沾沾自喜，越发搔首弄姿起来。起初采花作案，胆量还小，及至积日稍久，见到受害的人家，大抵顾全颜面，宁吃哑巴亏，不肯声张。若一味劫掠，还有人报案；若采花淫掠，受污辱的良家妇女大多讳莫如深，失节之后，连失盗也不敢说破。他可就得到便宜了。于是他每逢作案，必定先污辱妇女，次偷盗财物，如此可以避掉惊动官府，可以免掉犯案，他就越发大胆胡为起来。

而且他作案的地方，不择通都大邑，专找僻邑荒村土财主，好比吃柿子，专找软的捏。他作案越多，胆量越大，起初他还不敢久在一地流连，每做一案，必立即迁避。弄到后来，看见受害的女子忍辱不敢声张，他偶然去一趟，再去第二趟，他公然持刀逼奸，把良家闺秀当作情妇似的，一连气光顾多少次。

现在他乔装卖花婆，逼死了张桂枝，他仍然徘徊未去，在半个月以后，他重入韩府，要找桂枝，他不晓得张桂枝已然自杀。他夜入韩宅，里外搜寻，既未寻见张桂枝，也没有寻见韩玉洁，反而惊动了韩府上守夜护宅的人，乱哄哄闹了一通夜。他不肯死心，暗想这两个女孩子许是又到黎家冲去了。隔过数日，他公然乔装女子，再到黎家冲刺探。

第五章

雄娘子再呈色相

张青禾这一回不再扮作卖花婆，却装了一身素服，扮成一个年轻小寡妇模样，于白昼来到黎家冲，单找那人家稠密处，假装步行力乏，坐在街头巷尾发呆。遇上了男子，他佯羞不语，遇上了村妇少女，他就似装悲戚，向她们打听近处的衙门。人家问他，要打听衙门告谁？他故意含羞不语，半晌才说，要控她婆家的人，她说：她丈夫死了，婆家的人欺负她年轻，要把她怎样怎样。她现在是无家可归，若不能打官司告状，那就只有一法，跳河自杀。

乡村妇女们好奇喜事，有一个老妪开口一问，立刻又聚拢许多人，围住她，向她盘问许多话："你娘家没人吗？你要告你婆家什么人？你家住在哪里？你今年多大岁数？"

张青禾佯羞带愧地自陈冤抑，工夫不大，招引来许多人。不想他这一来，竟惊动了黎家冲一个行家，这个行家不是别人，就是老镖师黎道朗的一个门徒。

这门徒名叫郝允正，本来暗受师傅之命，潜行踏访贼踪，见张青禾乔装少妇，姿容甚美，可是口音特别，他就立在张青禾身后，暗中端详他的言谈举止。张青禾比不得妖贼桑林武，桑贼女妆已久，言语姿态，尤其这走路的样式，完全女化。并且桑贼的喉音，又天生十分娇细，便留神听，也听不出男腔来。仔细看，也看不破他的裙下双翘是假，张青禾便不然了，虽然极力装点，走站似乎不稳，说话用假嗓，稍不留意，便流露出男子腔调来。他的造作只能欺骗村姑乡妇，却当不得江湖人物的留意。

郝允正留在张青禾身后，侧目而视，方觉此妇来路不正，这断不定他是男扮女装。张青禾却自起毛骨，觉出身后有人盯梢。不知不觉，动了戒备之念，回身把郝允正一看，郝允正正自偷偷验着他的耳环。两人不期对了眼神，张青禾觉得郝允正目灼灼凝视不已，郝允正也觉得张青禾目灼灼凝视不已。

旧日女子，尤其是年轻的，一向不教人凝视的，更不敢与男子不错眼珠地对瞪，张青禾忘了这一点，竟狞目相看，失声说道："你看什么?"忽然觉出忘情，这才低下头来，做出羞怯模样，那几个村妇不曾理会，郝允正却心中一动，抽身就走。

张青禾十分胆大，遇到这种情形，应该躲一躲才是，他竟傲然不动，心想："你这小子就算是六扇门，又敢把我怎样?"他还是在黎家冲留恋不走，跟那些妇女搭讪，起初诉苦，嗣后打听本地善人大户，末后竟打听起张秀才家的事情，旋又起身，慢慢踱到张宅门前，他自以为改装女子，外人决看不出来。哪知郝允正一径奔到宝泉居饭馆，见了少东黎绍光，报说现有一个外路妇人，来路不正，少东黎绍光和郝允正乃是师兄弟，便请郝允正回家，给老当家黎道朗镖头送信。

老镖头黎道朗已晓得张桂枝暴亡的事，别家不过疑心张桂枝死在外婆家，必有不可告人的缘故，都猜想到继母身上去了。再没料到张桂枝是在外婆家，遇上追踪不舍的采花贼，因而羞愤自杀。黎家冲的人们都说，张姑娘死得太怪，一定是继母作祟。独有黎氏父子，一闻凶信，便已料到十之八九。也曾设法探问，张秀才家虽然讳言其故，可是那天闹贼的事，曾经黎氏父女帮忙，当下被黎道朗一再挤问，张秀才也就吐出一点口风。他只说："舍妹暴亡，跟那回闹贼多少有点关联，这总是家门不幸！"老武师黎道朗再要深问，张秀才就不肯细说，只是哽咽悲泣罢了。老武师便不再问，仍督促门徒和儿子暗中访缉恶贼。正自访不出下落，不料张青禾又二番来了，郝允正向黎老镖师一说，黎老镖师立刻披衣出来，亲自查勘。

黎道朗镖师和门徒郝允正刚刚寻到，少东黎绍光也从饭馆出来了。三个人分两路寻找伪装寡妇的张青禾，张青禾还没走，正向村妇探问！"此地听说有一个老镖师，不知姓什么，叫什么，住在哪里？"村妇没有戒心原原本本告诉了他，又问他："打听镖行黎家做甚？"他说：他的冤枉恐怕告状不行，打算找武林侠客，侠义帮忙。

正说处，黎老武师到了，女妆少年贼张青禾漫不介意，仍跟村妇们瞎说，郝允正冲老武师黎道朗暗递眼色。其实不待招呼，黎武师早就盯上来了。黎郝师徒二人远远立在一座小摊贩的摊前，假装挑选摊货，暗中潜察张青禾的形色。只耗过一杯茶时，有个村妇瞥见了黎武师，就向张青禾说："大娘子，你不是要找黎武师吗？这位老人家就是。"说时用手一指。

张青禾回身一看，黎武师恰也侧脸，两个人对了盘。黎道朗老镖师久闯江湖，眼力很歹毒，一双眸子如剪刀般，冲着张青禾，头上脚下，看了一个够，然后双眸凝定，盯住了张青禾的面目。张青禾陡觉这老人双眼透露恶毒之意，不禁怙惙起来，可是他仍不示弱，一双眸子也瞪着黎武师。一个老人，一个女妆贼，眼光对斗了好久工夫。黎武师不言语，也不凑近，渐渐脸上带出冷酷，眼角抹到张青禾的耳轮双环和裙下双钩，于是从鼻孔中哼出一声冷笑。

张青禾竟十分胆大，把身子一扭，背对黎武师，依然肆无忌惮的，跟村姑乡妇们闲扯。村妇再问他："你刚才打听武师，这黎武师来了，你怎不过去找他?"张青禾摇头道："现在我还不想找呢。"又看了看周围，说道："我还先找县衙门。"站起来走了。

就在他刚走的时候，黎绍光赶来了，黎小霞姑娘扶着一个小婢，也从家里闻讯赶来了。女妆的张青禾被黎氏父女师徒四个人错落跟缀着，公然不惧，往另一条街巷走去。黎老武师见儿子黎绍光寻来，微微点头示意，从后面远远缀着，又向门徒郝允正示意，抢先一步去堵。见女儿黎小霞来了，这老人心中不悦，怒目示意，催她回去。黎小霞年轻好奇，张目一寻，反而紧赶几步，扑到女妆的张青禾身旁，急急地盯看，她盯着张青禾，张青禾也盯着她；她认不出改妆的张青禾，张青禾却认得她，而且公然冲她一笑，脚下也放缓，还要凑过来说话。

一个女妆的狂贼，一个擅武的女子，彼此凝视，竟要通言，这便惹恼了老武师黎道朗，不禁抢行几步，催促女儿赶紧回家。黎小霞无可奈何，带着小婢，抽身回去。她这里往回走，女妆的张青禾竟驻足延颈，往回看她，直看她出大街，入小巷，他便要跟了过去。嗣见黎武师父子师徒恶狠狠地看自己，黎绍光尤其愤怒，竟要奔过来动手似的；张青禾觉到景象不对，这才微微一笑，轻举莲步，往另一小巷走进去了。

黎道朗、黎绍光、郝允正散漫开，前后跟缀着。张青禾走出很远，三人跟出很远，张青禾顿觉情势不利，心想："我的伪装被他们看出来了不成?"情不自禁，低头看了看裙下双翘，摸了摸耳上坠子，才又缓缓前行；不便在黎家冲逗留，重往镇外走去。

老武师黎道朗亲自跟缀，直追出三四里地，渐渐不耐烦起来，遂命门徒郝允正，儿子黎绍光，远远盯住，教两人务必认准张青禾落脚之处，留一人监视，派一人回来送信。嘱罢，他自己抽身回家。

黎小霞姑娘被父兄催回，正自纳闷，觉得女妆的张青禾眼神很可恶，不是女贼，就是男贼化妆的少孀，猜疑了一阵，黎老武师刚一回家，她便向父亲盘问。黎老武师说："这分明是个男贼乔妆的。"黎小霞说："我看他是的，我哥哥呢！"黎老武师说："我教他跟你郝师兄缀下去了。"黎小霞想了想道："这个人可跟张家桂枝姐姐的暴亡案有关吗?"黎老武师道："你不用乱猜，等你哥哥看准了贼人的落脚地点再说。"

老武师黎道朗当着女儿，不肯从自己口中说出采花贼三字，可是他已然断定了，张青禾确是乔装妇女。候过一个时辰，黎绍光回来了，具说那个少年孀妇模样的人，经缀出很远，始终没有落脚地点，既没有投店，也没有到民家借宿。现时她独行荒郊，在一座土山旁，大树荫底下盘膝枯坐，真像个穷途寡妇似的。彼时恰巧遇上郝允正的一个姓张的朋友，郝允正便邀那个张姓朋友帮忙跟缀。因为饭馆宝泉居事情忙，所以黎绍光先回来了。

黎道朗老武师听罢，心中默想，郝允正总是很精干的人，不至于上当吧。但总觉黎绍光回来不妥，当时放下不究。对绍光说："柜上忙，你先回柜吧。"黎绍光站起来要走，又对父亲说："我看这件事情，我们不要深管。这个少年孀妇，如果真是歹人，只要不跟张宅那一案有关，我们只把她驱走就罢。如今白莲教闹得太凶，我想我们不必太过强出头。"说着上饭馆去了。黎老武师哼了一声，也没言语。

却不料黎老武师直等到下晚，还没见郝允正回来，渐渐觉得情形不对。等到吃过夜饭，老武师大怒，唤来儿子，拿了武器，重新寻了去。寻到荒郊，找不到郝允正；到郝家去问，也没回来。寻张姓朋友，却早回家了。问起来时，那女子忽然钻进树林，郝允正追入树林，随后就全失了踪。

老镖师黎道朗越发愤怒，抱怨儿子黎绍光道："教你们两个人盯着，就怕的这一手，你们俩一对糊涂虫，弄不好，郝允正就许遭了贼人的暗算了。"黎绍光满面通红道："这该怎么样？我想郝师兄也不会太笨吧？"黎道朗道："我也不知道该怎么办，现在只有一法，就是尽力到各处去找。"父子一齐出门，这时候新月已挂天空，郊野一片凄清。黎氏父子依照张姓朋友所说，到那树林前后，往返排搜，并用口哨招呼。直找了半个更次，无人回答，反而引起村犬狂吠。又蹚了好半晌，月色大明，最后才在丛草中发现了被捆成粽子样的郝允正。黎氏父子把他扶起验看，口中倒没有塞物，人却昏昏沉沉，好像中毒。郝允正苏醒过来，细加盘问，才知是受了蒙药的毒。

这事总怨郝允正自己疏忽，又受了贼人美貌艳语的诱惑，才上了一个当。郝允正暗缀女妆的张青禾，起初张青禾也有点惊慌，意欲逃避，只是逃不开。后见黎绍光回去送信，荒郊中只剩下郝允正一个人了，张青禾便乘机拿出妖媚手段，反向郝允正勾搭。郝允正原本疑心他是男子假装，因见他移岸就舟，便也凑上来，拿张青禾当作女子来调戏。张青禾假扮作青年艳孀，向郝允正眉目含情地说："你这位客爷，放着大路不走，总缀着我们女人做什么？"郝允正恶作剧地说："小娘子，你放着大路不走，总扭回头来，看我做什么？莫非小娘子一个人太嫌孤单，要我给你做伴吗？"

口说轻薄话，直凑上来，一面睁着一对狂放的眼，一面就动手动脚，把一只手直往张青禾肋下伸来，并且笑说："我看小娘子鞋弓袜小，走路艰难，待我来搀扶着你走路吧。"很鲁莽地拉住张青禾一臂，硬往路旁扯。此时荒郊以外，黄昏时分，近处一个人也没有。郝允正故意把张青禾当作女人，似乎要施强暴。要借这猛拖强曳之势，看一看张青禾脚下双钩，是否是踩着木跻。张青禾果然被拖得踉跄欲倒，故意哎哟地叫，口中不住讨饶道："客爷别这么拉拉扯扯的，你老缀着我，不让我走，你老打算怎么样？你老要好好地说，别动粗的！"

这么很柔媚的央告，把个粗疏的郝允正引逗得弄假成真，居然生了调情之念，张青禾一面娇怯怯地往后挣夺，一面软语乞怜，决不大声呼救。郝允正就双睛冒火，狞笑道："小娘子，我不管是真也罢，假也罢，现在旷郊无人，日影已下，你痛痛快快跟了我走，有你的便宜。你要不依着我，我就捉住你，捆上你，验看验看你，到底是个风流女盗，还是个男扮女装的采花贼。小娘子，你不知我老人家也好男风吗？"

郝允正且说且用强力，把张青禾脚不沾地，直往草丛强挈。张青禾顿时满面通红，益增娇媚，口中不住告饶，身子也直往后闪，似乎他的力气敌不住郝允正。他一面往外挣夺，一面往四周看，猝然一个冷不防，把袖中一物抽出，猛照郝允正脸上一扑。郝允正恶意调情，把张青禾看作念秧一流，疏于防范，不料遭了暗算，哎哟一声，奋力挣扎，无如这药力很大，又是直冲塞到口鼻间，两人开了交手仗。论力气，论拳技，郝允正全不曾失败；可是他一受蒙药，头晕眼花，便被张青禾一扑倒地。郝允正仰面栽倒，女妆的张青禾反而压在他身上。他努力踢打，张青禾不管不顾，只将袖中物按在郝允正的鼻孔上，郝允正渐觉不支，振吭大吼，又被扼住咽喉，工夫不大，便人事不省了。郝允正是怎样被捆，是怎样被拖到草丛，他全不知道了。张青禾本要残害他的性命，幸而村犬望影狂吠，张青禾又没带着刀，郝允正这才幸免。

当黎武师父子，寻见了郝允正，用门板搭救时，只顾救人，可惜忘了搜贼。当时若能绕着附近细搜，必可发现潜伏的张青禾。现在只顾抬人往回走，殊不料反教张青禾暗暗缀下来了。

黎氏父子回到家，在堂屋中，把郝允正救醒，细问受给经过。郝允正非常羞惭，不肯说自己贪色被惑，只草草说受了蒙药。问他，张青禾到底是男是女，他也说不清；问他，张青禾逃到何处，他也说不上来。武师黎道朗对这无能的弟子，大表不满。正要呵斥他，又要细讯他，这工夫女儿黎小霞正立在旁边，也跟着打听。黎老武师因此有些话，不好当着女儿说。跟手郝允正的叔父寻来了，听说侄儿追贼受害，反而抱怨黎老武师，郝老头立时雇来了暖轿把郝允正抬回家去了。

黎府堂屋之中，明灯辉煌，黎老武师坐在太师椅子上，十分不快，先申斥儿子黎绍光，废物无能，又骂郝允正枉生了三十多岁，旋又数落女儿黎小霞身上，“你一个女孩子家，这是访拿淫贼的事，你出来做什么?”黎小霞见她父亲有点泄愤迁怒，女孩儿家性子娇惯，不由掉泪说道：“爹爹越老脾气越怪，把我们全骂到了，也捉不着贼呀!”一顿足，转身走回闺房，对着灯生闷气。

老武师黎道朗真个是越老，脾气越古怪了。他没有访着采花贼，又受了郝老头的抱怨，竟把儿子徒弟骂了一夜。徒弟已走，儿子也躲到柜上去了，这老儿没的可骂，就很负气地喝了一顿酒，说道：“你们这帮年轻人，个个全浑蛋，又不听话，又不受教，我再也不管你们的闲账了。”竟气哼哼地睡在书房，把寻贼的事丢下，不闻不问了。

哪里晓得，因为他们父子师徒的怄气，竟便宜了采花贼张青禾，毁害了侠女黎小霞！

就在这天夜间，张青禾潜踪重来到黎家冲，把黎武师家宅的门认清。三更以后，更跳登邻房，伏在房脊上，窥看黎府的虚实，黎武师醉眠的书房，黎小霞安歇的闺房，都被他认准了。

这张青禾少年狂傲，暗算郝允正以后，认为黎武师是个有名无实的老镖客。他的门徒既如此不济，他的本人和他的子女，其本领也就可想而知，稀松平常了。他把牙一咬，竟要恶作剧，斗一斗这个镖师的全家。并且他已然两次认准了貌美英爽的黎小霞，他早就起了痴念。心想，我是个武林人物，我若能得此女为妻，却是艳遇，我应该设法把她抓到掌握之内。

他想他的同伴桑林武说过，有一个武功很好的女侠，被桑林武诱擒失身，这女侠痛哭之后，竟向桑林武说，情愿嫁他为妻，但要他改行；不然的话，这女侠便要先杀桑林武，次再自杀。桑林武当时假意答应了，这个女侠居然将错就错，真个委身相从。不过弄到后来，桑林武不改恶行，这女侠到底悲愤而死了。张青禾想到这一节，认为桑林武太狠。他说，自己若能得到这么一个多情美貌的女侠，他就一定拿她当妻室看待，现在张青禾看上了黎小霞姑娘，他要想法子，把黎小霞弄到自己掌心。

黎小霞在闺房中对灯枯坐，怅惘无聊。她是个很受父母宠爱的娇小姐，今天横被父亲吃醉酒，数落了一顿，把她气哭了，对着灯生气，要睡，又无倦意。这工夫，少年贼雄娘子张青禾已然悄悄掩入黎宅，溜到后窗，破窗偷窥，看见了灯下负气的黎小姐，穿一身粉地碎花、家常短衣裤，长裙已然脱下，显得体格苗条，嫩白手臂，支着下颊，看着灯下刺绣活计一言不发。闺房布置雅素，没有张桂枝的绣房那么华丽，却在壁上挂着一只箭袋，一把弓囊；还有一把绿沙鞘的宝剑，摆在梳妆台上，似乎是刚取下来的。黎小霞坐在桌旁，发了一个怔，叹了一口气，忽将银灯挪到绣榻旁的小茶几上，似乎要上床。不知怎的，又不肯解衣入睡，连鞋也不脱，和衣倒在床上。

这一来，张青禾在后窗，看不见了，便要绕到前窗；却又隐隐听见前庭有人说话，他便藏在暗处偷听，原来是黎小霞的嫂子，也就是黎绍光的妻子，听使女说，小姐跟老太爷怄气了，特来安慰小姑。到了闺房，一直进来，坐在床边，向黎小霞解劝："老爷子轻易不闹脾气，就怕酒喝多了，免不了嘴碎。今天老爷子连眼珠都喝红了，你哥哥已然教老爷子数落走了，姑娘就别生气了。老人家绝不是跟姑娘生气，实在是跟郝允正郝师兄闹别扭。"

姑嫂二人说了一回话，黎小霞似乎消了气，坐起来了。过了一会儿，黎娘子出去了，黎小霞起来掩门，摘下首饰，梳了梳鬓发，预备睡觉。张青禾睁着一对色眼，偷看黎小霞的举动。果见黎小霞放下帐钩，脱了绣履，换上睡鞋，抬眼看了看窗，便上了床，从帐子内探出半身，把灯也煽熄了。在张青禾眼中看来，黎小霞已然熄灯登榻，解衣安眠了。

张青禾大喜，看了看四周，各屋灯光多已熄灭，估计时候，早到三更以后了。立刻活动起来，把薰香盒子打开，点着，发出浓烟来。破窗送到绣房，轻轻扇动机关，把薰香完全输入屋内。

约莫有一刻工夫，时候差不多了，便撤出薰香盒子，熄灭了烟，放在百宝囊内，然后退离后窗，轻轻跳上墙，绕到前庭，里外查勘了一遍。偏巧黎府上并没有司夜的狗，院中一点防备都没有。张青禾溜到上房，侧耳偷听了一回；又溜到书房，偷听了一回，知道全院都入睡乡。他就大放宽心，暗笑黎武师有名无实，竟如此废物。他这才把精神一提，不走后窗，仍到前庭，掏出小刀，摸到黎小霞的闺房门前；把小刀插入门缝，轻轻一挑，只听得哗啦一响，门了鸟似已被挑落。张青禾将欲推门，又回头看了看，漆黑的庭院，悄然无声，张青禾放心大胆，收小刀，抽宝剑，左手提着，右手便推门房。不料随手一推，只听吱呱呱响了一下，竟没推开。

张青禾心想，也许门了鸟虽然挑下来，另外还有插关，张青禾把宝剑换交左手，右手再抽出匕首，插入门缝，轻轻地划动，先往上一挑，又往下一挑，居然发觉，约当四尺高的地方，有东西阻挡刀锋：这一定是插关儿了。张青禾用力往下撩，竟撩不动。改用刀尖，一点一点地拨，渐渐拨开了，便信手一推，门扇依然吱吱地作响，依然推不开。更用匕首刀，插入门缝，上下重划，觉得在三尺多高的地方，又有了阻碍了。

张青禾心中诧异，明明记得三尺高的地方，原有了鸟，已被挑落，是怎的又挂上了，莫非是屋中人已然起来，自己在外面拨门，屋中人在里面上了栓？

张青禾此时异常胆大，怒恨了一声，把匕首拼命插进门缝，拼命用力挑划，结果，里面的栓挑开了，又挂上了，始终无效。按理说，张青禾应该明白，这是遇见了劲敌，当谋改计，而且三十六计，走为上计。他竟欺负黎武师的无能，低声怒骂了一句道：“我偏要弄开门，我不信屋中人会破了我的薰香。”便将匕首刀插起，一手提剑，俯下腰来，一手扣住门扇下端，要把门扇硬端下来。

这闺房的门，原是格扇，很容易往上端的，张青禾单臂用力，响了一声，把一片格扇门端出槽了，便急急一侧身，往里一推，推开一尺多的缝子。张青禾急急地往后一瞥，耳目留神，身手急进，把半个身子掩入闺房！

张青禾太胆大了，一心欺负黎小霞姑娘是少女，又中了薰香，料想无甚伎俩。却不料他身子刚刚钻进闺房，背后侧面便有一道冷风袭来。张青禾倒是防备着了，急急地往旁一闪身，拍的一下，肩头上被钉上很尖利的一物，立刻火辣辣地痛。张青禾大怒，利剑一挥，旋身索敌，就手把肩上的暗器拔下，是小小一支袖箭，幸未深入，却也鲜血迸流。忙按了一下伤口，照袖箭发放处，用原箭还打出去。啪的一声，知道打空了。

这时闺房内银灯已灭，满屋黑洞洞，几乎对面不见人。只发现后窗已然洞开，似乎窗扇已然落下，张青禾正在挺剑索敌，敌人已先寻来。黑乎乎的人影，一声不响，唰的一声，又嗖的一下，一阵利刃劈风，猛扑过来。张青禾急忙招架，先躲开第二支暗器，然后挥剑迎斗，把对手的兵刃架住，就手一送，还刺出去。

对面人影竟不出声，挥动手中兵刃，照张青禾劈、刺、挑，扎，刚递手，便发了四五招，张青禾肩头负伤，自悔大意轻敌，可是对手不出声呼喝，他也恋战不退，把嵩阳派剑法施展开，和敌人摸黑狠斗，转眼间，在闺房明间，一进一退，对斗了七八招。

对手使的也是剑，倒也招熟手快，只是臂力不济。张青禾隐隐听出对手，娇喘吁吁，进退轻飘，一定是黎小霞姑娘本人。张青禾低声喝道：“丫头，赶快投下兵刃，有你的好处，不然我可要下绝情了。”恰见对手在黑影中，向自己这边凝眸窥看，跟着一声不响侧身进剑，又照张青禾咽喉刺来，张青禾故意卖一招，容得敌手的剑刺到，方才一闪身，右臂用足力量，把剑锋照敌剑狠狠一削，敌手抽招不及，两口剑相碰，铮然啸响，激起火星，敌手不由得喊了一声："哎哟！"

张青禾说道："好！"认定人影就是黎小霞，低声骂道："丫头，我教你尝尝，你倒有两下子，我也给你一下子！"说到此，喝声："着！"约略方位，探囊取物，照对手脸盘打去，对手早有防备，似乎不怕他打暗器，只怕他打迷魂袋，倏然一俯腰，又往旁一窜，跟着失声一呼，似乎摔倒，张青禾大喜，把利剑一顺，拨草寻蛇，往前挂下一扫，扫开了脚下磕磕绊绊的东西，立刻进步跟追。

不料，他才迈进两步，脚下又绊着一物，黑影中几乎摔倒，赶忙地用剑一扫地，身往旁闪，奋足一扫，突然劈面又砸来一物，黑乎乎形状甚大，张青禾赶紧招架，竟是个洗脸盆架，张青禾摸黑夺住，对手的腕力似乎敌不住他，被他夺过来，就手还送过去，对手似乎用兵刃架开，扑噔一声，重物坠地，张青禾用剑又一扫，进步上前，欲要捉拿黎小霞。

这个对手真就是黎小霞，黎小霞姑娘少年性傲，自恃本领，要亲手捉贼，并报那日误中薰香之愤，无奈黎小霞毕竟是女子，气力敌不住少年贼张青禾，她把屋地上摆了许多木器，想把贼人绊倒，贼人并不上当。可是黎小霞很负气，不肯出声呼援，自恃黑影中认得清屋中形势，贼人却未必活动得开，便往后退下来，退到屋隅，依然和张青禾支持。张青禾也太胆大，黎小霞不肯出声，他也就昂然不退，两人摸黑对剑，全不敢太迫近对手，只用剑尖突击。

当下两人又对了几招，在张青禾觉得对手功夫很强，在黎小霞却觉得情势恶劣，自己不是贼人的对手，有心喊救，又有点不甘心。这工夫，张青禾双目凝神，渐渐辨清一切，很狂荡地笑道：“你是黎家的姑娘，你打不过我，趁早依从了我，不要教我费事。黎姑娘，我是个风流人物，我很欢喜你，你趁早把剑丢下吧。不然的话，你可是作死，我要拿法宝取你！”

不论他怎说，黎小霞还是不言语，手中剑不断照张青禾要害刺来。张青禾暗将一物取在左手，右手剑一展，照黎小霞下盘斩去。黎小霞微微一闪，正要还招，张青禾忽然冒险迫攻，直逼过来，黎小霞留神防备他的剑，他却将左手一扬，猝照黎小霞面孔抖来。黑影中，似乎泛起一阵黄雾，黎小霞吃一惊，急忙屏息躲避。黎小霞本晓得张青禾有薰香，又有迷魂袋，她已将鼻孔堵塞，自谓不用鼻子嗅，便不至于中毒受害。她自然不明白物理，人的呼吸，不止于用鼻，也还用嘴，嘴吸进蒙药，肺里照样要受麻醉，黎小霞只道堵住气孔，闪开正面，便不怕贼人的毒招了，哪知力战气喘，口张喉开，立刻有一股毒气入肺，立刻觉到了恶心欲呕。

黎小霞自觉不好，趁精神未迷蒙，急急振吭呼救。“爹爹快来！哥哥快来！”一面挥剑拒敌，一面觅路欲逃。

张青禾真是干这个的，一看出黎小霞中毒欲逃，左手又将迷魂袋一抖，右手剑更恶狠狠照黎小霞高胸刺来，料到黎小霞心忙意乱，必然横剑格架；果然黎小霞慌不迭地闪躲，右手剑也往外一封，张青禾正等着这一招，立刻抢剑一收一发，猛照黎小霞的剑背上一搭一颤，叮当一声响，黎小霞的宝剑几乎被打落。虽未脱手，可是虎口震得生疼，不觉地又失声叫了起来，张青禾大悦，叫道：“小姑娘来吧！”猛然进欺，直挤到黎小霞怀中，便要下手活捉人。

两个人立刻开始了肉搏，张青禾夺住黎小霞持剑的手，黎小霞也夺住张青禾持剑的手，这样一斗，黎小霞上当了，第一，女子的气力断敌不过男子；第二，张青禾还有一只迷魂袋，越肉搏，越好运用。张青禾阴凄凄地发出猥亵声调道：“小姑娘别动手了，跟我享福去吧！”两膀用力，要俘虏黎小霞；并趁百忙中，用迷魂袋照黎小霞人脸一打，居然很得手，整个打在黎小霞脸上。但是黎小霞也正抢先招，把一支暗器狠狠插在张青禾的臂上。两人同时受了对手的暗器，同时失声叫喊起来。

黎小霞的镖深入张青禾臂上，张青禾负伤溅血，张青禾的迷魂袋打在黎小霞脸上，噎得黎小霞喘不出气来，虽然努力挣扎，狠命地闭住呼吸，虽然还没有中深毒，却是先声夺人，黎小霞吓得乱了手脚，不由心慌意乱，锐呼“爹爹救命！”张青禾立刻再下辣手，这只手将黎小霞一臂掩住，那只手来扣咽喉，两腿一错，竟把张皇失措的黎小霞姑娘一推又一带，脚下又一绊，整个摔倒在地下。张青禾赶紧地用迷魂袋来掩黎小霞的口鼻，整个身子压了黎小霞，低声喝道：“老实点，别动，看宰了你！”黎小霞发狂似的挣夺，竟被青禾很快地抽出兜包绳套，要将黎小霞背走。就在这时候，迷魂袋药力渐渐发作，黎小霞失去了争斗的力量，连叫也叫不出了，勉强出气，连叫了几声。青禾急用布套，往黎小霞头脸上蒙套，黎小霞窒息欲死，竟被套住，用兜包一兜，黎小霞的兵刃早被打落，青禾忽遽间把黎小霞的武器，草草搜洗了一下，当下就要把人措在背后，生生架走。

就在这时候，黎老奶奶在上房已然听到了动静，而且听了好半晌了。这老奶奶直听到门扇响，这才大惊坐起，大声叱问，竟没有问出答话来。这老妪虽手无缚鸡之力，毕竟是镖客之妻，慌忙地爬下床头，黑影里摸了一只铜盆，开窗猛抛了出去。当啷的一声，又振吭大声喊道：“有贼，有贼！”于是院内的人多半惊动。内院里全是妇女，黎老奶奶之外，便是黎大娘子，黎大娘子也是懂拳技的，而且丈夫黎绍光也没在家，黎大娘子竟冒险溜到外院，砸书房的门。

黎老武师在书房负气饮酒，老早地睡了，直到儿媳妇敲窗低叫，方才醒转。只听得闹贼二字，陡然惊醒，这老人一跃下地，摸着枕边一把刀，又抓起镖囊，衣履不整，慌忙地开门跳出来。刚喝问了一声："贼在哪里?"不等答话，如飞地抢到内院。采花贼张青禾背负黎小霞姑娘，已然抢出厢房，扑奔后院，黎小霞身虽被俘，教凄冷的夜风一吹，闭塞的呼吸好像畅通，拼命喊了一声："爹爹救我!"一打千金坠，往下一挣，张青禾正要跳墙，这一下竟没跳过去，老武师黎道朗已然狂呼赶到。

张青禾大怒，持剑威吓俘虏，老武师黎道朗见状大吼道："好恶贼，胆敢抢人，快给我放下!"探囊取出暗器，要冲贼人打；陡又投鼠忌器，重喝一声："贼子，看镖!"手一转闪开上盘，照下盘打去。镖才发出，手中兵刃一摆，急急上步，照贼人刺去。张青禾狮子摇头一摆，闪开敌刃，还剑急扫，两个人在墙边斗起来，老武师且斗且喊，又厉声叫着女儿黎小霞的名字。黎小霞被贼人兜包套住，拼命嘶声喊叫："爹爹，爹爹，我中了贼的暗算了!"

老武师黎道朗怒气填胸，酒已惊醒，手中刀如狂风骤雨，狠狠攻打。不料采花贼张青禾拿黎小霞做了挡箭牌，牵制得黎道朗不能下毒手，老武师愤极怪吼，阻住墙头，不使贼人越墙掳人逃走。斗了十数合，张青禾好像支持不住，故意一败，循墙急走。黎道朗赶上去，唰的一刀，心想砸飞张青禾手中的剑，便可硬上前，打交手仗，张青禾果然还剑一架，剑锋碰刀刃，激出火花，张青禾失声一叫，老武师大喜，一直迫上来，刀花一转，直欺到张青禾身旁，老武师情知恶贼张青禾背负一人，周转不灵，立刻展开肉搏，奋力进身夺取爱女。

不意张青禾正要用他那一招毒计，容得黎道朗挨近身，提剑往外一封，把黎道朗的刀架开，立刻对左手迷魂袋一迎，整整打在老武师面孔上。这也是黎道朗搭救女儿心切，明知贼人有这种阴毒的暗器，他还想要紧快的斗法。迫得贼人缓不过手来，而好就中取事，哪知贪功过甚，这一迷魂袋打在脸上，似有异香刺鼻，不禁大惊后退。青禾看出对手惊慌失措，却又追进一步，再赶一招，把迷魂袋又打出来，黎道朗老武师到底年老自力不济，赶紧还刀一挑。青禾右手剑唰的砍下，将迷魂袋又一抖。老武师黎道朗急忙后退，青禾赶上去，倏蹴一脚，老武师咕噔一声，仰面栽倒。青禾哈哈的一声长笑："这样的武师，真个丢人！"本要进身挥剑，刺杀黎道朗；不知怎的，稍一俄延，黎道朗就地"燕青十八翻"，滚出多远，青禾叫道："老头子，看在你女儿面上，我饶了你吧。"一手提迷魂袋，一手持剑，背后负着迷失知觉的黎小霞，很快地循墙急走，扑到后院，越向短垣，这就要掳人越墙而走。

突然，角门黑影中窜出一人，叫了一声："有贼杀人了！"举起黑乎乎一物，照青禾打去。张青禾侧身一闪，便闪开了，只将手一抬，听得咕噔一声大响，是重物坠地，旋又有一个人在厢房屋门后大喊："救命，杀人，有贼！"

这工夫，黎宅全院喧闹之声惊动了四邻，更惊动了四邻群犬狂吠，少年贼张青禾有些心慌，用尽气力跑开来。往墙头一跃，又没有跃过去。张青禾便要把成擒的黎小霞姑娘弃去不掳，但又舍不得，黎小霞姑娘此时似已失去知觉，不能出声，也不能挣扎。张青禾回手一摸黎小霞，顿时变计，竟撞开后门，如飞地逃了出来。

黎宅的四邻虽然惊动，竟没有一个人敢出来援救，张青禾放心大胆，背着人逃走，黑影中只从黎宅奔出来两个人，一个人是中毒就蹴，因而跌倒的老武师黎道朗，黎道朗人已气糊涂，想不到人老受欺，一世威名竟抵不住二十许岁的少年贼，气极几乎要自杀，还要追救女儿，偏偏儿子又被他骂走，门弟子也没在眼前。第二个追出来的，仅是他家一个长工，睡梦中惊醒，抄起竹杠，赤背出来赴援。黎老武师急得说不出话，只连叫："追，追，贼，贼!"两个人奔追出来，张青禾已将去远。

黎老武师本可以追上，无奈头脑涔涔，两目昏花，他吃亏的就是他那一只老花眼，一到夜晚，十成本领剩不到两三成，而且他又多喝了酒，仓促间哑着嗓，乱叫急追，右胯好像错了环，干着急跑不动。那个长工崔福升，居然很忠勇，高举竹杠，如飞赶上前，大叫："好贼，快给我放下人!"张青禾且跑且回头，奔驰田野间，好像胸有成竹，不过背着一个女子，既恐人追上，又怕人看见，见黎氏主仆追赶甚急，故意缓了一下，等到崔福升扑到，抖手一镖，把崔福升打伤，张青禾冷笑道："畜生，不要命就追。"立刻把崔福升吓住，大叫起老主人来。腿上一镖深入寸许，一拔下来，流血不止，张青禾借此机会，把黎小霞背入林中。

转眼间，老武师黎道朗赶到，长工崔福升坐在地上不住叫唤，黎道朗顾不得救伤，忙问贼人逃往何处，崔福升一指树林；老武师舍死忘生，抢奔树林，但等到一步一探，提防暗算，把树林搜完，张青禾已背着黎小霞，逃得没影了。

第六章

同床异梦一击未中

老武师黎道朗擂面号啕，大呼大叫，可是女儿到底已被掳去。

黎小霞姑娘挟着一身武技，到底被少年贼俘走。

当初被俘时，黎小霞神志渐昏，尚能挣扎，少年贼张青禾百忙中又张蒙药照黎小霞口鼻塞去，黎小霞极力抵拒。终于耳轮轰地一响，天旋地转，满眼冒黄烟金花，人事不省了。

也不知经过多大时候，黎小霞觉得周身奇冷，如被冰蛇缠绕，而且浑身骨节酸痛，身体也觉着有了变化，更觉头痛若劈，气阻喉塞，拼命一呼，没有呼出声来，一举手，一抬腿，也转动不得，费了很大气力，仅仅睁开了双眸，满眼昏黑，犹在夜间，鼻孔嗅得湿霉之气，好像身埋坟墓之中。定醒良久，方才觉出，身子被绑在土室草榻上，小木板门大概倒闩着，小窗洞也被什么东西挡着，却从窗隙透过来一线微光，大概这时候已非夜间了。黎小霞非常难过，挣又挣不动，叫又叫不出，只发轻微的呻吟来，但她立刻疑到自己已被陷入魔手，身在魔窟，便不敢再叫，只努力定醒，过了好大工夫，神志越发清明，更觉得自己不但手足被缚，而且浑身衣服也被脱去，现在身上只覆着一个被单，试努力挣起，才觉出双足被捆在床腿上，双手反缚，也难起劲。

黎小霞知道受了污辱，忍不住痛泪交流，尤其口渴得难受。现在被囚在这小土屋里，正不知究在何处，也不知恶贼是否潜伏在一旁。想到这里，又悲、又愧、又无法可施。幸而腿被捆住，上身还略能转侧，努力欠起颈项来，向四面一看，土室中一个人也没有，室中又没有什么摆设；猜想这一定是恶贼的垛子窑了。若是贼人的垛子窑，外面定有监视肉票的贼党。黎小霞向外看了一眼，累得颈项生痛，又不禁惨然泪下了。

想不到自己乃是个名武师之女，现在竟被恶贼绑了肉票，成了财神奶奶了。一个女子陷身盗窟，清白当然难保，自己遭遇更惨，这贼人多一半就许是父亲的仇人，故意污辱自己。自己为全名节，保家门，最好是赶紧自戕。但是如今被贼捆得一个结实，怎样才能够自尽呢？就自尽，怎能洗刷清白之名？

黎小霞苦思无计，真有求生不能，求死不得之痛。更且怒火上腾，一点也不饿，只觉十分口燥，好像口渴比饿还难受。侧耳听了听外面，没有什么动静，忍不住发恨道：“该死的贼，就这么样把我囚在这里吗？”正想处，忽听外面叽叽喳喳，似有人说话。仿佛一个苍老的口音说：“许是醒过来了。”又一个较为幼稚的口音说：“大概醒了。”那个年老的口音，好像带着恐怖的意味说：“这件事可真不好，我们不管吧，他要毁我们，我们要管吧，这明明是犯法的事。这个女子据他说，是他逃妻，可是我明明看出，那是一个没出阁的姑娘，又明明是我们本地人，怎会是他的逃妻呢？他拿刀子威吓我们，又拿银子钱骗哄我们，我们不答应他，他要杀我们。常言说，奸情出人命，弄不好我们跟着打罣误官司呢。”

黎小霞在囚室中，听见这样的私谈，已猜知这看票的不是贼人一党，多半是被贼威逼利诱的荒庄野民。她想了想，要冒险发话，套问真情，忽然想：“且慢，我再听一听。”停了一会儿，又听出那个年老的人唠叨着，抱怨命运不好，遇上这等犯法的歹事。那个年幼的人就说：“依着我说，我们丢下这个破家，偷跑到镇里，找我们亲戚藏几天，不就完了。我们的家，就算叫他们霸占了，我们的人可能逃出虎口，不至于受他们的拖累。”那个年老的人说：“你这主意不行，若是行，我早就带你跑了。要是只有那个年轻的外来贼一个人的话，我们逃掉，他再也找不着我们。最可恨是汪老四，受了外来歹人的好处，甘心当他的小伙计，汪老四又是个地理鬼，我们决计跑不开，就跑开，也被他们掏出来。他们本说，我们如果妄想泄底潜逃，一定把咱们俩杀了。你说怎么好？我又胆小，又腿脚不灵，你又太年轻，我们简直是闭门家中坐，祸从天上来……”说着低声呻吟，微带哭声。那个年幼人好像动了怒，刚骂了一句：“万恶的狗贼，我上衙门告发他们去！”那年老的人很恐慌地阻住了，好像又低声说了几句话，两人全不敢言语，并且离开了地方。

工夫不大，便听见一个湘中口音的粗暴男子，走了过来，骂骂咧咧，敲打柴扉，又叫了一声：“陆跛子，娘卖皮的，你，哪里去了？”

那个苍老的声音，大概就是陆跛子，立刻答应了一声，道：“听见了，汪四爷才回来，小毛子，快给四爷开门。”

于是那个年幼的口音，便是陆小毛，赶紧地且答应，且奔跑，把柴扉开了。这门好像还倒加着锁，跟着履声橐橐，汪老四进了院子，里外巡看，喝问陆跛子和小毛：“没有人来吗？”回答说：“没有。”又问：“你们出去了没有？”回答说：“你老一走，我们这门就锁着，我们连门口都没去，我们就在这房后劈柴禾呢。”汪老四骂道：“娘卖皮的屋里的点子没跟你们过话吗？”回答道：“没有，没有，从你老走后，屋子里一点动静也没有，不是睡着了，恐怕就是……”汪老四厉声道：“恐怕什么？”陆踧低声搪塞了几句话，好像是担心屋中被囚女子或已困顿垂危。

汪老四说道：“放屁，你怎么知道她快死了？你趴窗眼看了吗？”陆踧忙道：“小人可不敢。”汪老四半晌没言语，好像正攀窗缝往里窥看。被囚的黎姑娘横陈草榻之上，早已听出话口，见窗隙忽透微光，赶紧闭目不动，俨如昏厥。

汪老四穷看良久，忽然说：“唔，别是真坏了？不能啊！”转脸来，依问陆踧：“这屋里的女子没向你们央告吗？也没向你们要求释放吗？也没向你们要吃的、喝的吗？”陆踧赶紧答应了一串话：“没有说话，没有央告，也没有要水喝，要饭吃，就是一声儿也不响。”

汪老四咳了一声道：“你们要小心了，昨天幕面的那一位是江湖上有名的杀人不眨眼的女贼。你们可留神，别叫女的宰了你，别叫女的跑了。她只一跑，一定告你们，幕面的那一位也决不饶你们，好在那一位说了，只在你们这里耽搁三五天。不久还要带这女的远走高飞，只要平安无事，熬过这三五天，他一定赏你们二百两银子，你们就发个小财了。好在你们这地很僻，绝没有打岔的人来，就有人来，你们也别让他进这屋，你可以往正房让，这间小屋千万别叫生人伸头探脑，人家要问，你就说是产房。”随又告诫陆踧：“你们注意屋中女子，须提防她听见动静，狂呼救命。她如敢喊，你只管进去堵她的嘴，把她拍昏过去。”好像将一物交给陆踧说道：“她只一嚷，你拿这东西，照她口鼻上一蒙，不大工夫，她就人事不省了。你不许胆怯。只保得这几天平安无事，你也发财了，我也发财了，别的事咱们全不管。好在这并不是绑票，也不是图财害命，不过是那位幕面的绿林英雄，追拿逃妻罢了，咱们一点也不丧阴德。就是经了官，咱们也不算犯法。这个女人嫁了人家，又跟情人卷逃，现在本夫捉住了。人家本夫是大英雄，不是杨雄，是石三郎，你明白了?”这个汪老四说的幕面英雄，黎小霞已听出这是妖贼张青禾。明是采花贼，强掳良家闺秀，他却诬成逃妻。汪老四只顾诓词欺骗陆跛，说话声稍为大些，有一多半话被黎小霞努力听去，黎小霞几乎气疯。可是，立刻明白了下手自救的门路，并且暗暗打定了主意。

过了一会儿，便听见开屋门的声音，门口人影一晃。那个陆跛想是避嫌畏罪，不敢进来，怕叫黎小霞认出面目；那个汪老四戴了面幕，提着一只小篮，走了进来。直到黎小霞身边低头验视，黎小霞唯恐贼人或行无理，一声也不哼，假装昏迷。

汪老四好像看出来了，诡笑了一声，叫道：“喂，小娘子，别睡觉了。醒一醒，快吃东西，我们是不要饿死活人的。”放下提篮，轻轻给松解绳索，双腿照旧绑在草榻上，只将拦腰缚肩的绳子松开，伸手要把黎小霞扶起。黎小霞睁开了眼，怒叱道：“闪开!”身躯一挺劲，自己坐起来了。面色苍白，形容憔悴，却有一种决然不可侵犯的神气，从双眸口吻间流露出来。

汪老四好像吓了一跳，身不由己，往后倒退。他看出黎小霞不能挣脱绑绳，就冷笑喝道：“小娘子，你算是失手了，你不要发雌威吧。我是好心好意，给你送吃的、喝的来了，你不要吵嚷，你乖乖地认命，有你的好处。”遂将提篮中的食物和一壶水拿了过来，笑嘻嘻地说：“我们晓得你手底下有两下子，我可不敢给你松绑。你不要嚷，也不要咬，等我好好地喂你一点饭。”

黎小霞怒道：“恶贼，你敢过来！姑娘不幸误落在你们一群淫贼手里，杀剐任便，你要作践人，我可拼给你们。”说着，把牙咬得乱响，面目悲愤，真如落井的狮子一般，神色十分可怕，双目闪闪，盯视汪老四，喝道：“姑娘误中了你们下五门的薰香毒计，别看姑娘落在你们手中，你们不要妄想称心。我看你们谁敢过来，我拿热血喷他！”又道：“你不是害我的那个贼，你不要助纣为虐，你一定是那个贼的小伙计，你要放明白些，姑娘并不是好惹的。冤有头，债有主，你可估量估量。架我的那个贼呢？你把他叫来！”

汪老四见黎小霞侃侃而谈，心中惊服，忙说：“小娘子，你倒猜着了，绑架你的不是我，是别人，我是专伺候财神的。小娘子消消气，先吃点东西！”黎小霞骂道：“恶贼，姑娘要自己饿死，你别妄想！贼子要明白姑奶奶是好好一个姑娘，落到贼人手里，活着出去，没脸见人。我现在就要拿性命来洗刷我的不幸！吃东西做什么？姑奶奶不打算活着回去！”

汪老四说了半天，黎小霞闭口不肯进食，汪老四探头道：“想不到小娘子如此烈性，可是，你已经失去贞节了，就饿死，也洗不去终身的玷污。我看你吃点东西吧。再不然，你喝一点水。”把水壶递过来，说道：“小娘子，你可自己喝，我的差事就管看票，喂票。别的事我并不管。”这个汪老四似乎被黎小霞的凄艳容色、慷慨激昂气概、以死全贞的烈性所感动，不但把水壶送过来，把饼饵也送到黎小霞身边，徐徐说道：“我猜你是不肯叫男子喂的，你自己吃吧，我先躲出去，等你吃完喝完，我再来收拾。”说着退出去了，把门也给掩上。

黎小霞要自己饿死，但是饿还好受，渴却厉害。一阵怒骂之后，黎小霞觉得五中如焚，嗓哑欲裂。本想滴水不入口，竟忍耐不住，只得挣扎，把水壶取来，双手捧壶，用牙齿把壶盖咬住揭开，验明壶内不是浓茶，竟是白开水，试着喝了一口，似乎并无异味，连喝了几口；越喝越渴，一连数次，竟把一壶水全喝了。气愤愤地丢在草榻上，经有这水一滋润，精神上也略觉恢复了一些。只是周身仍然酸痛，坐在木榻上，有绳拴着腿，有手铐子扣住手，仍不能移动，只能微转身躯，看看三面罢了。黎小霞叹恨了一声，不肯再躺下，竟枯坐在榻上，闭目等待后来的结果。

这时候，汪老四正藏在窗外，往里偷看。既羡爱黎小霞的美貌，又佩服她的临变凛然不可侵犯的气概，自觉帮助张青禾，做这强污女票的恶行，于良心上难安。他虽然也是个绿林人物，却没干过这种事。只是寻常偷盗罢了。他看了半晌，不知怎么一来，他竟哼了一声，被黎小霞听见了，厉声喝道："什么恶匪，快给我滚进来！"

汪老四低声答道："小娘子，可不要乱叫唤，我们头儿有命，人只要狂喊求救，我们立刻就得拦上你的嘴，我们念你也是行家，不肯挫折你，你也该留面子，不要叫我们落包涵，才是光棍。"

黎小霞转面对窗叫道："狗匪，你快把你们头儿叫来！我问问他，安的什么心，我们保镖黎家跟他有什么仇恨？"汪老四说道："得，得，你别说话了。我们头儿这就来，我劝你不要自找苦吃。你已然叫人架了财神，你就该守着财神的本分，按着做难友的规矩，决吃不了亏。不然的话，倒给我找出麻烦来，可不能怨守票人不懂情面。"

黎小霞听了，恨恨不已，半晌说："你原来是个匪奴才，你快给我把你们的头儿找来！"汪老四说："好吧，好吧！你不用忙，我们头儿过会儿准来，你好好等着吧。"黎小霞负气不语，躺在草榻上养神。经过了很大的工夫，屋中渐黑，似已到黄昏时分。那个汪老四大概又走了，那个陆跛和陆小毛又在窗前悄声低语，说是："天不早了，他们全没来，屋中囚着女子没有吃饭，我们不管，我们却饿的肚子叫。他们既不许我们生火做饭，又不给我们送饭来，我们无故挨饿，够多么冤!"那个年轻的小孩陆小毛说道："爷爷你在这里盯着，我们偷偷向邻舍家讨点饭来吃。"那年老的陆跛说道："使不得，若叫他们碰上，可就活不成。他们不准我们离地方，我们还是忍着点吧。"跟着，听见窗隙有人偷窥，那个陆小毛说道："那个女的这半天没有响动，别是饿死了吧。"陆跛忙道："不要胡说，三天两天的，哪能饿死。"

这祖孙二人在外私语，黎小霞约略听出来了，心中一转："我何必顾忌？名节已污，至不济，也就是一个死，死了比活着还痛快!"打定主见，立刻坐起来，发话道："喂，外面的老大爷，你行行好吧，你过来，听我说几句话。"她这一发话，外面语声骤停，似乎很害怕。黎小霞不管那一套，立刻大声说："老大爷别害怕，我知道你不是害人的人，我是黎家冲的好人家姑娘，叫万恶的采花贼架绑了来，囚在你们这里，我知道你也是好百姓，是被他们强迫着看守我的，你们要明白，替匪看守匪票，就是死罪，现在匪人不在这里，请你把我放开，我们一块儿逃跑告官，我家很有钱，一定重谢你们!"

黎小霞哑着嗓子，很快地诱说，可是陆跛和陆小毛全吓住了，好半晌，才想起来低声说："你这位姑娘，你千万别再说话了，若叫他们听见，你也活不了，我们也活不了，他们有话，你只要一嚷，就叫我们拿东西堵你的嘴，他们说那东西一堵嘴，人就死过去，你不要多话了，叫他们听见，彼此不便。"陆跛似乎怕极了匪党，黎小霞明明听出来，他们只是没胆释放肉票，黎小霞纵诱不动他，可是心中倒很喜欢，因为听口气，既已证实陆跛不是匪党一伙了，总还可以设法。

黎小霞连忙再下说辞：“我是个好人家姑娘，叫恶匪绑架了来，囚在你们这里，我们家里人不肯甘休，一定报官捉匪救人，老大爷你想，官人要在你这里，把我搜出来，你岂不是身犯死罪？老大爷，你不要听匪人威吓你的那套瞎话，你若能放了我，我家很有钱，我家里人一定拿你当恩人，养你的老。”陆跛和陆小毛对这些话，似乎全听不入，那老人只一迭声催黎小霞快住口，说道：“你再说话，我可要堵你嘴了。”那个陆小毛似乎犹豫起来，反问道：“你到底是哪里人？你不是那位好汉的逃妻吗？”黎小霞忙说：“我实在是个没出闺门的姑娘，怎么会是恶匪的逃妻呢？我是咱们本地人，我就住在黎家冲，我是黎道朗黎镖头的女儿，掳我的人是采花匪，你放了我，我会武功。一定跑得开，老大爷，你多多行好，你不敢放我，你想法子给我家送个信成不成？”

陆跛不语，陆小毛问道：“往哪里送信？”黎小霞大喜道：“往黎家冲，宝泉居饭馆送信就行，那是我家开的饭馆，老大爷，我问问你，你贵姓，叫什么名字？这地方离黎家冲有多远？是什么地名儿？”黎小霞心想，问出两人的姓名，打听出此地的地名，就好办。

哪知陆跛胆小得出奇，怕匪比怕王法还甚，陆小毛刚一张口，便被他拦住了。黎小霞再三催问，再三央告，许下重酬，答应厚报，陆跛依然很害怕地说：“别言语了，别言语了，你听听，他们要来了，你瞧瞧，那不是人影吗？”又突然一惊地说：“真来了，嗐嗐，别言语了，人真来了。”

说话时，听见一个清脆的少年口音，立在窗前说道：“跛子，你好大胆，你不要命吗？”陆跛立刻央告道：“好汉爷爷，我们没敢违背你老的意思。”少年叱道：“我分明听见你……”跟着听见哎呀，哎呀，苦打告饶的声音，旋复人声寂然，另传来开锁推门声响。于是立刻又有一个幕面人物，出现在草榻之前。

黎小霞刚刚卧床闭目，不言不动，至此微微启眸偷看。这个幕面人物立在黎小霞身边，正在摘下面具，露出本来面目。已看出黎小霞人早清醒，竟低笑一声，凑到身旁坐下，款款说道：“黎姑娘，缓醒过来了。你吃了东西没有？喝了水没有？”说着话，便来伸手，要摸索黎小霞，黎小霞身子被捆住，上半身还能动，突然坐了起来，要挣扎，依然挣扎不得，恨得无法，便瞋目切齿骂道：“狗贼，我姑娘误遭毒手，有死没活，你要想作践我，你是妄想，狗贼，你把姑娘绑架来，到底安着什么心？狗匪，你叫什么名字，我黎家跟你有什么仇恨？别看我被你捆住，我还能够拿热血喷你！我还有父兄，找你算账！”慷慨骂匪，双眼几乎怒出火来，淡白色的面色也陡然泛起红霞，纵落魔手，另有一种凛然不可侵犯的气概，使得幕面少年贼不能侮视。这幕面少年正是少年匪雄娘子张青禾，张青禾自恃品貌清秀，居然拿出真面目来，向黎小霞设辞劝说。张青禾说道：“黎姑娘，你不要发怒，我实在是佩服你，很爱慕你。我今年二十一岁。我在武林，也是名门之徒，我至今还没有娶妻，我起初把你掳来，固然没安好心，但是你的英姿艳质，我已十分心折。我愿意改过赎罪，正正经经地要娶你为妻。而且从此洗手，再也不做采花的案子了。我虽然污辱了你，我愿意把真心掏给你，从此折节改行，也算是你救了我。黎姑娘，你不知道，我初次见你，就很爱你，现在我更万分地钦佩你。你不要生气了，我们可以好好地讲一讲。”说时又要拉黎小霞的胳臂。

黎小霞愧怒躲闪，却已躲闪不开，顿时气得面无人色，就要巽血自残，她刚刚的要这样做，张青禾已然看破，慌忙退身靠后，连摇双手叫道：“黎姑娘，黎姑娘，你千万不要自残。你不要这样做，你听我说，我有下情。你是千金之躯，我害了你，请你准我赎罪！”竟再三的央告，说出爱慕之意，补过之法，后来竟跪在黎小霞的面前了。

黎小霞这时候泪流满面，偷瞥了张青禾一眼，已看出张青禾的心意。并不愿意过分强迫自己，且已看出他真是爱慕自己。可自他头一手，败坏了自己的贞操；第二手把自己掳到这里，仍然捆着，自己的一生是被他毁害了。他定是自己的冤家对头；自己哪肯听他花言巧语。黎姑娘哭了一阵，怒道：“恶贼，你已经把我毁了，你还说什么赎罪！你不要痴心妄想，拿鬼话欺哄我，你真想赎罪的话，你先把我放开。”

张青禾跪在草榻前，仰着脸说：“我和你府上无仇无怨，素不相识，我只是爱你过甚，才做出无礼来，我真是要赎罪，我当然要释放你的。黎姑娘，你可能可怜我这个一步走错的少年人不能？你肯下嫁我吗？你只要点头答应了，我也不要你发誓，我一定好好把你送回家，我再正正经经地登门求婚。”张青禾这后面的话，多半是谎言了。跟着他见黎小霞垂泪不语，便又说道：“我也明白，姑娘已然失身于我，或者无颜回家。如果是这样，我愿意携带姑娘，远走高飞。等着在外乡成了婚，过个三年五载，我们再来黎家冲，登门认亲。”张青禾花言巧语，向黎小霞跪求。

黎小霞妙目含嗔，手足被缚，无法摆脱开，尤其可恨的是，张青禾把黎小霞的底衣全部剥光，上面只盖了一个被单，要想挣扎，也苦于裸露无法逃亡，黎小霞恨恨不已地说：“恶匪，你尽管拿好话欺骗人，到底还捆着我。你把我剥得一丝不挂。你认真要赎罪，头一手你得赶快给我解缚；第二手你得把衣服还我。”黎小霞心想，只要手足恢复自由，身体不再裸露，我就跟狗匪拼了。可是又想，张青禾不是傻子，这种解缚还衣的要求，未必肯许可，她说完了这些话，就两眼盯着张青禾，等他回答。

果见张青禾眼珠一转一转的，笑道：“姑娘你放心，你要求的事我全照办，只是姑娘得答应我，决不动手打我，我是百叫百应。”黎小霞恨道：“我落在你手心了，我怎能打得过你！你快把衣服还我，把这绳子给我解开。”张青禾笑着说了一个“好”字，便站起来，偎到黎小霞身旁，不住端详她的脸和手脚。见她满面泪痕，手脚捆肿，似乎非常怜惜，遂伸手把黎小霞扶好，坐在草床上，黎小霞非常愧恨，只索闭上了眼，任听张青禾解缚，哪知张青禾并不先解扣，一只胳臂半环着黎姑娘，一只手轻轻抚摸她的手腕，口中低言道：“黎姑娘，你只不跟我硬拼，我决不忍施展强暴手段。”

黎小霞闭目不语，只催他快点解绳扣。张青禾竟抽冷子，把黎小霞抱住，以唇腮相就，做出来轻薄模样，黎小霞气极睁眼，极力闪躲，张青禾低说道：“姑娘，我实在爱你，我实在的……”便要将搂抱在怀的黎小霞，推放在单榻上，他自己也要登榻求欢。黎小霞不能抵拒，满脸通红，只恶恨恨一扭脸，把一口唾沫，喷吐在张青禾脸上，身子扭动，把颗头抵在张青禾怀中，切齿骂道：“你敢，你敢！”

张青禾竟不能得手，两个人在草榻上挣扎，黎小霞厉声喊骂：“狗匪，狗匪，你说人话，还是不做人事，你你你给我滚开，姑娘拿鲜血喷你！”恨极了，竟真要切齿自咬舌根，含血喷人。张青禾变了色，慌忙地躲开身，两只手依然攀着黎小霞的肩头，没口地央告道：“好姑娘，好姐姐，别别别自己作践自己，别别自残，我真是爱极了你，我就躲开你，把衣服先还你。”这工夫，黎小霞面色苍白，口角渍出血来，已经咬伤了舌尖，张青禾非常的惊慌失措，黎小霞含血喷了他一口，很凶惨地笑道：“恶匪，我误遭暗算，我活不成，还不能利利落落的死吗？狗匪。你只敢过来，姑娘有一腔热血，都喷给你，你想轻薄我，你做梦吧。”破口痛骂不休，一脸惨厉之气，悲愤至极。

张青禾似乎束手无策，跳下草榻，远远地站在黎小霞对面，作揖、打躬、下跪、发誓、恳求黎小霞不要自残、自戕，黎小霞口角沥血，恨笑道：“恶匪，你的话我全不信了！现在只有一条道好走，还我衣服，解去绑绳，让我自己个回家，我已然教你害了，不是处女了，我就投托尼庵，出家修行，你小子只算是我的冤孽，我也不想报仇，我也决不能从你，你放下你那颗私心吧！我不是那种良懦女子，你休要妄想生米做成熟饭！”

张青禾愣了半晌，自己搔头道：“我作孽作的多了，我所害的女人，只要跟我硬拒，我一定要她的性命，不知何故，我一遇上你，我就舍不得下毒手了，我实在是要娶你为妻，从此改节向善，不料姑娘如此贞烈，杀你是舍不得，放你又如何能成，罢罢罢，黎姑娘我也不知何故，竟如此迷恋你，你放心，我就依着你，今晚天一黑，我就把你送回去。姑娘若能可怜我一片痴情，你只说出一个字，我就携带你远走高飞，在你是躲避人间耻笑，在我是从此改过，另做新人，现在我也不必多说了，我先把衣服还你，把你手下的绳子解开，你先歇歇，喝点水，吃点东西，我到夜晚，准来送你还家。”说着话，双眸凝视着黎小霞，确乎充露出惜情爱意来。

黎小霞牙恨得痒痒的，竟有抓不着、搔不着之苦，仍骂道：“狠心匪，你还是花言巧语，你无非是引逗我多跟你多说话，慢慢地好趁了你的心，匪子，你的狡计我已然明白了，我现在就张口吐出整个舌头……”她竟要切齿狠咬。张青禾大骇，很快扑上来，用“黄莺托嗉”，一手托住黎小霞的咽喉，一手忙伸二指，来向黎小霞嘴角探入，以免她含愤嚼舌。但黎小霞也非易与者，似乎不易抢救，大概是黎小霞饱受顿挫，历时已久，神情激动，一昼夜未进饮食，又加以女子不如男子力大，何况又裸露，又被捆着，竟咬着牙，口发呜呜之声，到底被张青禾按倒。咽喉被扣，气息不通，自然地喘不成声，自然地张开了口，张青禾的手指竟插入黎小霞口齿以内，这一来可阻住嚼舌的惨剧，等到黎小霞稍为缓过一口气，便狠狠一口。咬住了张青禾的手指。而且下死力狠咬，毫不放松，张青禾疼得叫了一声。要往外夺，忽想一夺必断，他突然地将计就计，身子压住了黎小霞，竟用自己的头，来拦黎小霞的鼻子，扣喉的手更不放松，同时被咬的那只手，也不住强夺，反而忍痛往里深探，口中却连叫：“姑娘松口，姑娘松口！”到底，吃亏的还是女子，张青禾是三个手指被咬，既是护痛，又能用力，当他的三个手指被啮出血之时，也正是黎小霞窒息欲绝之际。终于黎小霞惨哼一声，支持不住，不自觉得松了口，将身躯一滚，把张青禾甩落，张青禾趁此取出一物，跪在榻上，按住黎小霞的肩膀，说道：“姑娘你真狠，你看你把我手指都快咬断了，我实实没有害你的意思，你看你满口是血，我给你擦擦，从此我绝不敢稍有轻薄之意，可是你不要自己残害自己，你要明白，舌头一断，就是残废人了！我给你拭去这血！”且说且凑，把一方绢巾，掩向黎小霞口鼻，黎小霞惊惧怒叱，已来不及，这手巾又被拦住了口鼻，一阵香气过去，黎小霞又已于昏惘状态了，迷迷惑惑，做了一个怪梦，梦见自己做了新嫁娘……丈夫忽然温存，正向自己款洽，丈夫忽然狂暴，自己发出呻吟。等到黎小霞苏醒的时候，雄娘子张青禾已经偎在自己身边，而且同衾共枕，黎小霞刚刚强作挣扎，那香气又袭入鼻孔，再度失去知觉，不晓得过了多少时候，黎小霞忽为凉风吹醒，却已在夜间，已在人的背上，少年匪张青禾背负着她，出离了旧囚所，又改奔另一窝藏地方。那旧囚所，原离黎家冲不远，是一户荒山民家，只有祖孙二人，便是陆跛和小毛，他们原是很穷的窑户，孤寄荒山山根，四邻无靠，猝然被张青禾劫持，逼做守票人，陆跛不良于行，小毛年岁小，他们倒想喊告，又想逃跑，却被张青禾持刀威胁住了，若单是张青禾一个人，陆跛也许要奔告邻村保正，摘落开自己被匪强逼的底细，无奈张青禾又勾结了一个伏地小匪汪老四，由汪老四受他重贿，助纣为虐，陆跛祖孙就眼看着一个良家少女教匪徒囚禁在自己家内，陆跛脚步既不好，眼力又坏，竟一筹莫展地甘受匪人支使，然而陆跛惧祸的神情，已被张青禾看破，他是个年轻胆大、妄为已极的人，他竟不怕陆跛被逼过甚，情急反噬告密。可是他也晓得久留山村，不甚妥当，距离黎家冲过近，诚恐黎老武师跟踪寻来，因此，张青禾劫囚黎小霞，只在这贫苦窑户家逗留了一天两夜，他在窑户家，玷污了人家处女的清白，立刻改装出去，另觅落脚处所。据汪老四说：距此地四五十里，魏新屯地方，有一土豪，招娼窝赌，广事结纳江湖人物，凭张青禾的本领和嵩阳派的名望，前往投托，必可大受优遇。张青禾便问：“这个人叫什么名字，我若带了这个姑娘去，他也敢收留吗?”汪老四笑说：“这个人叫魏敬友，素常好友喜交，可谓名副其实。凭张爷这份品貌，你去了，他一定欢迎。至于你老若是带个女相好的去，那他决不在乎，就怕你老架的这个肉票，到了那里，狂呼乱喊，瞒不住他。魏小爷他是光棍眼，赛夹剪，恐怕看破你的真相，就不好了。你应该对他实话说，你再小小地打点打点他，也许能成。这就看你老了。”意思是说：“看你开窍不开窍了。”不好意思明说，改口道：“只要应付得当，一准能成。”张青禾点了点头说：“魏敬友这个人，我也知道他，我有个朋友跟他认识。”立刻奔魏新屯，见了土豪魏敬友。

魏敬友年约四十一二岁，生得凶神一样，大高个黑脸膛，却是见人便笑，很显得亲切似的。当日见了张青禾，彼此寒暄。张青禾便举出他那淫朋的名字来，求魏敬友，并求借寓。魏敬友久闻嵩阳派剑客的威名，有心结纳，立刻答应了假馆，并开宴款待，他自然不晓得张青禾已是嵩阳派的叛徒。宴间酒酣耳热，问了张青禾是否偕有伙伴，张青禾趁机捏了一套话，向魏敬友说：“若说小弟本人，既在江湖上闯荡，正是随遇而安，到处为家，什么地方都能住。偏偏我现在带了一个累赘物，须要躲避官人耳目，故此必须投托好朋友保护了。”魏敬友问他：“带着什么累赘？”张青禾把捏好的话，一字一板说出来，说他自幼和一个姓黎的武林人家的女儿订婚，不幸小弟身遭家难，投入嵩阳派学剑，志在替父复仇。“兹因女方已然及笄，小弟奉母命前往岳父家，请定婚期，择吉完娶，以便延续宗嗣，然后小弟就可以舍身复仇了。不幸家岳父人品卑鄙，欺我年轻，嫌我贫乏，不但不许成婚，反而逼勒退婚。是我一怒和他吵闹起来，我那大舅子也不识大礼，帮着乃父，跟我动手，幸而小弟手底下还有两招，当时没被打败，可也不敢再留，小弟顿足出来，就向家岳父说，我与令爱小姐，自幼订婚，爱好做亲，你既然嫌贫爱富，我可就仗恃本身拳技，一定要想把令爱图娶到手，我们翁婿打了赌，我就设法把未婚妻抢娶过来。”

魏敬友道：“哦，有这等事，这就叫抢亲了，你抢到手没有？

可是要在下帮忙吗?”张青禾兴致勃勃地说:“我谢谢你的好意,我已然抢亲得手了,现在内人已然和小弟成亲……”魏敬友道:“我给老兄贺喜,这是多咱的事?”张青禾道:“就是眼下的事,我已然跟内人成了亲,可是我晓得家岳父犹不肯甘休,正在满处托武林朋友,跟我捣乱,还想把他的令爱夺回,小弟现在就是带了贱内,满处躲避,意思是要请老兄帮忙,容我夫妻在尊府暂住两天。”

魏敬友哈哈大笑,“令岳也太难了,人是生米做熟饭了,他还抢回去做什么?老弟就是这一点小事为难啊,不要紧,你全交给我,我可以出头,找令岳老先生,劝他一顿,你只稍为给他一点面子,给他磕几个头,他还有什么法子好想?令正嫂夫人呢?现在这里吗?何不请来一见?你们两口子一定是一夜夫妻百日恩,当然没什么的了,你为人又这么英俊,武功又这么好,她一定很爱你的了,可是的吗?”

张青禾故意脸一红道:“她正年轻,今年刚十七岁,免不了胆小害怕,哭哭啼啼,差点没把我当了强盗,这两天好多了。”魏敬友打趣道:“我明白了,你一定是洞房花烛夜,过于强暴了,招得嫂夫人受不了,一定哭闹的。现在你们已经几天了?她一定跟你情投意合了?”张青禾故意说道:“魏老兄不要打趣我,她年纪太小,简直跟小孩子一样,动不动就哭,回头我把她接来,老兄可不要看我的笑话啊。”

魏敬友问:“你什么时候接她?”回答:“今天夜晚。”魏敬友笑道:“只有娶后婚,才在夜间。”张青禾道:“但是我们这是抢亲啊。”魏敬友道:“可不是,我忘了这一层了,但不管怎样,既有好朋友引见,又凭老弟这样人物,况又是婚姻大事,并不是为非作歹,我在下一定要帮忙的,老弟你请放心好了。”

这个土豪满口答应，张青禾大悦，当时告辞，火速转回窑户，见了黎小霞姑娘，还在昏迷呻吟。张青禾把黎小霞救醒，劝她喝一点水，挨到子夜，冷不防又给拍上蒙药，用背包攀带，把黎小霞背在背后，离开了窑户陆跛之家，直投魏敬友的庄院借寓。

“光棍眼，赛夹剪”，张青禾那一套“抢亲”的话，虽然骗动了魏敬友。可是等到把人背来，魏敬友一见黎小霞的形容气度，顿时动了疑，黎小霞被张青禾撮弄得昏昏沉沉，魏敬友拿着闹洞房的口吻，调笑了一阵，黎小霞仍然瞑目不语，魏敬友忙问：“张老弟，弟妇这是怎的了？”张青禾道：“吓病了。”魏敬友便不多问，给张青禾拨了三间精舍，算作夫妻俩的洞房，另外，拨给一个年轻精干的女仆，一面服侍，一面察看。这一来，当天夜间，没有看出形迹，张青禾算是跟着新娘子老早地睡了。等到第二天白昼，张青禾不能永远用蒙药麻醉黎小霞，麻醉过久，人将死亡，等到黎小霞稍稍清醒，依然倔强，痛骂着张青禾，而且不许张青禾近身，张青禾再三赔笑哄慰，可是到底不敢给黎小霞解绑，只一解绑，便打起来了，像这情形，十分尴尬。

魏敬友很快地晓得了。魏敬友想：“这不像是抢亲，恐怕是绑票，这个女的一定是良家妇女，被张青禾朋友看上了，就架了来，强逼成亲。简直说吧，这是强奸肉票，绝不是掠婚。”魏敬友手底下也有些个狗头军师，立刻替主人挑眼，说：“姓张的现在借你老爷树荫凉，他又扯谎不说实话，他太不够朋友，当家的你看怎样，索性给他一下，再不然，把他驱逐出去吧。”魏敬友低头一想不以为然，问手下人说：“那个女的漂亮不？”狗头军师笑道：“当家的没看清吗？我们更没看清了。”魏敬友道：“那个女的不知叫小张怎么整治的跟死人一样，躺在床上，连眼都睁不开，脸上气色很难看，可是骨格儿、面庞儿确足够十成十人材。这样便罢，咱们先不揭穿，今晚上咱们也学人家，偷听新房，就可以听出真相来了。”

当日白天，魏敬友假装不理会，仍上他这赌局去照应一切，并邀张青禾，前去观光，张青禾惦记着黎小霞，不肯离开，魏敬友也就不再强邀。混了一个白天，挨到夜晚，张青禾把黎小霞治醒，仍用好言语劝诱，黎小霞只稍为逞强，张青禾便用蒙药，再把她蒙过去，等到黎小霞醒转，张青禾照例偎在她身旁，而且并肩共枕了。

黎小霞痛愤异常，自知不能硬拼，忽然做出认命的意思，向张青禾含泪说道：“我已经失身于你，你口头上说的尽好，可是动不动总拿蒙药蒙我，我现在身觉得神志失常，我的性命简直要断送你手。你只要不再动蒙药，不再行强，我就将错就错，把身命交给你了。”话中还有倔强的模样，却已流出屈服的意味。而且渐渐地双眸流盼，已对张青禾不吝颦笑了。张青禾大喜，心想自古烈女怕缠郎。我这一味软磨，到底把这位黎姑娘制服住了。张青禾便哄着黎小霞起了誓，两人从此矢共白首，黎小霞甘心下嫁；然后张青禾也起了誓，誓以黎小霞为妻，决不变心。然后两人讲和，张青禾把黎小霞手足的捆绳暗暗解去。

黎小霞这时候已然折磨得半死，外面穿着衣服，里面上着绑，现在解缚，她的手腕和脚胫被捆肿了。而且两日夜未进饮食，更觉气馁，心跳。黎小霞现在决计忍辱求全，暗中别作打算；张青禾色欲迷心，忘了自己的强暴，反而迷醉黎小霞的屈从，以为黎小霞真个没奈何，“生米做成熟饭”，要甘心认命了。起初，张青禾还稍作防备，后来黎小霞竟含羞带愧，闭目受辱，不再挣扎，张青禾可就越发动情了。张青禾投到魏敬友这里的两三天，黎小霞已然恢复了身体的自由，而且张青禾向她献食献饮，她也忍耻接受。

魏敬友一党在外面偷看，竟误认为真是新婚夫妻的举动，新娘子本来是半推半就的。张青禾一脸执意，黎小霞满面娇羞，闪闪躲躲，真像洞房调情。魏敬友的党羽从事听了一夜，并没听出什么可异行动来，倒听出张青禾和黎小霞商商量量，要远走高飞，到他乡安家落业，这口气和张青禾所编造的“掠婚”故事恰好吻合了。党羽们把偷听的话告诉了魏敬友，魏敬友半信半疑，想了想，定规了一个日期，特设小宴，请张青禾和新娘子小酌，就算宴请新婚夫妇。魏敬友对张青禾说了，张青禾又对黎小霞说，黎小霞拒不肯出，她本是自料陷入人家手心，势力不敌，既已打定主见，姑且忍耻，以求密计之成功。现在再叫她和张青禾的朋友见面，坐实了贼徒新娘子的身份，她无论如何，也不肯允许。

她也看出张青禾对自己犹存顾忌。明知峻拒，将使张青禾更生戒心，她就滴着眼泪，向张青禾央告：“我本是好人家儿女，不幸遇着你这前世冤孽，我既然决计嫁你，便盼你从此洗手，你为什么跟他们这些人拉拢？你要是真爱我，不但明天的宴会不必参加，我还盼望今明天，我和你赶快离开这里，远走高飞，从此你和我全都更姓改名，摆脱亲故，另做新人，你若依了我，我们就算是夫妇，不然的话，我还有一个死呢？”半软半硬地说了这些话，神情凄艳，张青禾不觉动心，不忍强迫，黎小霞便又向张青禾要求，赶快离开此地，越快越好，张青禾见黎小霞既然顺从了他，心中十分庆幸，对黎小霞的恳求，不忍峻拒，立刻答应了，两三日内，即行迁走，黎小霞便做出高兴的模样来，用好言语敷衍着。

但是到了第二天，魏敬友和他的小妾，已经特设小宴，坚邀张、黎二人入座，黎小霞依然拒不出席，却搁不过魏敬友的小妾，强来劝驾，力说在内宅设宴，并无外人，张青禾也在旁怂恿，魏敬友也过来亲劝，到底把黎小霞架出来了。主人是魏敬友夫妾二人，客席自然是张青禾和黎小霞。黎小霞强忍羞愤，勉强入座，魏敬友和小妾都向张、黎二人贺喜，调笑，颇有闹洞房的意味。张青禾自然洋洋得意；黎小霞强忍怒火，到后来终于借故离席，逃到别馆。可是黎小霞一走，张青禾也坐不住了，立刻追到别馆，黎小霞默默地卧在床上，眼含着泪，张青禾上前温存，黎小霞很怒恨地瞪他一眼，躲到一边了，张青禾到底看定黎小霞。在魏敬友处，寄住了五六天，最后，方才告辞，带着黎小霞，决计东行。

这天清早，雇了一辆车，离开了魏宅，打算先奔萍乡，再投罗霄山。张青禾自知强劫黎小霞，黎小霞虽已屈从，他多少仍不放心；不料一从上路，黎小霞似乎十分趁愿，脸上一点不带怨恨的神气，指东说西，打听沿路风景，似乎久居深闺，一旦上路，眼界忽宽，非常的心悦。张青禾大放怀抱，向黎小霞百计献媚，说道："将来我们觅定隐居之所，从此你我夫妇誓做新人，你既喜欢野游，我天天陪伴你游山逛水，再不做绿林生涯了。你正是我的恩人，我若得到正道，全是霞妹妹你的感力了。"黎小霞脸红红的，只冲他强颜一笑，末后又点了点头，悄悄说："不要乱说了，咱们是心里有数好了。"两个人真像夫妇一样，女的坐在车内，男的跨在车辕，往前赶路。

这一天到了萍乡附近，投入一家荒村野店。饭后就寝，黎小霞忽然抱头说："我很头晕。"又说："我要吐！"张青禾试摸她的头，倒不甚热，只是青筋暴露，呼吸似乎浊重。这夜晚黎小霞很是折腾，张青禾小心服侍，直闹了一通夜。

次日清晨，张青禾还想赶路，黎小霞滞床不起，轻声低呻，说是实在是支持不来了。张青禾还想催促，黎小霞睁着幽怨的眼道：“你把我折磨得半死，你还逼我上路吗？你也不想想，我都叫你毁死了，你真要断送我一条性命吗？”话是这样哀凄，张青禾再不忍催。两个人就在这萍乡郊外小店内，停留下来。黎小霞的病似乎见重，要求张青禾给她寻医求药，又要求张青禾就近另觅民家，以便借寓养病。黎小霞说：“这小店太脏，我忍受不住了。”但在这荒山野店，向何处去寻医求药？张青禾不肯抛下黎小霞，独出访医，他仍恐黎小霞偷跑，黎小霞便恨恨地责备他没良心：“我如今已跟你这个样子了，也彼此发过誓了，你怎么还不放心我？”张青禾笑道：“因为我爱你过甚，你是我这性命，我怕丢了你，就要了我的命！”黎小霞唾了一口道：“你还作践人！你打算活活看我病死！好吧，我知道你的心太歹毒，我就死在这里吧！”

张青禾不肯给她访医，她就躺在床上呻吟，连饭食也不吃了，她似乎要绝食自尽，张青禾又慌了，再三再四地央求，先劝小霞往前赶一站，到了大镇甸，便可就诊，黎小霞仍以病重不能动转为辞，不肯上车，张青禾无可奈何，这才于次日早晨，带领店伙，到附近镇甸求医。他一来一去，很快地转回来了，邀了一个年老郎中，给黎小霞诊脉，说是感冒勾动了他病，怕有转伤寒的危险。开了药方，受了马钱，便告辞去了。

张青禾立命店伙去照方抓药，自己买了一些鲜果，陪着黎小霞，极力安慰她。黎小霞原来主意，似要把张青禾支出半天，无奈张青禾潜存提防之心，去得快，回来得更快，黎小霞便闭目假装病重，一来可以拒绝张青禾，不叫他再来腻烦，二来故意折腾张青禾，教他不得休息，自己倒在床上，呻吟喘息，做出恹恹欲绝的样子，张青禾心上十分矜怜，不知怎样才好，白天他既访医求药，夜晚又亲侍汤药。这样只做了三四天，病人倒不怎么样，侍候病人的张青禾可就彻夜不得安眠，有点犯瞌睡，精神很觉不振了。张青禾坐在病榻旁，不住打呵欠打盹。

黎小霞偷眼一看，暗暗欢喜，到得第四天头上，黎小霞从表面看，病感加重，而且昼发呓语，梦中啼哭不休，张青禾见状越发心怜。挨到黄昏，黎小霞突然咳了一口血，血喷在床上，张青禾吃惊道："哎呀，霞妹，霞妹，你怎么吐红了?"竟忍不住落下泪来，拉着黎小霞的手，心上似乎非常自疚自悔。黎小霞强睁双眸道："我是薄命，想不到遇上你这个冤孽，我的贞操已被你毁害。我的性命恐怕就要葬送在你手，我已然将错就错，情愿嫁你了，你还是不放心我，总这么盯着我，怕我逃跑似的，我饶认了命，你还是不肯信任我，我简直是哪辈子欠了你的血债，央求你请好郎中，你总不肯离店，张青禾，我死在你手里就是了，你不觉得缺德吗?"

张青禾低头无语，半晌说："我实在是坏人，我现在要赎罪，我这就给你延医去。"黎小霞道："你就是延医，你也不该在这附近村镇，找那无能的草头郎中啊。"张青禾站起身来说："我一定去上大城市，寻访名医，你好好养着!"很慌促地穿上长衣服，走出房间，向店家打听了一回，挨到天刚破晓，张青禾特意雇了驴，带一店伙，到数十里外，访求名医去了。黎小霞候到张青禾已去，假装扶病小便，慢慢下了床，到店院中看了一回，又到柜房打听了半晌，回转房间，把门掩上，悄悄地在地上来回走溜，又将张青禾所留的包袱偷偷打开，内中只有数十两纹银，和一些珍宝值钱之物，还有一把刀，黎小霞要把他的害人物，那薰香蒙药搜出，不料，张青禾没有留下。

黎小霞便坐在床上，把腿脚扎裹了一回，望着门窗，叹恨了数声，低头默想今后的办法，一件事是要逃出魔手，一件事是要雪耻报仇，她心上最难过的是，自己被掳失身，已隔时半月以上了，如今甘愿从贼，诈死图逃，却是逃到何处去呢？如要逃回家乡，她的父兄是不是深以自己失身为耻？是不是四邻乡都要看不起自己？

黎小霞明明记得，数年前邻郡有一富室少妇，被贼掠去，本来是绑票勒赎，她的娘家婆家都引为深耻，讳不肯救，也不肯赎，对外面人不说少妇失踪，反说少妇已死，到后来少妇不知用何法，感动了盗首，盗首竟乘夜把她送回家来，结果婆家嫌她失踪隔日已久，断定她早成失贞之妇，硬把她休回娘家了。她娘家的人，老父老母虽然哀怜女儿的不幸，她的哥哥嫂子，兄弟弟媳，都以为这位失身票匪的姑奶奶太没有廉耻了，怎么会跟盗党混了好几个月，而且并感动盗匪，把她送回？那一定是她牺牲失身，献媚盗婿，故此才能换得虎口逃生。她的嫂嫂弟媳们竟全都冷眼冷语挖苦她，家中的别人也似乎把她看成不祥之物，有的不愿搭理她，有的故意谩骂贼婆娘，有的故意向她打听陷入盗群的情形。结果，在这位富室少妇逃出匪窟，见弃夫家，避居娘家的半年后，受不住冷待和毒讽，竟很悲愤地自戕了。

黎小霞一想到这位富室少妇，立刻推想到自己的遭遇，自己跟这少妇正是一样，并且少妇还是已嫁之妇，自己乃是守贞未字的处女，比少妇更属不幸。因而推想今明晚就要设计刺杀张青禾，逃出店房，奔回家乡。到了那时，自己的父母将怎样看待自己？自己的哥嫂是否悲怜自己的恶运？抑或卑视自己的无耻？骨肉虽亲，纵不致幸灾乐祸，也终不免憎恶不祥人的遭际吧！

黎小霞设想来日，不禁珠泪横颐，痛不欲生，忽然她想出一策，自己一定要报仇，要雪耻，并且一定要转回家门。见了父母兄嫂之后，自己便对他们表示，这一番本已无颜回家，所以要回家的缘故，就是向家人报告，自己并没有甘心从贼。现在自己已然逃出来了，可是自觉有玷门楣，无面目再见亲族，如今只求与父母生晤一面，决计以后要削发出家为尼。是的，这样表示之后，家中人如有菲薄之意，我便不削发，我便横刀自杀！黎小霞想到痛切处，如醉如痴，又想到张青禾这个少年贼，能把自己松捆，他又对自己屡示忏悔之意，看他年轻轻的，竟甘心做了采花贼。他说他是受了淫朋的引诱，如果自己肯于下嫁他，他将洗手改节，他说的话尽管好，可是他把自己强掳来，又用蒙药败坏了自己的童贞，难道自己真就将错就错，甘心自污，做一个少年采花贼的妻室吗？“不能，不能，他害了我，无论如何，也要拿他的血，洗刷我的耻辱！”黎小霞想着脸一红，又复懔懔然志切复仇了。

当下默想了一阵，估计时候，又悄悄出去，买了一些食物，非为饥饿，只是预备出走，恐怕空腹气馁，趁人不见，吃了一些，又喝了一些水，便躺在床上，再装病重。原来她的吐血，只是咬破舌尖，借以吓唬张青禾，催他出去求医罢了。

挨过中午，张青禾方才急匆匆地回来，从四五十里外大镇甸内，邀来了一位比较有名的郎中。这郎中本不肯出诊，被张青禾出重金，又威吓着，强给逼上车，请到这小店里来。这郎中已然五十多岁，架子很大，本领平常，见张青禾发怒，勉强来了。刚进店房，就问病人在哪里，忙请来诊脉。张青禾满头大汗，把郎中陪到床前，说道：“娘子，医生请来了，你醒一醒。”黎小霞佯装睡醒，微发呻吟，转过身子来，任凭郎中诊脉。郎中闭眼诊了左右手，点了点头，对张青禾说：“病不要紧，只是气郁伤肝，三焦火盛些。”问到吐血之症，郎中说：“妇人们吐红症，是不要紧的。”遂到桌旁，取出纸笔开了药方，说道：“吃了我这药，如果见轻，就照原方服下去。如果不见轻，你阁下再请高明。”张青禾忙道：“如果不见轻，我还要请先生费心出诊的。”郎中心中不愿，含糊答应着，拱手拱手，告辞登车回去了。张青禾安慰了黎小霞几句话，忙又打发店伙，快去抓药。

黎小霞催他自己去，他只是不肯离开，黎小霞故意叹了一口气道：“你是死也不放心我，我很明白！”张青禾委婉说：“我实在不放心你的病。”黎小霞道：“什么不放心我的病，你是不放心我的人罢了，你还是怕我跑了！我都眼看死了，你还是藏着坏心眼，你真真是我的冤孽！”说得张青禾嘻嘻直笑，偷偷附耳说：“谁叫我喜爱你呢！”张青禾就坐在床边上，极力温存，黎小霞忍而又忍，又想出一法来，向他说：“我这工夫口干舌燥，想吃一点凉东西。”张青禾忙说：“你想吃什么？我叫店伙去买。”黎小霞道：“他们开小店的人，会买什么？还是你出去一次，择那新鲜的果子，给我买一点来。”张青禾赶快地答应了，出去寻买。可是小镇甸并没有好果子，黎小霞吃了几口，说不好吃，叫张青禾给她寻购蜜饯的枣梨。张青禾赶快去买蜜饯果饵。如此折腾了好几遍，黎小霞故意做出撒娇撒痴的劲儿来，要使张青禾出入不息，感觉疲倦。

这样又磨烦到黄昏时分，店伙才买药回来，黎小霞故意儿又叫张青禾新给她煎药。药煎好，刚服下去，黎小霞暗暗伸手探喉，顿时大吐。呻吟不已，苦着脸说：“不好，不好，不好。我心上更难过了，我觉得肚内发空，两眼发黑……”在床上起来倒下好几次，带出药不对症，病更危殆的样子，把个张青禾闹得束手无策。直到二更后，黎小霞方才不折腾，似乎昏睡过去了。张青禾果然疲倦不堪，头刚挨枕头，发出沉睡的鼾声来。张青禾刚睡熟，黎小霞便发出呻声，试着叫张青禾的名字，说口渴思饮。连叫数声，张青禾鼾声如故，又试着推了两下，依然不醒，黎小霞轻轻坐起，剔灯注视张青禾的睡态，半晌，悄悄披衣下地，结束停当，第一手，先把张青禾那把匕首刀，盗取在手。这把匕首虽压在张青禾的枕下，刀柄却有系绳，仍绾在他的腕上。黎小霞轻轻地抽出，慢慢地摘下；吓了一头汗，方才得手，黎小霞利刃在握，心神一宽，不禁低哼一声。

此刻决计逃走，但不甘心一走了事，她还要复仇。她急忙屏息宁神，把房间打量了一周，门房已栓，外面寂无人声。她恶恨恨盯了张青禾一眼，心头小鹿不由乱跳。忙又把手当胸一按，镇住心声，提刀先走到后窗前，悄悄划开窗缝。不料，这后窗是钉死的，撬了一阵，未能划开，反倒发出响声来。她只得转身潜开屋门，蹑足溜出门外，探了探路，赶紧退回来。第二手，就来盗取张青禾的兜囊。这兜囊内有张青禾得自淫朋的薰香迷药，张青禾虽与黎小霞同宿，仍存警戒，这兜囊临上床时，固然解下来，一等到要睡熟，便又改系在腰间，他似乎早就提防着这个同床异梦的人，会有窃药盗刀的举动。黎小霞此时心头突突地跳，左手提捉着匕首刀，右手便来轻轻掀被。轻轻摸索到张青禾的腰际，要设法把皮囊摘取在手，如此，就算拔去猛兽的爪子了。她却戒备过度，自知惨遭挫辱，体力消耗不支，又加数日伪病忍饥，深恐气力上敌不住张青禾，倘或把他惊醒。自己势必吃亏，故此黎小霞不敢放下刀子，用双手解囊。心想只手探囊，固然费事，倘被警觉，左手刀还可以刺仇自卫。她仓促之间，竟忘了先行刺，后盗囊的透彻行动了。她虽会武，从未伤过人，也未做过夜行人的伎俩，于是她做错了这一步。

当她刚刚地探着兜囊，摸索着要摘解，张青禾突然惊醒了。而且最糟的是黎小霞做这事，本该吹熄灯。她因为缺乏夜行动功夫，不能摸黑动手，这样她固然看得明白，张青禾一惊醒，当然也看得明白了，张青禾骤然张目，虽未看清一切，却立刻从直觉上，感觉到黎小霞居心叵测，已有异图。他立刻喊了一声，右臂往外一挥，同时身躯一滚，同时飞起了一只腿。就在同时，黎小霞惊惶失措，慌不迭地缩右手，将左手一举一落，匕首刀照张青禾搠下去。哎呀一声，刀锋入肉。同时黎小霞也失声一叫，往后倒退下来，她已被张青禾踢中一脚，正蹬在肩头上，张青禾血淋淋地跳起来，如受伤的兽，大叫："好丫头，你暗算我，你跟我全是假的呀!"整个身子猛扑过来。

黎小霞若不失措，只凭这柄匕首，便可把负伤乍醒的张青禾给结果了。她却害怕张青禾那个万恶的迷药袋，见行刺一击未诛，顿时气馁。她身上本来气力未复，百忙中，抽身急退，趁势扑灭了残灯，立即夺门逃出去。张青禾的胳臂被刺伤三寸多长口子，血流如注，仓促忘了痛，如飞地追出去。也忘了自己的衣服不整，也忘了兵刃不凑手。但等到黎小霞逃出店院，跳墙跑到街上，张青禾跟踪追上来，被夜风一吹，身上激灵灵打了一个寒战。臂上的血溅到身上，冰凉湿粘，更奋力一跑，伤口痛起来，渐难忍受；他就霍地转身，又奔回店房，撕衣襟匆匆敷药裹创，摸了一条木棍，披了衣裳，重复急追出来，这样往返一折腾，黎小霞早已逃远。却是黎小霞太没有江湖经验，白天问明道路，此刻竟投直道奔去，一点也不晓得曲折绕避。在月光下，一路直奔。只跑出三四里地，便被张青禾紧寻犬吠，遥望人影，很快地追上了。

夜阑人静，古道荒郊，月影下一望茫茫，张青禾约略逃踪，试着大声吆喝起来。黎小霞本可以藏匿，她跑得太慌，喘息不堪，回头望见追来的人影，又听见喊声，她窘迫得几乎要自杀。浑身力气已然不支，强眸四望，近处有一片浓影，被轻雾笼罩，黎小霞以为这必是小村庄，赶紧提一口气，双脚用力投奔过去。张青禾大呼小叫，立刻追了过去。到最后，此奔彼逐，他们俩相距还有半里多地。张青禾挥木棍赶到村边，陡闻村内犬吠声四起，立刻说：“好了，我看你这丫头往哪里跑！”可是他多少晓得江湖禁忌，心想这一入村搜寻恐不免惊动了居民，自己必须打点好应付的话头；略一迟疑，绕村走了半圈，然后飞身闯入村口，一面提防暗算，一面提防居民的干涉。

第七章

蝶恋花愁侠女夜奔

这工夫，黎小霞宛如穷鸟投林，当真扑入这不知名的小村。这一阵犬吠，竟惊动了村中一个武林中人物。黎小霞提着那口匕首刀，喘不成声，钻入林巷，东藏西躲，被巷犬围住了，冲她乱吠。她几乎要放声痛哭，恨骂这欺人的恶吠。东藏不妥，西躲不留，她十分无奈，钻进了一家村舍。野犬竟对着这村舍，乱叫成一片，顿时引起了那个武林人士的骇异，披衣提刀，突然出来寻看。同时也引起了穷追不舍的张青禾，紧寻犬吠，扑到这村舍。少年贼张青禾抡木棒，直入小村，寻到黎小霞藏伏的所在，低喝道："黎小姐，你出来！你安心骗我，你还暗算我！是我先对不过你，你只乖乖地出来，我便饶恕了你。你要不知好歹，我可要下毒手了。"

黎小霞藏在人家院内黑影中，已然喘成一片。任听张青禾叫骂，无力回答，手提着匕首凝视外面。突然间，又听张青禾喝道："小霞，小霞！我看见你了！"飞身一纵，上了墙头。黎小霞再也忍不住，切齿骂道："你这万恶的淫贼，我是好人家儿女，我岂肯从你这下五门的贼子，姑娘不幸，今天死在你手，也不能从你！"从黑影里跳出来，就要跟张青禾拼命，却又怯着他的那恶毒暗器。张青禾在墙头哈哈一笑道："丫头，我跟你是前世的冤家，像你这样的女子，死在我手里，足有三四个，我越不想杀你，你越想找死；你就找死，我仍不杀你。丫头你过来，你看看你扎的我，我不计较你，你好好地跟我走吧，我是一死儿爱上你了，你逃不出我的手心。"说时，一跳落地，抡棒照黎小霞打来。

黎小霞奋力抗斗，气虚不敌，又怕张青禾再发迷魂袋。强支几个回合，夺路又逃，口中发出喊声："救人哪！救人哪！恶贼杀人了，抢夺妇女了！"且喊且跑，奔到后墙，努力窜上去，往下一跳，脚一软，顿然栽倒，一滚身爬起来又跑。张青禾穷追不舍，他刚刚跳上后墙，见状大喜，叫道："小霞，你喊救也不成！来吧！"做出攫拿的样式，飞身下跳，来捉黎小霞。

这时候，那个武林人士看得清清楚楚，听得明明白白。"这分明是一个女子被一个男子追逐。哦，这叫的多半是逃跑的女肉票，追的是架绑妇女的恶淫贼！"却又转想："也许还有别情，我要小心了。"陡然抽出刀来，一声不响，从斜刺里扑到。这时候，黎小霞踉踉跄跄，跑出十数步，似已力尽气竭，不能支持，可是她终不甘心束手受擒，喘不成声，回身骂道："恶淫贼，你丧尽天良，姑娘今天就死在你手，也不能再受你的污辱了！"止步挺刀，预备拼命，如果实不能胜，便要自杀。可是她犹存一线生望，现已逃在小村中，她希望喊出居民来救助自己。不知怎的，竟喊不出人来，忍不住一面盯视张青禾，一面偷眼四顾。张青禾仿佛"棋胜不顾家"，如飞地抢上来，抡木棒要打飞黎小霞的短刀，再把人活捉回去。

他刚刚往前一扑，陡然听声身后一阵冷风扑到，一个人厉声喊道："呔，站住，不许动！"张青禾应声忙往旁一闪，黑乎乎一件东西，擦身落到地上。立刻有一个短装男子，提刀赶到，趁着男女两人错愕寻视之际，这个人横身跳到黎小霞和张青禾的中间，喝问二人：究竟怎么一回事？为何半夜里追杀凶殴？

黎小霞忙叫道："这位壮士救命！这东西是土匪，他抢男霸女，他把我掳去，我刚逃出来，他要追擒我，污辱我，他是绑票匪，他是采花贼，万恶的强盗。"张青禾忙道："胡说，你这位朋友少管闲事，她是我的女人，她背夫逃走，我是追赶她，你不要多管。"两个人各说各辞，可是黎小霞趁着有人来救，越发振吭狂呼，意欲惊动全村。张青禾到底做贼心虚，不敢任听她乱喊，竟厉声道："丫头，不许你乱喊，趁早给我住口……"一抽身，跳出来，抡棒便打。黎小霞急忙招架。

那个武林壮士立刻横身过来阻止，厉声说："不许动，全给我住手！"且说且抡刀逼住张青禾，喝问："你叫什么名字？"又问黎小霞："你到底是他的什么人？"张青禾叫道："你管不着！"黎小霞忙道："我不是他的什么人，他是贼，我是受害的好人家姑娘。"武林壮士说："你怎么会武？"黎小霞仓促不及深思，脱口说："我是黎家冲黎镖头的女儿，我自然会武，我是受了这贼的暗算。我家离这里不远，他是外路贼，你不要听他胡说。"

那武林壮士恍然省悟，立刻向张青禾喝道："你分明是外乡口音，你的话多半全是谎言，你趁早丢下那棒子……"张青禾厉声道："放狗屁！"不等壮士说完，抡木棒照壮士就打。壮士哈哈大笑，骂道："你一定是个贼了！"立刻挥刀还攻，跟张青禾打起来，黎小霞大喜，喘息稍缓，忙向那壮士叫道："这位壮士，我谢谢你，请你活擒住他，他是使薰香的采花贼，千万不要放走他。"略为一定神，挺匕首刀，上前助战。张青禾使的是仓促寻来的木棒，武器既不趁手，又在负伤穷追之后，跟这武林壮士斗了几合，不能制胜。偷看这武林壮士，穿一身寻常短装，脸上用一块青布遮着，不能认出本来面目，只听口音，却是个年轻人，手中刀霍霍舞动，颇为精熟，若在平时，张青禾还能打得过，现在却不成了。等到黎小霞挥短刀上前助战，张青禾越发不支，三个人团团缠战，雄娘子渐感应付不暇。

突然间，武林壮士一刀搠来，雄娘子张青禾挥棒一闪，黎小霞的匕首刀冒险从背后袭来。张青禾大呼一声，回身招架，那幕面壮士又抡钢刀，“独剪华山”，狠狠劈到，张青禾急闪不迭，横棒急架，喀嚓一声，手中木棒被壮士的折铁刀削断一截。张青禾大惊旁窜，黎小霞又探身追到，匕首刀奔后心刺来，张青禾挺半截短棒，狠狠一荡，当的一响，黎小霞的匕首刀脱手横飞。她不禁大骇后退，张青禾急急追上去，抡棒再打，幕面壮士大叫：“好贼，看刀!”张青禾觉得背后生风，不敢追击黎小霞，慌忙回身自救。黎小霞趁此时机，脱过险境，赶忙去抢那落地的匕首。张青禾闪开了壮士的急袭，偷眼瞥见黎小霞俯身取刀，便也飞身一跃，抡棒一晃，吓得黎小霞往旁一退，张青禾便将地上的匕首用脚踏住。幕面壮士道：“好贼，还不便缚!”将手中刀一展，照张青禾急攻过去，张青禾不敢再用木棒招架，竟被冲退，幕面壮士欺身硬进，刀照张青禾肩胛削去，张青禾不觉又一退，幕面壮士早已追到那坠刀之处，一面刀不停挥，照敌猛砍，一面用脚尖一踢，把那地上的匕首踢到黎小霞面前。黎小霞立刻抢起了匕首，重来攻斗。

张青禾心知不敌，幕面壮士刀法太紧。张青禾且战且退，急欲抽身佯退，以便发放暗器。黎小霞忙喊道：“这位壮士留神，这恶贼又要发放他的歹毒暗器!”壮士笑道：“不要紧，恶贼，你不过会使迷魂袋一类的东西，别人害怕，我却不怕。”刀光一展，先抢上风，把张青禾圈住，不使他得手。不料张青禾的暗器囊，仓促穿衣时，套在里面，掏取很不方便。那武林壮士已经提防到这一节，冷笑着骂道："你真是采花贼，你这招施不出去。"越发展开了迅疾的刀法，要把张青禾砍倒，张青禾两次佯装败，欲抽身发放暗器，全被这武林壮士紧紧钉住，不容他缓手。黎小霞也强自支持，运用匕首短刀，夹攻张青禾。照这样，三个人又斗了二十几个照面，武林壮士唰的一刀，对准张青禾刺去。张青禾慌忙招架，被这壮士翻手又一刀，猛劈下去。张青禾提杆往外一荡，当的一声响，木棒突被磕飞。张青禾惊惶急窜。黎小霞赶上来，狠狠一匕首，照张青禾软筋点去。张青禾拼命又一跳，喝道："看暗器!"倏将手一扬，黎小霞惊弓之鸟，大惊后退，张青禾怒骂一声，拨头疾跑，原来是虚招。

那武林壮士恰好堵截过来，刀尖一指，喝道："还不受缚!"张青禾慌忙一闪，往旁飞窜，又将手一扬，道："打!"仍然是虚招，借这一晃，如飞地落荒逃走。武林壮士哈哈一笑，晓得他黔驴技穷，立刻探囊，掣出一支镖来，抖手打去，张青禾且走且探囊，百忙中仍要用他的暗器，猛听见锐风破空之声，赶紧一躲，武壮士连发三镖。张青禾哼了一声，大胯上被打中一下，竟负伤进入林中去了。

那武林壮士奋步追赶，回头一望，忽闻黎小霞低吟了一声，竟不能自支，坐在地上，救人重于追贼。武林壮士不由止步，问道："你这位姑娘，到底你贵姓？家住哪里？怎样被这贼掳走的？怎样逃出来的？现在你打算怎样？可能走得动吗？可要我伴你回家吗？"连发数问，黎小霞哽咽难言，半晌才说："你这位恩人，你不要问我了，我不幸误落恶贼之手，虽然蒙你仗义拔刀，救活了我的性命，可是我名节已污，无颜回家再见骨肉，我我我……"忍不住痛哭起来。

这时候，天将破晓，武林壮士绕林搜巡一番，转回来，立在黎小姐身边，再三慰问，黎小霞只是悲咽伤心，一面拜谢他救命之恩，一面请他勿再追问自己之事，也不用管自己以后的办法，试着要挣扎起来。这武林壮士“救人救彻”，自然不肯袖手，黎明影中，偷觑黎小霞的形容，已知她不是个寻常的女子，因劝道：“姑娘不必难过，这地方离着人家很近，少时便有农人出来，你在这里啼哭，太不合适。姑娘，在这边不远，有我的一家拜盟弟兄，请你先到他家歇息歇息，然后我再设法送你回家，你不要再说那短见的话，人都难免有不幸，千万不要拙想。”武林壮士再三劝驾，黎小霞抬头微睨这壮士的面目，依然是用青布幕脸，看不出庐山真面目，只听语音，知是外路人，年纪也只二三十岁，虽是技击纯精，言语温雅，举动矜慎，倒很像是文墨人。他立在小霞身旁，劝她起来，小霞不起，他干着急，未肯动手强搀，足见他是个知礼的人，小霞无可奈何，拭去泪痕，勉强立起，一步一颠，跟着这武林壮士，重入这座小村。

村中住户已然有些人，听见夜间人声喧闹，和女子呼救的动静了。农户人家多半胆小，在犬吠声中，虽听见女子悲呼，多半认为闹鬼，谁也不敢出来寻声查看。武林壮士趁着曙色未明，把黎小霞邀到村中一家住户门前，请黎小霞在门前稍立，他跳墙头进去，开了街门，把黎姑娘让到院中，照旧闩上了门，然后把黎小霞邀到南侧座，这南侧座便是客馆，便是武林壮士暂时借寓之所。黎小霞力竭声嘶，满腔悲惭，跟着不相识的人来到南房颓然欲倒。武林壮士请她落座，又摸着火种，点亮了油灯，然后说：“姑娘请在这屋稍微歇歇，我去把宅主人、宅主妇请了起来，姑娘总是遇难的人，请不要难过，你只好好坐着，我这就来。”说着，退出南屋，去到正房叩门。

黎小霞忍愧枯坐，耳听那壮士剥啄声里，连连喊叫五哥、五嫂，叫了一会儿，似听应声，旋闻开门邀入。此问彼答，隔了好一会儿，有一男一女跟了壮士过来。男子年约四十多岁，女子三十多岁，衣服朴素，像是小康人家的夫妇，只那男子气度豪迈，很像是武林人物。这一对夫妇进了屋来，黎小霞连忙站起，男主人拱手道："你这位姑娘请坐，请坐。"那主妇便拽黎小霞归座，黎小霞看看主人夫妇，又打量了武林壮士一眼。那武林壮士年约二十七八岁，面貌微黑，双眸精光闪灼，顾盼动人，此时坐在男主人那边，手指黎小霞说道："这位姑娘一定是附近的良家闺女，五嫂、五哥请仔细问一问，我们想法子把她送回家去。"

男主人把黎小霞端详了好半晌，转问少年壮士："你在哪里救的？那个贼跑到哪里去了？"少年壮士说了一遍，男主人默默听着，遂向主妇说道："你问一问。"主妇便紧挨着黎小姐，细问她被掳出逃的情形，又问她姓名住处，黎小霞含泪忍耻，略陈被害的情由，只肯说自己姓黎，家住在湘东黎家冲，不肯承认自己是黎镖师的女儿。那男主人听了，向武林壮士施一眼色道："湖南黎家冲，不是有一位著名武师，并且是你要打听的吗？他叫什么名字？跟这位姑娘可是本家不是？"武林壮士道："我要打听的那一位，乃是两湖著名镖头，他名字叫黎道朗。喂，你这位黎姑娘，你可晓得这位黎镖头吗？他跟你可是本家吗？"黎小霞不禁满面通红，半晌才说："我知道这位武师，我们是本家。"少年壮士大喜道："黎姑娘既是黎镖头的本家，那好极了，我可以亲身把你送了回去。我这次赴湘，本是专诚拜访黎武师的，不料两次投谒，全未见面。如今好了，我借着这机会，总不致再遭黎武师的谢绝了。"

黎小霞一听这话，心中微动。记得月前曾有人拿着荐书，来拜访她父，意有所求，被她父设辞谢绝了，连面也没见。现在偏偏自己就被这个人救了，到底这个人叫什么名字，是什么来意呢？黎小霞低头想着，抬头看了壮士一眼，一时失神，脱口说道："你这位壮士贵姓？你找家父，有何贵干？"那武林壮士听后站起来道："哦，你就是黎道朗黎武师的令爱？"小霞俯首无言，只将头微微一点。那武林壮士拱手道："我不知姑娘是黎小姐，真是失礼之至。我在下姓秦，名叫秦昭良，乃是河南洛阳人氏。我有一家亲友，为了一件琐事，得罪了一位地方土豪，只有黎道朗黎武师的情面，才能化解纠葛，我在下迫不得已，远道前来到求助，不料两度登门，未能瞻仰。今日幸得在小姐面前，效得微劳，尚望小姐，届时面请尊翁，代为解说，我在下不胜感激之至。"

这个秦昭良自认为很侥幸，滔滔讲了这些话，抬头一看，黎小霞面色惨变，似乎十分难过。秦昭良忙问："黎小姐，你怎么了？可是劳累了？若是小姐乏累，要歇一歇，我们可以出去。这间屋倒也清静，就请小姐随便躺下歇歇，赶到过午，再送你回家，好吗？"黎小霞不语，仍然点了点头。少年壮士秦昭良这才邀着宅主人夫妇，退出南房。

那宅主人很不放心似的，看看黎小霞，暗嘱主妇稍稍落后，主妇会意，向黎小霞殷勤叙话，又代为展被，请她安歇，看见黎小霞实在支持不住，要躺倒歇息，主妇这才道了安置，掩门退出。宅主人姓张名育林，和武林壮士秦昭良乃是朋友，彼此低声议论，决计等到天明，由秦昭良雇轿，亲送黎小姐回家，当下也就分别安息了。次日天亮，秦昭良和宅主育林商量雇轿，宅主妇到南房去看黎小霞，南房门扇紧掩，轻推不开，低叫不应，宅主妇心想，黎小霞也许奔逃力尽，滞榻未起，不忍再叫。退了回去，快到辰牌，复又叩门，一连数次，寂无应声，宅主人张育林和武林壮士秦昭良全惊动了，忙一面拨门，一面验看后窗，后窗已然洞开。秦昭良说道："不好！"跳进窗去，一看床头蚊帐低垂，人果不在，慌忙开了屋门，把宅主人夫妇放入，三个人惊奇不已；又到院内外搜寻，黎小霞早已没影了。三个人乱猜黎小霞失踪的缘故，也许她负愧潜出，独自回家了；也许她含愤自戕，不知跑到哪里上吊投水了；也许那个少年贼寻了她来，又把她掳走了。三人揣测一阵，总觉第一第二两个缘故近情，便由宅主和秦昭良，先到附近隐僻地方，搜寻了一阵，未见下落。便由宅主人陪同秦昭良，径赴黎家冲，拜访黎道朗镖头。

这时候，黎道朗镖头，和长子黎绍光，正在忙乱奔走，各处撞闯。女儿黎小霞失踪已有多日，穷搜遍访，渺无下落。明明知道已落在采花淫贼之手，为了门户声誉计，仍不敢向外声张，只暗暗设法搜访。当这秦昭良和张育林登门投刺，前来报信时，黎道朗父子恰恰全不在家。两个客人向黎宅长工百般麻烦，恳求一见宅主，说是极紧要、极机密的事，要面见秘谈；长工越说宅主不在家，客人越要面见，总疑心是推托，闹到最后，不可开交，秦昭良方才说："老主人、少主人全不在府上，我们愿意见见老奶奶和少奶奶，我们实在是有要事，必须面诉。"末后索性披露意趣，说是得有府上小姐秘信，要当面投送，又问长工："你们府上小姐不是这些天没在家吗？现在我们偶然得知府上小姐刻在难中，所以特来报信。"二人说了同样的话，那个长工方才变颜色地说："二位请等一等，我进去回一声。"长工立刻让二客在门房小坐，慌慌张张进去了。

隔过好半晌，一个二十八九岁的少妇走出内宅，命长工把二客让到客厅，这少妇便是黎绍光的妻子，也就是黎小霞的嫂子，黎老武师的儿媳。黎少奶奶面见生客，不敢吐露真相，先盘问客人的来意，张育林还在迟疑，秦昭良就一连说出实话，自承在荒郊救了黎小霞，黎小霞拒绝伴送，独自回家，敢问府上，黎小姐到底回来了没有？诚恐她半路上或者再遇歹人，或者含嗔不归。念在武林一脉，故此特来关照。那黎少奶奶很认真地听了，半晌不能置辞，请二客少坐，复又踱回内宅。隔过半晌，黎老奶奶也出来了，向来客详询一切，便再三称谢，请二位留下地名，暂请先回，舍下这就打发人去把老当家、少当家追回来，面见二位。秦昭良摇头道："我们的住处离这里很远，既然如此，我们暂且投店。黎武师回来时，请到店房找我们好了。"遂与张育林规定下投止的店房，辞了黎宅。张育林到底是个寻常农户，颇嫌黎府缄默冷待，又认为秦昭良自找麻烦，不肯到店房，径回本村去了。秦昭良心中也不痛快，为要结识黎武师，只得投店候信。

那一边黎府上一位老奶奶，一位少奶奶，闻耗全都惊喜震动，不晓得怎样应付告密人。把二位来客很冷淡地打发走了，婆媳二人赶紧派长短工，去给黎道朗、黎绍光送信。黎道朗、黎绍光秘密地寻访失踪女儿恰分成两路，闻耗先后赶回来，立刻到店房，拜见秦昭良。黎绍光深以胞妹被掳为羞，和秦昭良谈话，辞涉吞吐。黎道朗觉得不对劲，索性实说了，然后问秦昭良："在何处救了小女？掳小女的是何人？小女现在又跑到哪里去了？可是回家时，又生了枝节？"黎老镖头问的这些话，秦昭良不能全答，只就所知，说了一通。仅仅说出那个贼人的姓名，叫作张青禾，这是黎小霞亲口说的。至于被掳情形，被囚地点，以及现在黎小霞又失了踪，到底是二番遇险，还是悲愤自戕，秦昭良可就全说不出来了。黎道朗十分懊恼，可是一筹莫展；最后决策，就请秦昭良帮忙，一同到张育林家附近，重加搜访。这个主意打定了，立即实行。黎氏父子跟秦昭良，寻访了一昼夜，竟仍无黎小霞的下落。

但等到数日后，在一天夜间，黎家冲黎老镖头宅中，忽有一人影袭入，径把黎小霞的闺房打开，而且点亮了灯。恰巧这几天夜间，黎老武师家暗有警备，派了几个徒弟值夜，当下惊动起来，还当是贼人重来，立刻将闺房围了。不料破窗一看，这袭入闺房的，不是别个，正是黎小霞本人。小霞一身短装，正自在灯下，提笔留书，一面拭泪，一面书写信笺。黎武师的弟子不禁失声叫了一句："师妹，你可回来了，你往哪里去了，教师父好找！"这一叫，小霞猝然抬头，形容憔悴已甚，闻声粉面立泛红云，忽然投笔，抓过来壁上的利剑，就往项上要勒。黎门弟子已然闯进来，见状大骇，慌忙拦阻。因为师父不在家，立刻通知师母黎老奶奶和大师嫂大娘子。黎氏婆媳跄踉地进了闺房，哭叫道："姑娘，你回来了。"顾不得别的，夺去宝剑，婆媳双双抱住小霞，失声痛哭。小霞也不禁号啕起来，向母亲说："娘，你不要管我了，你的女儿不幸，落在恶贼手内，已经玷辱了黎家门户，我想回来了，我是把这信送回来，请娘只当女儿凶死了，女儿不打算寻死，也不打算削发出家，我要从此奔走江湖，寻找仇人拼命。"一面说，一面挣扎着往外奔。黎老奶奶和黎大娘子如何肯放，一齐扯住了她的手，一个叫乖闺女，一个叫好姑娘，千万不要如此。这时候黎门弟子已然在窗外听出原委，立刻拨出两个人，火速地去寻找黎老武师和大师兄黎绍光。黎小霞姑娘到底没得寻仇出走，被她的母嫂哭留住，又被她的父兄苦留住了。她的父兄很贤明，认为女儿被擒，乃是家门大不幸，全不肯苛责女儿一人，只于吩咐上下人等，把这事哑秘起来。仍仔仔细细询明真相，既知恶贼名叫张青禾，便下功夫搜访张青禾的根底。

黎小霞姑娘悲苦、劳碌、羞愤，终于支持不得，病倒在家中了。黎道朗父子竟从武林同道中，访出青禾的门户，他乃是嵩阳派剑客第三代的门徒，黎武师咬牙切齿道："好，想不到嵩阳派门下，竟有这样的无耻门人。好极了，我一定要找嵩阳派罗靖南、夏金峰两位剑客去算账，我要教他们拿脑袋来，赔偿我女儿一生的命运，我要教他们拿鲜血来，洗涤我黎家门的耻辱!"黎氏父子怒发如雷，定要找嵩阳派诘讨罪徒。那个少年壮士秦昭良居然丢开了自己的正事，大告奋勇，要帮助黎武师，偕访衡山祝融峰。

黎氏父子很感激，因心绪麻乱，不遑深计，也就不曾细询秦昭良的来意。殊不知秦昭良正是为了他的一家亲眷，受了家乡土豪的毁害，访闻土豪恃以御侮的护院镖师，和黎道朗很有渊源，特意投谒黎门，恳请相机说和，拿情面把那镖师劝走，不教他助纣为虐，或者用旁的法子，把那土豪制服也可。却不料秦昭良远远来求，倒赶上黎宅家门之变，求助的倒成了助人。这一来，秦昭良倒很得意。当下黎道朗、黎绍光、秦昭良，一同由黎家冲出发，径奔南岳衡山。可是他们才走到半途，便从武林人士口中听说："张青禾乃是嵩阳派叛徒，已与妖贼桑林武同流合污，到处奸骗良家妇女，现在嵩阳派群侠已然得信，正在搜拿他。"黎氏父子一听愕然，盘算一阵，仍要驰赴衡山一探究竟。父子俩和秦昭良续往前行，不久又从一个武师口中，听到了一番话，说是那妖贼桑林武已然在株被擒，解送官府治罪，那个张青禾听说是嵩阳叛徒，改投到长沙龙沙船帮去了。听此说法，黎武师一行便当北上，不须南赴衡山了。黎绍光仍劝父亲，面见嵩阳双侠，秦昭良却劝他径赴长沙。黎武师竟似年老昏瞀，一时拿不定主意，商计了通宵，还是先奔南岳衡山，一搜张青禾根底，再访他的踪迹。当即转道，径奔南岳，本有江船可搭，却是逆流，三个人嫌慢，竟改由陆路走去。

黎武师到底奔到南岳，扑了一个空，这时候，嵩阳双侠已然率同门大举奔赴长沙去了。黎武师仅仅会见了嵩阳派留守的门徒，证知张青禾确是叛徒，已沦下流，现在正拿门规来搜寻他、捉拿他。据说已投入长沙府的龙沙船帮，大得庇护。黎武师父子问明大怒，立刻搭江船，火速北上。就在这往返徒劳的期间，小霞姑娘突然在家又失踪了，却在她被掳失贞，脱逃归家，大病几死，幸得痊愈之后，历时已然三个多月了。

黎道朗父子由于秦昭良的引见，恰在长沙府，会见了嵩阳派剑客沅江徐鹤、张伯循数人。双方接谈，备悉详情，现在嵩阳派正与龙沙帮发生误会。沅江徐鹤奉命查询叛徒，听一个绿林人物说，叛徒张青禾是由龙沙帮帮友顾同春引荐，已加入了龙沙帮，大受龙沙帮帮头卢天朋的宠遇。徐鹤立即用嵩阳派的名义，到卢天朋那里投谒求见。卢天朋是个六十多岁的赤红脸老者，气度粗豪，手下帮友很多，倒也久慕嵩阳派的声威，当下以礼延见，叩问来意。徐鹤具说本门再传弟子张青禾违背门规，犯了淫恶大罪，现奉掌门师兄秘命，前来搜拿他。听道路传言，张青禾投入贵帮，未敢擅拿，特来请命。想贵帮也有帮规，必不容叛徒溷入，务请舵主协力，把人交出。龙沙帮总舵主卢天朋听罢，微微笑道："这件事前些日子，我倒也有个耳闻，敝帮朋友姓顾的倒是引见来一个年轻人姓张的，要入敝帮，我在下因为这姓张的来历不明，已然把他谢绝了，贵派搜捉叛徒，清理门户，这是我们很钦佩的事，按理说应当效劳，可惜我们敝帮不知底细，实难相帮，还是请阁下自行寻访去吧。"

张伯循和徐鹤听了这话，很是不悦，又恳切地讲了一回，卢天朋坚不承认有收容叛徒这事。徐鹤想了想，又说：“也许是贵帮别位舵主把张青禾收下了，总舵主或者还不知道，可否费神代查一下?”卢天朋笑道：“代查的话，在下倒可帮忙，不过在下忝掌总舵，所有本帮事无巨细，我全晓得，我敢断言，帮友们没人敢瞒着我弄鬼的，这一点请徐兄放心。”徐鹤和卢天朋讲了许多话，总不合拢。张伯循便插言说：“这张青禾的一切行事，总舵主既然不甚详细，但是贵帮帮友顾同春顾兄和张青禾乃是朋友，何妨请来面谈一下。”总舵主卢天朋沉吟不语，半晌方说：“这样办，也倒不错，赶明天我教他到二位住所去，当面谈谈也好。”徐鹤、张伯循至此无话可说，随即告辞。龙沙帮总舵主卢天朋等到客去，便召见顾同春，告诉此事，顾同春说：“前几个月，确有这么一个张青禾，持帮友秘礼，前来投托，他自称是嵩阳派的被逐第三代门徒，我因见他年轻貌美，目光流动，又带些公子哥儿气相，只把他收容在我们附设的赌局内，住了一个多月，只算吃挂钱，不料这小子很好色，又气傲，有点看不起我们帮友，总夸他们的剑术高、本领大，后来跟本帮的迟金生比斗武术，他不合出手伤人，激起了众怒，是我看他不妥，把他打发走了，后来他跟淮阳人妖桑林武遇合，跑到株洲一带胡搞去了，他并没加入本帮，我们管他不着。”卢天朋点点头道：“原来这张青禾真不是个好东西，现在嵩阳派正在访拿他，居然找到我们头上，我们犯不上代人受过，那嵩阳派的夏罗双侠，武功既高，对我们又很留面子，我们也不必怕事，也不必护庇歹人，赶明天你拿了我的片子，可以到店房找找那个徐鹤和张伯循去，一来算替我答拜，二来可以把实情告诉他们，也不妨指示他们一条明路。”

顾同春欣然答应了，到了次日，由本帮预备礼物，径到铺房，拜访徐、张二位，不料这顾同春说话憨直，又自恃本帮势力，不把嵩阳派看到眼里，双方言语误会，竟起争执。徐、张二侠疑心顾同春护庇叛徒，顾同春疑心二侠藐视他们龙沙帮，弄到后来，不欢而散。顾同春临行时丢下了话："我们龙沙帮也许是袒护恶人，也许是不顾江湖义气，但是我们龙沙帮却不能受人登门欺负，我说的话二位既然不肯轻信，那就随你们便好了，至于张青禾的下落，我们也许是实在不晓得，也许是就晓得了，也不能随便泄露他人的机密。二位既是嵩阳派的侠客，何不自己设法寻访？若认为有人窝藏他，何不去搜搜看？"甩下这憨直的话，愤愤地走了。

沅江徐鹤十分震怒，当时就要变脸，张伯循连忙拦住道："这个顾同春太不识相，我们不必跟他计较，我们还是找他们总舵主去。"徐鹤道："不然，我们拿本派的名义，到卢天朋那里，登门投帖，我们是很客气的了，这卢天朋却如此骄狂，他本人不来答拜，派了这么一个东西，说这么蛮横的话，我们不能认为顾同春无礼，我们得径直认成龙沙帮看不起本派。"张伯循道："依你之见呢？"徐鹤道："依我之见，他既无礼，我便无情，听他们的口气，张青禾显然被他们窝藏，至少他们也必晓得张青禾的下落，我们很可以秘密搜查他们一下。"张伯循低头想了一会儿，说道："我们后拨的人眼看就到，索性等他们来了，商计一下，再作道理。"沅江徐鹤哼了一声，也未置可否。只过了两天，嵩阳南派群侠陆续来到长沙，内中就有了因老尼、灵修道长、十一娘杜若英、女侠夏澄光、乔亮工、乔亮才、小侠萧珏一行。张伯循、徐鹤便把龙沙帮态度倔强，不肯协助搜访叛徒，颇涉袒护窝藏之嫌的话说了，问大家意见如何，灵修道长和了因老尼齿尊望重，比较持稳，打算自己再去找龙沙帮总舵主卢天朋等，疏通疏通。杜十一娘却衔惧叛徒已极，认为龙沙帮明明默佑叛徒，敢违江湖正义。女侠夏澄光年轻性傲，她说：“龙沙帮轻视我嵩阳派的威名，他既看不起我们，我们何必再去撰辞求助？简直不必管理他们，我们自行搜查叛徒好了。”灵修道人笑道：“龙沙帮声势浩大，江湖秘帮多与他互通声气，他们久视长沙一带是他们的天下，我们若不打他们一个招呼，径自搜寻叛徒，势必引起他们的误会。”杜十一娘、沅江徐鹤一齐愤道：“他们若果如此，便是他们甘趋下流，护庇淫贼，我们尽管不理他，他若不识起倒，横来出头，我们就可以收拾他。谁是谁非，可交江湖公判。”此话一出，众议佥同。了因老尼、灵修道人纵然不欲多惹是非，也难犯公论，唯有再再切嘱群侠，千万不必挑衅，事事务要持重一些。

当下拿定主意，即日在长沙府茶寮酒肆，妓馆赌坊，明搜暗访起来。杜十一娘因张青禾叛师辱母，抱恨已深，更与女侠夏澄光结伴，把龙沙帮的秘密巢穴，也踏探起来了。这一来竟种下了嵩阳派和龙沙帮的衅端。沅江徐鹤和杜十一娘极力刺探龙沙帮的秘密。这一天夜间，探出长沙府一家赌坊，聚集着许多龙沙帮友，内中就有顾同春等，赌坊门前人来人往，似乎正有秘事会商。杜十一娘和女侠夏澄光在外伏伺，小侠萧珏和沅江徐鹤乔装赌徒，先时溷入。一到赌坊内，看见一个大赌案上，有三个庄家，六七个伙计在那里开宝。有许多短装的朋友，围着赌案押宝。人多拥挤，乱嚷乱骂，看来只是寻常的赌徒，好像并无诡秘。只有三四个人出来进去，若有所待。徐鹤听了半晌，渐渐听出他们是等候什么人，要在什么地方打架。小侠萧珏也凑在赌案前人群中，留神察听，过了不大工夫，忽听一阵骚动，有五六个凶眉恶目的男子，架着披头散发的两个女子，哭闹着进了赌坊。徐鹤、萧珏志在寻究叛徒，本不理会这些事，忽听其中一个女子喊叫道：“无故作践妇女，难道真没有王法了不成？你们上哪里，我跟你上哪里。”另外一个女子只是哭，听不出说什么话，却被那几个凶暴的男子，你推我拖，从赌案前掠过，径奔了赌案后上面房去了。跟着起了一阵哗笑，一个男子笑骂道：“她还算良家妇女呢？好不要脸的娼妇。”

第八章

飞来艳奔则为妾

萧珏和徐鹤百忙中已看出两个女子，一个是二十几岁的少妇，敷粉饰脂，打扮妖娆，分明是个风尘女子，虽被这些人推推拉拉，口中却哓哓不休，一点也不怯；那一个女了只哭不说，倒是个十七八岁的少女，也是艳妆盛饰，面貌颇为俊俏，很带着憔悴恐惧的样子。徐、萧二人目睹此状，忍不住要看个究竟。小侠萧珏乘人多杂乱，竟跟着进了后面院子，沅江徐鹤也要溜进去。不料才转身，突被人拦住了。厉声喝道："相好的，干什么？"徐鹤笑道："我要小解。"那人道："小解在这边，你不能随便进人家内院啊。别看这里是赌局，后头乃是东家的家眷，你不要胡乱啊。"徐鹤假装乡愚，连说："是，是我不知道，你老不要怪罪。"只可站住了，转奔厢所。

那小侠萧珏竟得直入里面。里面一道院子，上首一排房，明灯煌煌，摆着香堂。有几位舵主，正高踞上座，比手画脚地说话。那风尘少妇和那个少女，被人们架在桌案前，似乎受讯。少女一味哭啼，少妇十分倔强，抗声答辩，痛骂这些男子欺凌良家妇女。舵主们哈哈狂笑，说道："你还是良家妇女？你不知有几个野男人，你还炸刺？"跟着听连声威吓二女，好像逼取她们的口供。风尘少妇连被推打，依然抗拒不说。为首的舵主说："这个娘们是有名的泼辣货，软硬都不吃，你们把她拉出去，剥光了她的衣服，把她吊起来，多咱招了口供，多咱放下她来。"说时立刻有几个男子，逼来强拉风尘少妇。少妇面色惨变，仍不服软，抗声道："你们找我要金鱼，我真不知道，你们能胡赖我！"旋即大声喊叫起来："救命呀，杀人啦，强奸妇女啦！"乱嚷不休，突然被人堵上了嘴，拖到旁屋去了，挣扎的声音很大，好像真个的脱剥衣服，吊起来了。那个十七八岁的少女，起初是捂着嘴哭啼不已，问她什么，什么也不说，只偷眼环顾众人，露出十分惊惧的样子。等到少妇被拖，她立刻神色一变，乘人不留神，陡然往墙撞头寻死，却被龙沙帮这群赌徒很快抓住。这少女哀叫道："你们杀了我吧，我什么也不知道。"又道："你们饶了我吧，这里面没有我的事，我一个做艺的苦女子，师父叫我做什么，我就做什么，别的事我实在不晓得，你问我的师娘吧。"

那为首舵主厉声喝道："丫头，你还敢扯谎，吴金鱼那小子盗了秘宝，藏在你们那里。他盗用好几千银子，也都花在你身上，你怎会装不知道？趁早说了实话，有你的好处。你若贪图小惠，替你那情郎隐瞒着，你可晓得我们龙沙帮的厉害？莫说你一个艺人，你就是公主娘娘，我们也要收拾她！"说着双眼一瞪，把桌子一拍，其余的人和侍立的齐声大喝："还不招吗，再若不招，可要吃苦了！"众人连声逼供，这少女似乎心神不在此，只顾侧耳倾听那个风尘少妇的动静，那少妇确在别室受刑，但因堵上了嘴，听不出惨号的声音来，最多不过听得闷哑的低哼。那少女被两三个男子拖住了胳臂，不能动转，浑身乱抖，颜色惨白，仍然是不肯认供。龙沙帮的那位首领，起初也像有点怜香惜玉之情，只虚声恐吓，未肯动手，最后想是因为没法不取供，狠声说道："你们给我们把她夹起来吧！"众赌徒们答应了一声，一个莽男子，要找扛子，当夹棍用。在座的第二个首领说："收拾女人，用不着夹棍，可以用拐子。"又一人笑道："哪里找那玩意儿去？"首领道："黄老八，你的手巴掌不是练过铁沙掌？你何不拿你的手，暂当刑具？""还是我们龙头有法子。黄老八，还不露一手？"那个名叫黄八的莽汉，立刻张牙舞爪地过来，说道："对，我黄老八服侍你吧，小毛桃。"立刻伸出萝卜似的粗手指来，把少女抓到面前，另由两个人架住，黄老八便把自己的手指，插在少女的手指中间，用力一夹，少女便哀号起来。赌坊群豪不但没有惜花悼艳之心，反而哗然大叫，连连喝彩，齐夸："黄老八好手法，舵主好主意，这真是好刑法！"这少女疼痛难忍，哭求不休，可是依然没有招供，身子摇曳欲倒，被两个男子架住倒也倒不下，蹲也蹲不下，霎时间泪流满面，哭得哑了声。讯供的群豪兀自拍桌子喝问道："还不快招了？"

这一来，伏在窗外的小侠萧珏，头一个看不下去了，不由自己，发出了嵩阳派求援的暗号。沅江徐鹤在前面也听见了惨号声，也忍耐不住，打算往里面闯，可是赌案上的人监视很严，似已看透徐鹤是来卧底的人，竟在暗中拨了三个人，专盯徐鹤一个人。徐鹤正要发作，同时小侠萧珏口发低啸，也被内院中听出来。跑过来两三个人，厉声喝道："你是干什么的，快给我滚出去！"口说着，拳头也上来，便要揪打萧珏，并往外拉他。萧珏口中强辩，正待还手，突然间，从房上发来两件暗器，一件打倒一人，一件穿窗而入，打灭了屋中的灯光，顿时哗乱起来。黑暗中，有一人喝道："不好，合字，有奸细！"为首的舵主发出了龙沙帮的暗号，大家乱嚷："抄家伙，拿奸细！"屋中人一阵骚乱之后，立刻有人把少女带到后面，同时有五六个打手，各拿了兵器，闯出来寻人打架。小侠萧珏已从屋中跳出，顿时被围在院中，动起手来。萧珏没有带长剑，只有一把短刀，三四个大汉将他围住，要把他活捉审问。正在危急中，沅江徐鹤突然闯入内院，因不知真相，连向萧珏喝问情由。龙沙帮友立刻把他挡住，萧珏仓促回头说了句："他们私设公堂，凌辱妇女！"纷乱中稍一失神，被人打了一下，他一怒拔出匕首，怒喝道："快救人，被难的是风尘女子！"龙沙帮这些赌徒顿时哗噪，一齐亮出兵器，要把萧珏刺倒。萧珏大呼动手，龙沙帮首领喝命开门拿奸细。

萧珏陷入包围圈中，被挤到墙隅，这时房顶上，突然现出两个人影，正是杜十一娘杜若英和女侠夏澄光。两女侠登房窥望，已看见龙沙帮抢掠妇女，毒刑逼供的情形，便不察细情，勃然动怒。两个女侠骤发暗器，旋即挥剑跳下平地，和龙沙帮动起手来。这座赌坊，乃是龙沙帮的几个门徒经营的。那两个被刑的女子，乃是当地女伶，兼操淫业，龙沙帮的帮友吴金鱼盗用了本帮公款，偷取了本帮的秘密文件，和嵩阳派叛徒张青禾协谋遁走，却因这女伶小毛桃，和她的姨母崔香兰，跟吴金鱼有割臂之盟，吴金鱼盗用的公款，又多半花在小毛桃身上，故此龙沙帮把小毛桃和崔香兰一同捕来，逼问吴金鱼的下落。小毛桃和崔香兰身被吊打，依然供不出吴金鱼的潜逃所在，龙沙帮正用酷刑威逼，反被嵩阳派的人窥见了。本来两方同须追究叛徒，正可协力追缉，反而引起了误会。

龙沙帮在长沙很有势力，嵩阳派在湘南也很有威势，此刻双方的部下，竟在赌坊中，昏夜里，凶殴起来。赌坊中的龙沙帮本来不识小侠萧珏和杜十一娘，杜十一娘和夏澄光又都穿着夜行衣，跳下房来，便施毒手，连连砍伤了好几个龙沙帮的帮友。龙沙帮友吃了亏，哗然大叫，立刻往外面勾兵。沅江徐鹤挤在内院门旁，也被迫动了手，虽未拔剑，也打倒了两三个人，抢到院内，要把小侠萧珏援引出来。小侠萧珏和两个女侠连说："他们抢架妇女，我们必须把落难女子救了出来。"徐鹤见事已闹大，只可发出警号，拔剑合攻。不大工夫，便把赌坊中的龙沙帮友全都打跑了，只在院中躺着几个负重伤的人。可是龙沙帮临败退时，已然安下了眼线，盯住了嵩阳派的举动。杜十一娘和夏澄光由萧珏引领，到各屋搜寻，只搜出厢房中被吊打的半老女伶崔香兰，便急急地解救下来，由夏澄光给她穿上衣衫，不及研问，先把她背起来，逃出赌场。那个年少女伶小毛桃，杜十一娘恍惚看见，被龙沙帮的人乘乱抱走，穿后墙逃出去了。杜十一娘便嘱萧珏、徐鹤断后，她自己立刻追寻出去。龙沙帮老窑设在长沙，可说是人杰地灵，他们把小毛桃架出来，三钻两钻，便藏在民宅，找不着了。杜十一娘无可奈何，方欲穷搜，不料龙沙帮的援兵大至，从前后巷如潮般涌来，徐鹤见事不妙，招呼同帮速走。

女侠夏澄光剑法迅猛，很快地刺伤了两个人，龙沙帮友大怒，此呼彼应，又拢聚来十多个人，内中颇有强手，霎时间把夏澄光围住了。夏澄光不肯杀人，只用剑尖扎伤对手，这些龙沙帮友都是亡命之徒，不顾死活硬攻，夏澄光渐觉吃紧，便一咬牙大呼，挥剑乱砍，杀开一条路，往外急闯，可是夏澄光虽然闯出去，她救的人已被龙沙帮重新掳走。夏澄光一眼瞥见，便又大呼追救，龙沙帮友忙又裹上去，奋力攻打，如潮如蜂。夏澄光重又陷入重围，杜十一娘恰巧赶到，忙发暗器救援，沅江徐鹤等本已闯出来，听见同伴失陷，复又折回，和小侠萧珏合手，从背后袭入。

但是龙沙帮也闻警赶到大批援兵，竟将嵩阳剑客四五个人围在狭巷中，前后不能相顾，一霎时，喊杀之声，午夜惊人，住户们不知所以，全吓得坐起来，却没有人敢出头过问。

嵩阳剑客灵修道长、了因老尼、张伯循和乔亮工、乔亮才等，续后也听见了动静，一齐赶来动手，龙沙帮势力浩大，人越来越多，了因老尼见状不利，忙发紧急警号，招呼同门速退。幸仗夜深，杜十一娘、夏澄光、徐鹤、萧珏等，逐渐撤出来，发一声暗号，大家相继跳上民房，登高急走，火速地离开肇事场所。龙沙帮人多势众，武功不强，当时竟没得扣住嵩阳派的人，但嵩阳派的人也没有救出两个女伶来。两下里空聚殴了一阵，结果还是龙沙帮的人受伤的较多，只是嵩阳派的人，竟被龙沙帮认识出来。龙沙总舵主卢天朋，约派人找嵩阳派首领夏金峰、罗靖南，究问祸首，夏金峰、罗靖南也向卢天朋追究护庇叛徒张青禾的帮友，双方闹得很僵，其实是很可合作的事，及落到仇视不已。当下龙沙帮一面搜寻逃走的帮友吴金鱼，一面和嵩阳派诘责衅端，嵩阳派也是一样，一面应付龙沙帮，一面仍在秘缉张青禾的下落。

也就是过了五六天，黎家冲老武师黎道朗，恰与少年壮士秦昭良赶到长沙，由嵩阳派的门人，引领黎道朗，面见灵修道长，俱说叛徒张青禾的罪行，秦昭良又从别的武林人士口中，探出张青禾现在的窜伏所在，大概是在湘东、江西一带，杜十一娘最恨张青禾，便向同门诸友说：“本门跟龙沙帮的纠葛，可请夏、罗二位领袖亲来料理，我们现在应该赶紧跟这位黎武师，追拿张青禾去。”了因老尼知道杜十一娘的心，恨不得手刃叛徒，便怂恿大家，分出一半人，来与黎道朗合手，径往江西秘访。这时候，叛徒张青禾早在江湖上，赢得了雄娘子碧蜻蜓的绰号，在龙沙帮和嵩阳派大起纠葛的那几天，他果然窜到江西狮子岭去了，那被他污辱的武林少女黎小霞，恰已改扮男装，追寻不舍，赶到了狮子岭，而且预备亲手诛杀碧蜻蜓张青禾，以涤身受之辱。

狮子岭山麓，有一家富户的别墅，别庄内住着一个富家公子姓伍名吟秋，因患弱症，携娇妻美婢，住在这山墅内，读书养疴。这一天夜晚，月悬晴空，风吹丛木。泠泠然微啸，管娘子已然就寝，伍吟秋公子又犯了失眠的病，转展枕席不能沉睡，竟拥被坐起来，挑灯读书，心上一阵烦躁，又读不下去，便披衣下地，开门出来登台望月。忽然间月影下，望见短垣外，旷野地上出现一个女子，在一株大树下坐着，似乎正在哭泣。伍吟秋不觉森然毛耸，想起了说部上所讲的狐鬼故事，心想这不是一个女鬼吗？那女子在树下坐了好久，眼望山庄，要走过来，却又停住。忽然从树林后奔来一个男子，望见女子，立刻扑了过去，隐约似听说："好啊，你跑到这里了，老老实实给我回去。"那女子突然立起来，似要逃躲，那个男子公然上前动手，要把女子掩住，女子叫了起来。伍吟秋陡然想到，这不是女鬼，也不是妖狐，大概是私奔的人吧？不禁在高台出了声，喝道："干什么的？"女子和那男子一齐抬头，女子便叫喊道："乡亲们救人呀，强盗抢人了！"挣扎着往这边跑，那男子依然抓住不放，伍吟秋公子十分惊奇，慌忙走下高台，到前面招呼奴仆，等到唤起奴仆，开了别墅的门，隐隐听得喊骂呼痛之声，旋见那女子如飞地奔寻过来，那个男子不知怎的一来，跌倒在地，突又立起身，重又追赶，似又迟疑，旋见他一转身，奔入林后去了。

这里只剩下女子，伍吟秋公子自恃是缙绅之家，年轻漫无顾忌，便命奴仆把女子带进来，一问究竟。自己先进了客厅，仆人们点了灯，跟着把那女子领到客厅，那女子披发娇喘，似乎惊惧不胜，刚带到屋内，便呻吟一声，坐在椅子上，掩面啼哭，且哭且向伍吟秋道谢。伍吟秋就灯光打量此女，年约二十一二岁，粉腮朱唇，瓜子形的脸，生得十分俊俏，穿长裙微露双足，衣饰素雅，不似村农，倒像个富家年少孀妇，虽然哭泣，并无戚容，双眸侧睨，看了伍吟秋一眼，半晌说：“谢谢这位大爷救命，若不是你老，我一定逃不开那个流氓的啰唣。”说时扪着胸口，好像还在喘乏。伍吟秋的眼界是高的，想不到在这山村夜月之下，会救了如此美貌的一个少妇，被那少妇目含睇一眼，心头蓦地一动，心想：“这女子当然不是妖鬼，可也绝不是寻常妇女，她到底是怎样来路呢!”因即诘问道：“你这位娘子，你贵姓？你是哪里人？家住何处？为什么一个人深夜独行野外？刚才那个人，到底是路劫还是流氓？你可以从容说来，我可以设法把你送回家去。”那少妇凄然叹道：“我若有家，何至于落到这般光景！不瞒这位大爷，奴姓张，乃是湘东的人，幼遭不幸，生身父母亡故，叔父不仁。把我卖给富家做了使女。到我十五岁时，主人要把奴收房，主妇又不答应。后来主妇往娘家去，主人强把奴收下了。不久我怀了孕，被主妇发觉，又乘主人出门，把奴骗出去，转卖到别家。”说到这里，似乎伤心含愧，不能再往下讲了。

伍吟秋双目凝视着她，徐徐说：“张家娘子，你不必伤心，有话只管往下说。”那少妇迟徊良久，方才说道：“后来我主人知道了，把我赎回来，藏在姑奶奶家，如此过了两三年，我那小孩也糟蹋了。不料新近姑奶奶家的一位爷们忽然盯上我，教女眷们讽示我，说我们主人已然死了，主人家不要我了，要教我从他。我不肯答应，姑奶奶家的人都算计我，我没法子，才偷跑出来。我又不认得路，脚底下又不行，一阵乱逃，跑到这里，连东西南北也弄不清。不想遇上刚才那个流氓，他要啰唣我……”伍吟秋不由听直了眼，灯下打量这个少妇，果然姿色秀媚，足够中上人材，谈吐清朗，颇有大家风范，只两个眸子似乎皂白分明，略逐英锐之气，沉吟一会儿道：“你的话全是真的吗?”少妇道：“我不敢欺瞒大爷，只求大爷恩典我，就算救我一命了。”伍吟秋道：“你本是个来历不明的人，我怎样恩典你，倘或你家里找我要人呢?”那少妇做出悲惶之容道：“大爷若不收留我，我出去必落在歹人手内，我也就是一个死，大爷不觉有损阴德吗?我还不是个胆小的女人，大爷只管放心，倘或出了麻烦，我自然自己答对，决不会连累你老。”伍吟秋又复沉吟道：“现在天也不早了，只能收留你一晚上。明天天亮，你要赶快想法，离开我这里。”少妇似有喜色道：“那敢情好了，我也不敢久在你大爷这里逗留，我只求避过这一天去。”伍吟秋公子站起来道：“好吧，我教他们给你收拾睡觉的地方去。”便留少妇现在客厅坐候，伍吟秋打算把她收容在婢妪房内。

那个看门的长工忙凑来，低声禀答道：“大爷可要小心，这女的不知是怎回事呢，大爷不要招出麻烦来。”伍吟秋笑道：“难道说还有人告我拐卖人口吗?”长工道：“凭咱们家，倒不怕歹人讹诈，不过，只这少妇的娘婆二家的人找寻了来，倒是个累赘。”伍吟秋说：“不要紧，我们只收容她一两天，赶明天便打发她走。”遂命童仆，叫醒了仆妇，把少妇送到女仆下房安置。伍吟秋办完了这件事，回转卧室，伍少奶奶依然沉睡未醒，伍吟秋便解衣登床，心上胡思乱想起来：“这个少妇原来是个逃妾，她一面诉苦，一面偷看我。”未免想入非非了，他竟折腾了一夜，直到天明，方才睡熟。但等到伍吟秋睡醒时，忽听外间堂屋，有两个娇婉的声音，正在说话，略一倾听，原来是他的娘子管静宜，和那个少妇攀谈起来。伍吟秋心中微微一动，旋即咳了一声，坐起来穿衣服。一个使女闻声走来，张罗洗脸水，伍少奶奶听见了动静，便掀帘进屋，双眸微含疑怒，向伍吟秋诘问道：“这个女人是你昨晚收留下来的吗？”伍吟秋忙说：“是的，她是一个避难的少妇，被流氓赶逐，跑到我们这里来喊救，是我把她放进来的。”少奶奶微哼了一声道：“你就喜好做这种事，我刚才已经问过她，她原是富户的逃妾，你不怕人家告你窝藏人口吗？”反复抱怨了几句。伍吟秋含笑认错，却是这位少奶奶，已跟少妇谈了一阵，少妇柔媚善言，居然惹动少奶奶的怜惜，竟没再说别的话，等到开早饭的时候，居然把这少妇当作客人似的，请来入座。

于是，就照这样，伍氏夫妻竟把这来历不明的少妇当作上宾一般。少妇言谈甜蜜，不但把伍吟秋哄住，把少奶奶也哄住了。这少妇起初只求在伍氏别墅，作一夜住宿，等到看出主夫妇全不厌烦她，她便说：“家无所归，情愿给伍府上为奴为婢。”她又自承知书识字，“府上如有小姐少爷，情愿做个伴读。”伍少奶奶便含笑向伍吟秋示意道：“大爷，你行好吧，善门难开，现在我们怎么样呢？”伍吟秋也笑了，说道：“这件事情还得请主妇做主。”少妇便向伍少奶奶敛衽恳求，伍少奶奶早有允意，便欣然答应了，对少妇道：“我家虽没有小孩，可是我们很想请一位师母，能够代办笔札、整理图书，最好不过。但不知你能做这些事不？”信手取了一张诗笺，命少妇抄缮。这少妇持笺迟疑，面含羞惭似的说：“我哪里会为小楷呢？不过大娘子有命，我只可试试。”伍少奶奶道：“你一定行。”遂让到书案前，给她开了墨盒，取了纸笔，这少妇就坐在伍大爷常坐的椅子上，拈笔取纸，照抄了一遍，字迹居然娟秀，虽不够当记室，却也不是孩儿笔。伍氏夫妻在旁围观，欣然笑赞道：“好，好，好！我们有了女记室了。”这个来历不明的女人，就这样被留在伍氏别墅了。

却是这来历不明的女人，每每凑到女主人前面献殷勤，男主人又每每凑到女人前面献殷勤，往往三个人碰到一处，言笑无忌，情形别致。女主人常常嘲笑男主人见色起意，男主人又说女主人：“你得了一个女清客，打算把我驱逐出境不成吗？”女主人却又嘲笑道：“你若喜欢她，你说实话，我自有道理。你不要直眉瞪眼，没话找话，跟人家斗口。”男主人说：“你不要诬赖好人，我却是个正人君子。”女主人又笑说：“正人君子只是当着我的面，我不在的时候，你为什么只端详人家的脚？你为什么盘问人家，脚是怎样缠的这样小？可有特别的瘦金莲方没有？你一个贵公子，无缘无故问一个女记室，盘问脚大脚小，请问这怎么讲？”问的男主人伍吟秋闭口无言，只嘻嘻地笑，且笑且辩驳道：“你这人太多疑，我看她的脚太小，我想请教请教她，好把缠脚的法子传给你。”女主人笑道：“呸，你不要扯臊，我的眼瞎，心还不瞎，你若识趣的话，赶快从实招来，我可以教你趁愿。”伍吟秋低头笑道：“你教我怎么趁愿？”女主人道：“那就看你心眼上有我没我了。你只肯如实招认，我就可以给你做媒，你若拿我当外人，我就不是你的内人了。”伍吟秋公子笑着脸，看别处道：“我一定把你当内人，你若愿意效法李笠翁的‘怜香伴’，我倒是初无成见。”伍少奶奶道：“啐！色鬼，我没猜错吧。我老人家成全了你们吧，我看你们俩眉来眼去，我给你们做媒，大概不会碰壁，你听我的信吧。”伍吟秋道：“你不要挖苦人了，到底你跟她怎么说的？人家现在是孤苦无依，投托无所，人家也许是本心不乐意，只苦于没有退身步，勉强答应你的。若是那样，你可是强逼人家的少年孀妾改嫁，你不但犯法，还未免缺德呢。”少奶奶道：“哎呀，我忘了这一节，我别做缺德事，趁早打退堂鼓吧。我这就叫她去，当着你的面，我告诉她，就说你的意思，你不愿缺德，孙妈，来呀！快把张师母请了来。”

少奶奶故意做出悔不可追的样子，伍吟秋公子沉不住气了，连忙站起来，坐在少奶奶身旁，用手堵她的嘴，又探手摸她的胸怀道：“静宜小姐，你真会放刁，我看看你的心到底有几个窍？你真会琢磨我！”少奶奶管静宜把丈夫一推道：“我怎么琢磨你了？你说的乃是正大道理，我本来就错，本来不该替丈夫逼娶人家的逃妾。我本来缺德吗。”伍吟秋笑道：“是我缺德，是我说错了，静宜小姐罚我个不知好歹吧。”少奶奶道：“啐，看你胡说！”伍吟秋道：“我说实在的，她决不像寻常女子，尤其是眉目舒展，跟你们不同。大抵你们女人越把脚缠得小，你们的眉心越露出一种凄苦之相，她独不然，双翘如此纤瘦，她脸上反倒跟男子一样，很坦坦然然的。这真奇怪极了。”少奶奶忍不住笑起来，俯视自己双足，又取镜子自照道：“你简直瞎说，若照你的话讲，女人们脚大脚小，只看眉目，就猜出来了！”伍吟秋笑道：“差不多吧，你看，你的眉目就不大舒展，就因为你没有把脚缠好，常常疼痛，皱惯了眉，自然带出凄楚的模样来。你再看看我的眉毛，是不是比你舒展？你回头再看看她，是不是跟男子一样？”

少奶奶伸指羞他道：“不要扯臊了，我别不识趣，我把她请来吧。你是绕着弯子，要在这工夫，先跟她谈谈，要看看她，既经提婚之后，对你意思怎么样？”说着，便叫：“孙妈，孙妈，快把张师母请过来！”

孙妈在第一次喊她时，已然来了，因见主人主妇正在闺房调情，只掀探头，偷看了一眼，便躲在外间了。此时忙答应了一声，先走进来，听完吩咐，又退出去，把舌头一吐，径去书房，邀请女记室张师母。

张师母便是那个逃妾，经主妇一请，立刻过来。不想她刚一进屋，主人伍吟秋便嬉笑着跑了出来。两个人劈头碰上，张师母慢款莲步，摇曳欲倒；主人公情不自禁，上前搀扶一把。张师母侧脸回眸，冲主人一笑，却又低头说了一声：“谢谢！”姗姗地走进了主人主妇的闺房。主妇一迭声地叫：“吟秋，吟秋，你不要走啊！我把张师母邀来了，你怎么的倒躲了？”

主妇追到闺房门口，张师母恰来到门口，主妇一手挽住了张师母，仍向伍吟秋公子叫个不住。伍吟秋一溜烟地躲出去，主妇管静宜很高兴地笑，且笑且说：“张师母，你看，我们吟秋一见你进来，你没有害羞，他倒臊跑了。”

张师母道：“太太又逗笑了，奴可担不住！”居然改掉做西宾的派头，冲主妇执行侍妾之礼。站在管静宜的身旁，非常恭顺，又非常亲昵，竟似乎把自己变成小女孩子，要偎在主妇怀抱似的。两个人相将相扶，进了闺房，主妇仍命女仆快把主人请回。张师母羞羞惭惭地央告，求主妇不要闹了：“他一进来，教人怪难为情的，太太，还是奴陪您谈一会儿吧。”并对主妇私陈下情，如果主人进来，抵面相对，教自己深了不是，浅了不是，稍一疏神，怕教主人把她看成无耻。那一来，恐怕不能长侍主妇了。说的话十分柔婉，教主妇听了，不忍拂逆。因是主妇笑了笑，往床上一躺，向张师母招手道：“来吧，你的话也对，你陪我躺一会儿。我还要问问你，你的芳名叫什么？”

张师母果然往床头一倒，滚身往主妇怀中偎去，双手探怀，来扪主妇的双乳，并且低声的似呻非呻地说：“太太，我叫张倩萍，太太若嫌名字不好，您给我另起一个名儿。”

这个逃难的女子，未来的侍妾，撒娇似的在主妇怀中揉搓，樱唇吻着主妇的粉腮，双手抚弄主妇的胸乳，把主妇摸索得春情荡漾，且又触痒，不由笑了起来，用手推拒道：“好好，你这个人可了不得，别看你是个女人，你竟要调戏我吗？你拿这一套，冲我们吟秋施展，还倒罢了。你一个未成礼的侧室，倒跟大妇挑逗，你好厉害呀。”深处璇闺的管静宜，哪里会想到人妖雄娘子的把戏呢？她反而反攻上来，说是：“你不要啰唣我，我倒先给你来一下吧。”主妇一滚身，把这自称张倩萍的女人按在床头，主妇便一扑，压倒张倩萍身上，双手捧住张倩萍的腮，狂吻狂嗅起来。

两个女人，一个为夫做媒的大妇，一个未来的侍妾，在深闺调情，渐流于狂纵，竟忘了主人公伍吟秋公子此时还在书房。伍吟秋也是少年好色之人，他居然不来凑趣，两个女人居然把他忽略了。哪知他在这时，突然为别墅的园丁悄悄邀请出去，说有一个生客来访，好像是打听逃亡的姬妾，好像是张师母家中的人，找寻来了！

伍吟秋不觉失惊，忙问园丁：“生客现在何处？是个怎样的人？他都说了些什么？”

园丁是个老年人，语言迟讷，只说这生客是个年轻书生模样的人，从昨天就在别墅附近徘徊不去。据说：“曾向门房打听过，咱们这里可曾来过眼生的少年女人，脸子很俊，脚很小，身量细高，自称是逃难的、告状的、被家里赶逐的？门房没有好生答对他，他也就不多问了。可是他还不走，今早他又问我；他问的话，越问越离奇。小的因他穿戴不俗，不像个流氓，就问他打听这个做什么？他说的话吓了小的一跳，小的不敢妄说。现在他就在花园等着，他愿意面见主人，细说详情。他说他是访拿妖贼的，他说有一个妖贼，生得很漂亮，专好将男扮女，诱骗大家贵妇的财物。他的话简直吓人一跳，他说这个男扮女的妖贼本领很大，又会邪术，很不好捉拿，现在大概落到咱们这里了！……”

园丁还要说，伍吟秋已然变了色，十分忐忑。抬头看天色，已渐黄昏，站起脚来，要往外走，忽又心一动，忙转身回去，把女仆孙妈叫到面前，低嘱数语。这才忽忽走出去，且跑且对园丁说："你千万不要告诉别人，也不要走漏消息。"园丁连声说是，主仆二人悄悄溜出别墅，绕到后院外。那个少年书生也很像怕人见，已然隐藏在竹林后面了。

伍吟秋到竹林后，与这少年书生抵面相会，也觉诧异。这是一个很文弱、很清秀的一个少年；身量不高，面白如冠玉，手臂尤美，双瞳如剪水，微含愁态，举止风雅，步履纡徐。乍一相对，面泛红霞，颇有女孩儿气，却是一整面盘，顿转肃然，敛袖拱手，向伍公子道："这位想是宅主人，你家贵姓伍吗？"

伍公子道："正是姓伍，阁下贵姓？素非相识，有何事见访？"

少年书生左右四顾道："这里还僻静，可否请屏退贵价，区区不才有一秘事奉闻。"

伍吟秋也往四面一看道："这人是我家世仆，也是心腹人，当着他不要紧，请客人有话尽管明言。"

少年书生双眉微蹙，似有不得已之状。半晌方说："此事关系府上全家性命，不是我在下故作诡秘，委因我在下和这男扮女的人妖，仇深似海，我为了复仇，一路寻访他，不想他落到府上了。府上若不小心，也恐陷我舍下的故辙，弄得府上宅眷求生不能，求死也不得。我很想跟公子密议捉拿此贼，这事实不能让第三人知道……"

伍吟秋乃是有学问的贵胄，顿时听懂了，猜明了，不由大为震怖道："哎呀，不好，莫非我舍下新救的这个避难的贵家逃妾，竟是男扮女装的，竟是人妖一流人吗？"

少年书生冷然道："是，是，若不是，倒真是公子飞来的艳福了。”又道：“府上这一会事，能够遇上我，真乃是尊府上有德。我在下的亲眷，就不幸得很了，我为了替舍亲复仇，一路追缉他；现在我便要设计捉拿这个恶贼。这个贼已然恶贯满盈，他一定要遭报应了。但是这个贼身上有一种迷药，我若跟他力斗，仍恐敌不住他。我要请公子助我一臂之力，我要做成圈套，乘夜诱捕他。”

伍吟秋此时心神惊惶不定，又多少怀着疑猜，怕这少年另有机谋。比如说，这少年书生跟这个假装逃妾张倩萍，乃是合谋打虎的，乘机混入富家巨室，里应外合，乘机抢劫。又比如说，逃妾张倩萍实是女子，这少年书生知道他的根底，特来讹诈。……人的心是曲曲折折的，往往看事不敢只看一面，愿要深究里面黑暗处。伍吟秋是聪明人，当时心中又转轴了。抬头把少年书生端详了一会儿，这书生如此美，而且头戴儒冠，微露鬓角，而且说话女声女气的，伍吟秋心中未免打鼓。

伍吟秋皱眉凝目良久，方才说：“先生，你说的话我全信，只是我还要考察考察。你说他是男子？你说你要乘夜诱捕他，你用什么方法呢？”

少年书生也似看出伍吟秋的神情，起初震惊、惶愧，渐渐转为疑虑；书生便知仓促初会，交浅言深，对方自然要由疑骇而生猜防了，便咳了一声，又仔仔细细剖白了一番，更将诱捕的办法，低低地向伍吟秋说。伍吟秋还是盘诘，也就是还在猜疑。

少年书生摇头长喟道：“我也晓得我在下突然无端至前，公子不敢率然轻信。然而我请公子看我的脸神，我是坦白的，还是诡诈的？我再请公子细细揣摩那个逃难女子，毕竟男扮女装，必有破绽。第一，他相貌尽美，终露江湖气，丈夫气。第二，他既是男子，必非缠足，他的脚是踏着木跷的，那一定太小太瘦，走路不稳。第三，他既然装的是假脚，他的身材一定比寻常女子高，他是不是一个长身玉立样的妇人？他是不是像戏台上的武旦？第四，他既是个伪装女子，他一定模仿女人的娇态，这一点真真假假，难免过火，必露马脚。第五，他是假装女人，他对男子故作娇羞，他对女人又免不了撕皮掳肉，过于亲昵，流露出轻狂调情的憨态。公子，你仔细回想一下，我的话可有假？我再警告公子一声，他是淫贼，他不但要污辱妇女，还盗取你家的珍宝，他是人财两得。这件事十分险诈，机括很紧，刻不容缓；你不要犹疑，误了大事。他一混到人家，必定首先哄骗人家妇女，尤其是未出阁的女孩子，更难逃出他的手心。府上一定有女眷，你想想可怕不可怕？你可以问府上女眷，据说他已混进来三四天了，我恐怕……我不忍说，公子你快快应付吧，你不要猜疑自误。”把这雄娘子的劣性细细描说了一遍，把自己要如何设计诱捕的方法，也扼要讲说出来。

那诱捕的方法，只是个托梁换柱之计。暗示着伍公子，如果此贼还未与府中女眷同室而宿，今晚就可以暗遣一个美貌女子，看出来是此贼所觊觎的，故意和他同床共枕。到了时候，故意弄灭了灯，把少年书生换进去，当场捉拿；验明是男子，便加诛戮或交官。少年书生的意思，是当场一杀，若伍府上下不敢做这事，书生要求把此贼交给他，以便押出交官归案，治罪复仇。

伍吟秋听了，疑疑思思，不以为然。他说：“何必费这大事？我可以找一个有年纪的女仆，等这张师母睡熟，潜施摸验，岂不省事？”

少年书生冷然笑道：“他是干这个的，他岂容你挨近？他睡觉必有防备，他必自托贞烈，独宿必严门户，你的女仆就挨不着他。只有美貌的少女少妇，他愿意邀来同枕，才能挨着他的身。

公子不信，可遣青年使女试试也可以，只恐他看不上谁，他就决计不容谁挨着他。他若愿意和谁同室，他就是要用蒙药，暗算谁了。”少年掰开揉碎这么一说，伍吟秋心中渐渐活动，口头上说：“好吧。”他还要进去问一问他的妻子管静宜。少年书生无法勉强，叹了口气，心中着急，口头上也只得说：“好吧。”便与伍公子叮咛后会，约定了今日见面听信的时刻和地点。书生很想潜藏在伍氏别墅，看出伍公子不放心自己，只略为透了意思，又说：“我是一来为自己，一来为府上，一来为受害女子，才要惩治此贼。公子你不要忽略了我的至意！”说罢，便飘然而去。

可是事情进展得很快，伍吟秋深以少年书生无端而来为可疑，等到他进入内室，把妻子管静宜调出来，秘密一说；管静宜凛然一震，面颊泛起红潮，哎哟一声道：“张倩萍，她真是男子吗？”浑身抖擞起来，竟突然落泪道：“你把我害苦了！”

第九章

冤家聚首雄娘子失脚

伍吟秋公子不禁大骇，握住了妻子的手，一句跟一句地穷诘。才知道刚才，就是刚才，这个逃妾张倩萍跟主妇管静宜，在闺房内室，同床并枕，抵面私语时，由调笑而调情，她竟摸索起管静宜来了。而且把管娘子弄得春情荡漾，两个妇人恍惚变成一男一女似的戏谑。等管静宜情不自禁，互相拥抱，接唇偎怀，胡闹良久。忽然她清醒过来了，忽然她觉得这个逃妾，这未来的侍姬，未免太轻狂，太放荡，居然以侍妾的地位，敢跟主妇大妇胡调。

管静宜是大家闺秀，一时被春情挑逗，一时又觉不合。……正在此时她的丈夫忽然告诉她，张倩萍是男子伪装，现在有人告发追缉来了，管娘子几乎吓倒！而且情不自禁，愧不可仰，猝然指着伍吟秋道："都是你，都是你，你把我毁害了！"对对的眼泪流下来了。

伍吟秋大惊，照这样子看，似乎自己引狼入室，自己的结发之妻大概已经上了当！然他眼看着娇妻，竟没有勇气，作更好的设想。

他猝然搀起了他的夫人，连说声："不要哭，不要哭！"张皇四顾，还想瞒着婢媪。他很快地把管静宜娘子，架到别室，再三盘问。他最恐怖的是，他的娘子是否已被这人妖暗算，以致失身了？他愧恨成怒，极力推摇妻子的双肩，说道：“不许哭，快说！”管静宜这才忍愧说出这个逃妾如何地挑逗自己，如何地调戏自己，以至于拥抱、接唇、偎怀，全做过了……伍吟秋拭着汗说：“还有别的没有？”

管静宜满脸通红地说：“就在刚才，她跟我说风话，动手动脚，这就够恨人的了，够毁人的了，还有什么别的？”

是的，一个伪装女子，跟堂堂高门贵妇冰枕调情，自然是濯西江之水，不足以涤辱。“还有别的？还有什么别的？”

伍公子不放心，不满足。他当然不盼望别的，可是他不问出别的来，总疑心着还有别的。而娘子口羞不说，他急头暴脸地低声追问。直问管静宜娘子心神稍定，方才想到丈夫的最怕的那一点，连忙地说：“他不过是跟我胡闹，我还没有上他的当，你放心，这就是刚才的事。”

伍公子仍道：“快说实话，你不要瞒我。”

管静宜道：“情实我没有瞒你。”

伍公子道：“你为什么哭？你一定被他……被他骗了！”

管静宜看见丈夫急怒过甚，赶紧地拉着丈夫的手，极力把愧恧之容镇定下去，说道：“秋哥，你不要多疑，不要害怕，我怎能欺瞒你？我是，你想想我的身份，再想想我们的门楣，一个人妖混进来了，我怎会不臊得哭？好哥哥，你不要多疑，我全告诉你。”再把闺房中的事，一字不遗，细细描说给丈夫听；并且指天誓日，“就是这个，没有别的了。”

伍吟秋长吁了一口气，说道：“我的天，你幸而没有受害！……现在我们必须帮助人家，把这个妖贼捉住。”

他的娘子的一副羞惭之泪，把他引得犯疑；他的娘子一番誓告之辞，把他的怀疑一扫而空，他再不疑惑少年书生的无端而来了，他的娘子所说张倩萍的猥亵举动，已足证明张倩萍决非被难女人。伍吟秋慌慌张张往外走，要给少年书生送信，管静宜很难堪，很愧恨地抓住了丈夫，说道："你做什么去，你走了出去，我呢？"伍吟秋道："这个我就找书生去，你可以躲到旁屋去。"管静宜道："哎呀，那不成，他要是再来撕捋我呢？我得跟着你，这个人妖不除，我简直不能再在这别墅待了。"伍吟秋无可奈何，低告娘子数语，把女仆丫鬟叫来，片刻也不要离开主妇，在白天，在暂时，决不会出错。管静宜还是胆怯，而且她丈夫要教她脸上不露形迹；她简直做不到，她眼中含着泪，恨不得迁出别墅，躲避人妖。伍吟秋十分无奈，想出一个下策，暗告管静宜，从使女中挑选了一个最美貌的少女，即命美貌小丫鬟，陪伴这个"张师母"，借此暗作李代桃僵之计，然后伍吟秋很快地溜出后园，派人寻找那个少年书生去了。

少年书生很快地来到，就在竹林中，与别墅主人伍吟秋定下了秘计，要捉这个雄娘子飞来艳妇。依着少年书生的主张，这个雄娘子既跟主妇管静宜昵近，那么他一定是把主妇管静宜当作口中食了；今天夜间，仍当望主妇跟他同居一室，然后临睡时故意弄熄了灯，然后主妇假装赴厕，摸黑换了少年书生，少年书生就可以当场擒贼。然而这主意，既知雄娘子是雄非雌，主妇管静宜岂肯再干，也没有这份胆量去干，而主人伍吟秋是决计不肯教娘子如此干，好比玩火伴虎一般，万一有个闪失，真真不堪设想。少年再一申说，伍公子脱口峻拒。少年顿生难色："你不肯这样做，我却不是恶贼的敌手，若明着去捉，一个捉不好，府上可要受害！"别墅主人伍吟秋立刻说出了另一个李代桃僵之计，那便是暗遣美婢为饵，他告诉书生，他已然这么做了。少年书生微微冷笑，情知伍公子要拿这个婢女，一个女孩子做牺牲了，他怕自己的娘子失节，他教婢女李代桃僵，然后再叫书生李代桃僵，少年书生以为他这居心殊欠仁义，虽然摇頣腹诽，只得接受了这个主意，重新授以秘计，但是事实上仍要主妇协力。

议定秘计，少年书生潜藏在别墅别室，伍吟秋回转内宅，悄悄告诉管静宜，管静宜恨不得离开别墅，不敢照计行事。伍吟秋把书生谆嘱的话，再三解释给她听，她这才惴惴然拭泪答应，把怨尤的眼波注到丈夫脸上，心中实在是恐怖，经丈夫再三的苦劝，而且安慰再三，方才答应了。主妇管静宜沉不住气，把那个少年美婢叫来，低声暗嘱："你今晚上陪着张师母一屋里睡，你可得灵醒一点，不要睡熟，你先把灯弄灭了，回头有人摸黑敲门，你悄悄地出来，把人放进去。"却隐瞒着真相，不肯告知婢女，脸上的神情带出尴尬相，这婢女觉得有些可虑，但也不敢违拗，悄声答应下了。

张师母（那个被告发为男扮女装的逃妾）一点也不理会，照样找主妇来凑趣，主妇借着事由，总躲避她，幸而女仆孙妈比较灵透，此刻已受过主人、主妇的隐约的关照，她便猜出张师母大概是坏人，主人教她留神，她就留神，主妇教她帮着美婢陪伴张师母，她就怂恿美婢，和张师母搭讪亲近，而且代传口谕，说主妇吩咐的，今天叫荣芬姑娘陪着张师母在小书房安歇，老早地给铺床垫被，又给泡了一壶茶，把美婢荣芬撮弄到小书房，与张师母同室同床。婢女荣芬，今年在十六岁，是个小女孩子，果然生得苗苗条条，曲眉粉颊，有几分姿色。这个张师母起初并不曾顾盼到她，张师母原意，今晚要与主妇同榻，细诉怀抱，把男主人故意赶到书房去睡，这好比妻妾和美，驱逐丈夫似的。表面看，乃是一种女人的恶作剧，主妇管静宜本来笑着答应了，现在变了卦，而且主妇老早地回转闺房，关门睡觉去了。据女仆传言，太太今天头痛，连老爷也赶到外书房去了。像这样，这个张师母应该回想一下，不料这李代桃僵之计，居然生效，主妇不在面前，换了这个娇如小鸟的使女，张师母便忘情了。

张师母到现在，才把荣芬仔细一看，居然很可人，很有媚态，最奇怪的是，使女奉命来给张师母做伴，也是女孩儿们的常事，这个荣芬姑娘竟含羞带愧，立在一旁，敛眉掠发，垂睫视地，仿佛像新妇似的不敢抬头。此时天色很不早了，张师母看出美婢娇羞，她再想不到娇羞是躲避，无名的恐怖也像娇羞，也是一样躲避，张师母她倒反觉得有趣，便上前把荣芬拉了一把说："姑娘，你叫什么名字？你可是太太打发来，给我做伴的吗？"荣芬俯视脚下，低声说："是的，奴才叫荣芬。"张师母握着荣芬的手，搭讪了一阵闲话，随即拽到床前，使她跟自己并肩而坐，徐徐问道："荣姑娘，今年你几岁？"荣芬道："奴才十六岁了。"张师母笑道："原来你十六岁了，岁数很不小了，但不知道你有了婿家没有？十六岁也是大姑娘了，不知道你心眼上有谁，告诉我，我告诉你们太太，准教你称心如意。"

荣芬还是不言语，这张师母便咯咯的欣笑起来，说道："我像你这大岁数的时候，早就开窍了，天天做梦，梦见小女婿子，我们几个女伴，也是一样。我们凑到一块，什么话都说，哪家的学生漂亮，哪家的男孩子温柔多情，哪个姑娘的未婚夫婿好，哪个姑娘的未婚夫婿坏。没有外人，没有事的时候，我们天天讲究，我们不但是讲究，几个女孩子聚在一处，玩笑惯了，嘴敞极了，什么话都敢说，什么事也都敢做。有时候，我们睡在一处，我们就装新郎官，新娘妇，我们也是成双成对的，和真入洞房一样，不但这么样同床并枕，还这么样搂搂抱抱的，这一个当新娘妇，羞羞怯怯，那一个当新郎官，就这么着。”张师母且说且表演，荣芬姑娘被闹得脸通红，心乱跳，而且硬被张师母撮到床头，按倒了，把唇吻放在她的腮上。她还小，从来没见过这个，不禁失声叫了起来：“哎哟，张师母，你你你别闹，我我我不成!”极力地撑拒，声闻于户外。张师母忽然警觉。灯还没有熄，门也没有关，她立刻松手，下了床，打算过去掩门。使女荣芬鬓发松散，立刻从床上爬起，一溜烟逃出去，张师母一把没抓着，赶紧追了出去，不想那女仆孙妈正藏在外面偷听，忙咳了一声，问女婢荣芬说：“小芬，你还不睡，你出来做什么?”荣芬说道：“张师母，她尽跟人家闹!”女仆忙笑道：“这么大姑娘，还不识逗?张师母是喜爱你，还不老老实实睡去?给太太知道了，又要骂你不好生服侍人，尽淘气吵闹!”凑到荣芬身旁，连连捏手，默嘱数语，立逼荣芬回房。张师母也已追来，笑道说：“想不到这小芬姑娘还这么腼腆，她不愿跟我做伴。来吧，小芬姑娘，你也不愿跟我一头睡，我们可以打通腿，你在一头，我在一头，偌大丫头，原来不识逗，怕人给她说婆婆。”且说且动手，把小芬捉小鸡似的拉了回去。荣芬眼露出求助、求免的神气，终不敢违拗主妇，于是心上怕怕的，赔笑说：“张师母你松手，我跟你做伴去，你别摸我，怎么着都行。”

第二番入室，张师母不再鲁莽了，荣芬也不敢再强拗了。一个好哄，一个软躲，重新打点上床安歇。荣芬先给铺好了床被，便要另自搭铺。张师母不许，定要同床。荣芬便把一对枕头一东一西放着，预备好了暖壶，端来了灯，掩上了屋门，便请张师母先行上床，自然是女客在床里，侍女在床外，以便服侍了。张师母要叫荣芬睡在床里，荣芬一死儿不肯，也不敢，说是怕太太说。张师母笑了笑，说道："由你吧，我们一块儿脱衣上床吧。"荣芬笑请张师母宽衣。她说她还要出去小解，就便把溺器拿来。张师母等着她，她不肯，婉婉地恳求张师母先解衣履，先登榻。张师母想了想，笑了，说道："也好，不过我有一个毛病，不吹灯，不能脱衣上床，我现在要睡了。"一面解衣纽，一面命荣芬熄灯，张师母自然是熄了灯，才好脱她的鞋袜的。不料这灯光一灭，荣芬如释重负，向床头说道："你老请先躺下吧，我这就来。"

灯光已灭，全屋漆黑，张师母窸窸窣窣地脱衣裳，脱绣鞋，摸黑展被上床，就枕等待。美婢荣芬就摸着黑，开了门，走出去，上厕所，取溺器。当此时，那个突然而来的少年书生，正在别墅别室，伺机而动。男主人伍吟秋一面陪伴着书生，一面顾虑着爱妻，一面怕着乔妆女子"张师母"的意外举动，把一颗心分在三处，悬悬不宁。少年书生一声不言语，远远地坐在一旁，已将捉淫贼的武器带来了。书生也自心神不宁，眼珠乱转，起来坐下，把伍公子嘱了又嘱，教他沉住了气，静等时机。两个人好似度日如年，耗到时候差不多，少年书生站起来，便问宅主伍公子："那贼睡了没有？你快去看看，或者叫别人去看看，我觉得够时候了。"伍公子赶忙地答应了，悄悄溜出去。

不大工夫转来，却吃了一惊，少年书生把屋门掩上了，伍公子推了一推，没有推开，忙说："怎的了？"少年书生在屋中说："等一等！"停了片刻，开了门，把宅主人放进屋，灯光下一看，伍公子越发惊骇，这个长袍儒服的少年书生已变成急装紧裤、穿夜行衣的女子了。伍公子瞠目相视，几乎说不出话来，吃吃地说道："你你你！"那张师母既是男扮女装的妖人，这捉人妖的书生又突成女扮男妆的夜行女子，事情太不测了。他不禁由"张师母”疑到少年书生身上，虽然这书生变成花容月貌之女，他反而畏若蛇蝎，倒退着要出去。这少年慌忙阻住退路，低声说：“你不要害怕，不要多疑，我为了要拿他，不得不这样装扮。”伍公子道：“但是，你不是装扮的，你分明是个女子……也许你是男子，你比他装得还像，你们到底是怎么一回事？”女妆的少年书生咳了一声道：“你不必问了，我跟这贼子有很大的仇恨，你不要管我是男是女，我是要报仇来的，你是要除祸害。现在时候不早了，你不要乱想，快依着我办。到底贼子睡了没有？我必须这样打扮，才好设计生擒他。”这急装紧裤的书生女子，细腰削肩，体态婀娜，配着她那娇柔喉咙，伍公子确已断定她是个女子。这女子一力催促伍公子，盘问贼子到底睡了没有？伍公子吃吃半晌，这才答道：“她已然进了内书房，由丫鬟荣芬陪着她，她大概这就睡。不过荣芬太不济，怕哄不住她，女仆刚才告诉我，我没有亲自过去探看。”

急装紧裤的夜行少女，点了点头，说：“好！”又皱眉一想问道：“使女太小，本也不能办这大事，现在就这样吧，我立刻就去盯着！”站起来，备好武器，催伍吟秋引路，一直往内书房去。

两个人一声不言语，蹑足而行，到了内书房外，藏在暗隅，内书房灯光摇曳，隐隐传出笑声，又挨了一会儿，目睹美婢荣芬逃了出来，夜行女子忙拖伍吟秋藏到角门后，女仆旋将荣芬劝回去，所谓“张师母”也已回房，夜行女子便悄悄凑了过去。

工夫不大，内书房灯光忽灭，美婢荣芬悄悄溜出内书房，直往厕所走。夜行女子忙会同伍公子，掩到荣芬背后，轻轻叫了一声，黑影中，荣芬闻声回头，问道：“是大爷吗？”伍吟秋忙问：“张师母睡了没有？”荣芬低答道：“刚躺下。”夜行少女（伪装书生）紧钉着问：“她可是脱了衣服睡的？”

荣芬答道：“是的。她把衣服全脱了，只穿着小衣裳，钻进被窝了。”

夜行少女问：“是谁吹的灯？你吹的，还是她吹的？”

答还：“她吹的，她说她不吹灯，不能脱衣服睡觉。”

问道：“你没见她脱鞋吗？”

回答道：“没有，她是先吹灯，后脱衣服，没有见她脱鞋。”

又问：“你可看见她带着兵器，刀子和暗器囊，薰香盒吗？”

荣芬很诧异地望黑影看，当然看不出这少年书生改装的夜行女子的相貌，只听声口，知是女人，便答道：“我不晓得，我没见她带刀。”

夜行女子略一迟徊，立刻奋然道：“好了，她现在不是刚卧下，还没有睡着吗？”

答道：“是的。”

夜行女子道：“丫头，我为了保全你，只好冒险了。伍公子，现在我就要假装丫头，偷偷混进去，好在她已然熄了灯，你听动静吧，我只一喊暗号，你赶快叫仆人打着灯笼，进去帮忙。万一不好，万一我拿不住她，或者我杀不过她，你也要留神，你要赶快逃命。”

嘱罢，便命使女荣芬藏起来，少女便摸着黑，咬牙蹑足，径往内书房门溜进，使女荣芬慌忙藏到女下房，宅主慌忙跑到男下房，男下房已有壮仆持械守夜。赶紧知会了，预备下灯笼，静听动静吉凶。

夜行少女暗提一剑一囊，悄悄来到内书房门口，略一定神，又侧身听了听，便即犯难入内。

床上的张师母正等得发急，一听脚步，便问道：“芬姑娘，你怎么解了这半天的溲？”

夜行少女不响，只含糊一诺，便摸摸索索上前。

屋中漆黑无光，虽然漆黑无光，夜行少女已经先时问明了内书房的布置情形，何处有桌椅，何处有书橱书架，何处有床榻，已由伍吟秋公子说明，不但说明，夜行少女还教他绘出房图，顶要紧的便是床帐所在处，和门窗的方向，和房心的回旋退身地步。夜行少女晓得床设在门旁，便把门扇猛一关，做出关闭上闩声响，可是暗中并没有闩上，反而漏出一缝：她仍有怯心，怕斗不过“张师母”。于是样样都布置好，将身子移到床榻前，稍不留神，举步触着床前放着的矮脚榻，几乎绊倒。

她到底不曾事先履勘过，并且没做过夜行功夫，她的手往下一扶，按着了床头倚枕的“张师母”。张师母笑着说：“荣芬姑娘，你慢慢地来呀。”探手一拉夜行少女的手臂，居然拦住手腕，便往床上一拖。

夜行少女似乎有些慌，迫不及待，立刻动手，把包囊一抖一蒙，嗤的一声，床头砰腾，随发锐叫，夜行少女明明觉得包囊中的蒙药拍落了空，只有得手中匕首，软腻腻地刺中了对手，对方突然反扑，两个人摸黑交了手。

夜行少女咬牙切齿，挥短刀连扎，张师母猝出不意，失声嗔叱，如中箭虎，双手牙牙叉叉硬来夺刀，同时将整个身子猛箍下来。夜行少女在黑影中左手抓敌，右手连戳，对手不顾性命一般，不闪躲，反进扑，空手夺刀。两个人滚成一团。咕噔一声，张师母栽下床来。夜行少女急退不迭，两只胳臂被人交关抱住，也被牵扯得仰面跌倒。

黑影中两人满地乱滚，张师母的一双手猛来扼扣少女的咽喉，少女的刀疾来刺张师母的手脸，张师母的手又来抢刀，刀锋被手抓住，少女疾疾一抽，似乎把对手的手掌勒裂，哎呀一叫，顿然松手。

夜行少女一声不哼，跃身跳起，挥刀寻人下剁，张师母厉声叫骂，也猛然跃起，夺门欲逃。当此时，内书房窗前、门外，已埋了伍府上好几个健仆，夜行少女振吭疾叫：“你们快来，把她截住！”

恰巧有一个鲁莽的干仆，听清了颠扑之声，提灯寻门来看，恰巧张师母血淋淋地往外钻，两人劈面相逢。夜行少女疾叫：“快抓！”干仆便冒冒失失用身一挡，张师母慌慌张张，奋力一蹴，竟把干仆蹴倒。少女已然赶到，喝道：“看刀！”一尺八寸长匕首奔后心刺去，张师母侧身一闪，急急招架，竟被这冒失鬼的干仆双手一抱，整个抱住，张师母狠狠一挣，少女狠命一揪，干仆与张师母同时栽倒。

伍府仆从好几个人提灯扑来，百忙中，就灯影里，七手八脚，把张师母按住，却忘了拿绳子，夜行少女握住张师母的咽喉，喘吁吁叫道：“快捆上她！”一个仆人应声奔出去寻绳，那个美婢荣芬战抖抖凑过来。夜行少女一眼望见，忙叫：“荣芬，快到屋里，把这贼腰带寻来。”荣芬嗷应着要走，忽然说道：“我这里有腰带！”把自身外面一件腰巾，赶快地解下来。

张师母手和脚都被人拘住，两三个壮仆骑在她身上，她不住挣扎，但已无及，夜行少女仍怕她挣脱，很快地接过女婢的腰巾，把张师母双手反缚了，男仆们见状也忙各解腰带，于是左一道，右一道，把张师母捆成粽子，抬到内书房，往地上一丢。夜行少女说：“你们把她抬到床上，我还要审问她！”男女仆婢都挤了来，有的高举灯笼，有的点上铜灯，有的忙着点蜡，整个的书房摆了许多灯火，照白如昼。伍吟秋公子惊魂乍定，命女仆到内宅告知主妇：“贼已成擒，不要紧了！”主妇管静宜娘子，很惊慌地搀出来；她又害怕，又要看看真相。内书房里，里外挤满了人，伍吟秋公子遂即发话，只留下两个健仆看贼，其余人全命退出。屋中只留下女仆孙妈和美婢荣芬，扶着主妇坐下。夜行少女喘成一团，也搬了一把凳子，坐在屋隅歇息。

于是众人齐看这个被捕的张师母。张师母被丢在床上：身上只穿着小衣，浑身血迹淋漓。她挣扎着说："好啊，姓伍的，你还有一套，想不到我栽在你手里，可是动手捉我的，到底是你们哪一个？"她抬起头来寻找，她受伤处依然汩汩地流血，她在黑影中遇刺，并不晓得伤她的是哪一个，她只道是自己形色漏了破绽，伍府上谅有护院镖师，看破了她的伪妆，暗算了她。她又问了一声："是你们哪一位把我捉住的？"身子被捆，视听不便，极力欠身扭颈，看见了伍吟秋夫妇，不由面发狞笑道："二位主人，你不要苦害我们被难的人呀！请问你们为什么这样琢磨我？我没有妨害你们，也没有犯法，难道逃难也有罪吗？"伍吟秋夫妇正自凝视她，见她花残月缺似的，姿媚顿灭，她头上的假发还在，她裙下的双翘已然脱落在床头枕底，业被搜出来，摆在桌上。她已然露出了马脚，她还不认账。伍吟秋恨极切齿道："你这恶贼，你你你……"忽然瞥见男仆和女婢都露出诧容，伍公子想起了门户之羞，便要把仆婢屏退，起来问夜行少女："可使得吗？"

夜行少女点了点头，当下健仆齐退，只留下使女荣芬，连女仆也遣开了。伍吟秋骂道："你这恶贼，你图财行骗，我并不恼恨，就是你打抢我，我也不介意。你却男扮女装溷入人家闺阁。恶贼你一定是桑冲之流，你快从实招来！"这张师母微笑不答，半晌方说："姓伍的，你虽然眼力高，活捉住我，你也不能奈何我。你敢把我交官吗？是你先存了贪色之心，才把我收留下。你只敢把我送官，我就如实供诉，你的夫人可是跟我……哈哈哈哈……你不嫌丢人，你就害我。要知道你害了我，我也害你；你要我的命，我就毁害你夫人的名节；这无非打个通奸，我才不怕呢。你还能把我杀了不成?”伍吟秋、管静宜四目对视，都红了脸。伍吟秋过去打他一个嘴巴，恨道：“我一定从严法办你，我就杀了你，替人间除害。恶贼，你到底叫什么名字？是哪里人？有多少党羽？我跟你素无冤怨，是谁叫你来的?”

张师母笑道：“是你的妻子招我来的，是你自己把我拉进门的。我便是匹马单枪一个人，可是我还有党羽，你胆敢把我送官，我的伙伴便跟你没了没完。我的姓名，你不必问，说出来你也不晓得我是谁。”他还在肆口威胁，夜行少女坐在屋隅，缓而又缓，歇过一口气来，偷闪双眸，眼睁睁看着这个“张师母”，咬牙不语，心中纷乱如麻。此时张师母纵横被缚，挣扎不得，上身穿浅碧短衫，下身穿淡青肥腿裤，胸前系大红金链抹胸，颜色侧艳，却从创口殷殷溢血；虽然形容惨淡，鳞伤遍体，竟一点也不怯馁，面上流露疏犯之态。夜行少女看而又看，终于忍不住出了声，厉声锐呼道：“张青禾，不晓得你是谁！张青禾，狗淫贼，你睁大了眼，看看我是谁!”

张师母闻声一惊，扭转身子，往这边寻。夜行少女早不待她寻顾，突然站起身，直昂昂立在张师母面前，并且把张师母脖颈一扭，直扭转来，使得两人面面相对，便顺手端过来一盏灯，高举床前，两个人四目对看，灯光辉煌下，这个张师母凝眸看清了武装夜行少女。

“哎呀，是你，你你你，一定是黎小霞！你怎么来到这里?”

伍氏夫妻这才听明：黎小霞是少女的名字，而张青禾就是男扮女装的张师母的名字；并且立刻明白：少女黎小霞必与这女妆的张青禾，有着很大的纠葛和怨仇。

夫妻俩看了看这人，又看了看那人，张口欲言又复住口，依然眼睁睁盯着两人的嘴。只见夜行少女冷笑个不住，说道：“张青禾，你还认得姑娘！你要知道我怎么来到这里吗？狗贼，姑娘就是专心一意，找寻你来的。狗贼，你无端地毁害了我，我姑娘早要一死，可是我不肯白死，现在我就拿着死的心肠，来亲自找你来报仇。狗贼，你今天栽在姑娘手心了，好贼子，你拿命来吧！”把张青禾按倒，唰的拔出了刀，回顾使女荣芬：“快来给我端灯！”

荣芬战抖抖端不住灯，伍吟秋公子连忙接灯，并加拦阻，少女冷笑不听，张青禾把眼一闭道：“黎姑娘，果然是你。你要取我的性命，我早应该还给你，但是，你先不要杀我！可容我多说两句话吗？”

夜行少女不肯听他的话，尤其怕他胡言乱道，便要上前赶紧动手。宅主人伍吟秋虽然听出来夜行少女名叫黎小霞，却不知黎小霞是如何人。但不论怎样，他不愿意在别墅杀人，闹出命案，恐受讼累。他就横身遮住了张青禾，他的夫人管静宜也忙过来，拉住了黎小霞，吃吃地说：“你这位姑娘，快不要动刀，我们可依法治他的罪。”夜行少女黎小霞冷笑道：“伍夫人，你不要害怕，这个贼子决不能交官，你若把他交官，他一定嚼舌根侮辱你的名节，你们就不愿出人命，我也该挖去他的贼眼，割去他的毒舌，省得教他毁了良家闺秀，再肆口诬害良家闺秀。”说着还要动手，伍氏夫妇再三劝救。

张青禾坐住了，目视众人，摇摇头，向黎小霞道：“黎小姐，我不是生来便是恶人，不幸我少丧生父，跟一位女剑客做义子，学会了武艺。我这义母管我太严，又不得法，以致我受了小人的蛊惑，闯出大祸，走投无路，才沦入下流。自从我遇见小姐你，我实在是敬你、爱你，很想得你为妻，从此折节洗手，改入正途，我决不想污辱你，我实在是……”

黎小霞双颊一红，把刀一举，张青禾连忙以目乞哀，接着说：“我实在觉得姑娘你一派天真、一派英爽之气，把我笼罩住了，我就私心妄想，如能娶到这样的女侠为妻，便是死也甘心。我做的恶事很多，独独对于小姐你，实是衷心敬爱，好像我的心魂都教你吸住了。我敢自誓，姑娘你若成全我，肯于下嫁我，我对天誓愿，改过自新，重做好人。我绝不是因为我的性命在你掌握，我便这样哄骗你，央告你。就是月前，姑娘在我掌握时，我也不是这样对你说吗？姑娘，我对你纯是一片真心，姑娘真个觉不出来吗？难道你一点怜惜我的意思也没有吗？”

黎小霞侧着脸唾道：“你害得我好苦，我为什么怜恤你？我一定要拿你的血，来洗刷我的耻辱。”

张青禾叹道：“姑娘恨我是应该的，我爱姑娘是真心的，我只求你俯鉴我这一片血诚，你便杀死我，我也不悔不怨。”又转脸对伍氏夫妻说：“二位主人，你们不晓得，这位黎小姐实是我心目中的爱妻，因她不肯下嫁，我才自暴自弃，她若肯下嫁，我何至于甘居下流呢！”

张青禾这番话与实情很有出入，伍吟秋、管静宜夫妻听了，看看张青禾，又看一看黎小霞，两个人年纪相仿，全都秀美清爽，正是一对璧人。他夫妻俩听了张青禾的片面陈情，真以为张、黎二人旧有婚约，只为张青禾堕落了，方才解婚，因为解了婚，方才更堕落。管静宜是妇人，忍不住问道：“黎小姐，到底这个人是你的丈夫吗？你为什么不肯嫁他？你可是嫌他不务正吗？他的意思，只要你肯嫁他，他就学好，你说他真是这样的吗？”

黎小霞愤愤道："他满口胡言。"

张青禾忙道："伍夫人，我和黎小姐已然是夫妻了，我们同居多日，无奈她嫌恶我，我才……"

黎小霞大怒，顺手一刀，刺中张青禾，骂道："你还诬蔑我！"

张青禾臂上又中一剑，他一声不哼，反而笑道："小姐恨我，只管扎我，我决不皱眉。"

这时，张青禾遍体负伤，沁沁出血，他的脸惨白如灰，并且呕吐苦渴，看情形就要晕倒。伍吟秋、管静宜全不懂得，女婢更不知厉害，别人没有一个插言。黎小霞忍不住说："这恶贼，你们看，流的血满处都是，这应该拿药堵在他的伤口……"

张青禾做出索水的样子，黎小霞侧转脸说："你们给他一点白糖水喝吧，不然的话，不等起解，就会倒毙在你们这里！"又骂道："恶贼，便宜你，我本想杀了你，又怕连累了本宅，叫你多活一会儿！"

遂告诉伍公子吩咐健仆，给张青禾敷药裹伤，又命女仆冲了一杯白糖水，却是女仆不敢灌张青禾。伍吟秋试探着说："黎小姐，你可以把这糖水端起他喝。"黎小霞一死地摇头，不禁又红了脸，仍由健仆把这杯糖水喂着张青禾了。张青禾吁了一口气，叹道："我的命全握在黎姑娘手心中，杀剐存留，解官私了，全在你了。我现在是静等着……"把身子一仰，咕噔，躺倒床上，闭上眼，再不说话了。

第十章

情留余孽

在雄娘子张青禾失脚的数月后，在黎家冲的邻镇昭陵地方，一座尼姑庵前，忽一日，来了一位贵妇，携带侍女，坐了两乘小轿，进尼庵焚香随喜。在方丈室，和庙中住持老尼谈了一会儿，随到后面禅房。那里，有着一位带发修行的少年女尼，和贵妇见了面，不由彼此掉下泪来。贵妇带了许多素点心、斋食，请少年女尼享用。女尼摇头苦笑，表示不受。跟着屏退侍女道侣，这贵妇自与少年女尼喁喁私谈，贵妇忽大惊道："哎呀，是真的吗？怎会有这等事？"少年女尼清癯的姿容，突起红云，低下头来，悄声说了几句话。贵妇十分慌忙，连说："这可怎么好？人家这里仍是清修之地，断乎不能在这里，姑娘，我看你还是回家……"少年女尼又低低说几句话。贵妇越发慌张，一手握住了女尼的春葱，再三央告道："那可使不得！姑娘，谁不知道你规矩，你遇见的乃是意外的飞灾，怎能说是门户之羞？短见是决计行不得的，你难道连母亲也不顾了吗？她老人家只为你这回出家，便急得患了一场重病，公公更是懊恼得天天喝酒消愁，你倘若有个好歹，二位老人家岂不要急死，痛死？妹妹千万不要心窄，这乃是前世的冤孽，已然摊上了，又有什么法？妹妹千万保重，最好你现在就跟我一同回去，好在有两乘轿，是可以坐得开的。我们家人口虽然多，人嘴并不杂，决不会传到外面去。好妹妹，好姑娘，你现在就跟我回家吧，我这就去见住持，对她说明了……”少年女尼双颊越发羞红，把贵妇拦住道：“嫂嫂，你千万不要说明。”

贵妇道：“哦，是，是，我不是说明这件事，我是向她说明，你现在有病，必须回家调养，我决不会告诉她实话的。”说着迈步往外走，少年女尼依然拦阻不放，眼含泪点，小声说了好些话，贵妇听了，皱眉不语，良久方道：“妹妹你越这样说，我也越不放心。”贵妇又沉吟了片刻，对少年女尼重下说辞，讲而又讲，把带来的侍女留下了，命侍女好好小心服侍“姑娘”。然后贵妇又到方丈室，见了住持老尼，说出了姑娘有病，必须还家就医的话，然后跟少年女尼告别，叮咛而又叮咛，含着眼泪，上轿去了。

次日一早，贵妇本人，贵妇的婆母，一位老夫人，贵妇的丈夫，一位绅士，雇了安车暖轿，一齐由黎家冲，来到昭陵尼庵，接取少年女尼，回家养病。少年女尼见了贵妇婆媳，不禁哭啼起来，婆母抱着少尼，几乎放声悲号，却又不愿教庙中群尼听见，全都吞声忍住。由贵妇人和绅士面见尼庵住持，说明了迎接少尼回家养病，又奉上香火钱，随即告别登车上轿，这个带发修行的少年女尼，便又由昭陵尼庵回到黎家冲本宅了。这少年女尼，带发修行的，便是那遇贼被俘的女侠黎小霞。侠女黎小霞误陷在人妖张青禾的魔手，因此失贞。后来她自己仗剑寻仇，把妖贼雄娘子张青禾亲手捉住，设计送官治罪，黎小霞本人深痛白璧微瑕，感伤怀抱，遁迹尼庵，图了余生。竟不料怨缘留孽种，她已然受孕。转瞬足月，在后院佛楼静室，竟育麟儿。黎家的人大多要将这个无父的孽子溺毙。却是这小孩毕竟也是私生子。一生下来，体貌英挺，玉雪可爱，二目清莹，啼声洪亮，处处有异于常儿。当那黎家的老人，抱起此子，打算猝下毒手时，这小婴孩寻视光亮，好像认人似的，双瞳注视大人，面含娇笑，手舞足蹈，引得人没法子再下毒手。黎小霞姑娘拥被而坐，看见了这情况，意思很有些不忍。黎老夫人也是老眼含泪，悄声说："这孩子错托生了，可怜，可怜！"眼睁睁一个小性命，谁有这等狠心呢？并且黎府上很久很久没有小孩了，黎大娘子娶来多年连殇两女。现在黎宅老小都盼望小孩，碍于颜面，谁也不肯说出保留此子的话；怜此一块肉，谁也不肯把此子扼毙或溺毙。如此犹豫，小孩子啼哭索乳，黎大娘子跟婆母密议，结果是姑且当小猫小狗养活着吧。

这无父的孽子，便这样延续了一命。黎小霞娩身之后，未肯催乳，把乳汁很快地截回去，黎大娘子女殇已久，早已没有乳，姑且用糕干米汁，哺喂小孩。这小孩偏偏长命，只喂米汁，也能得活，并且发育得很好。

这个孽子，他们给他起了一个小名，叫作“熊”，算作黎大娘子的儿子，黎小霞算是姑母。流光箭驶，熊儿已是四岁的小孩了。这时候黎大娘子已生了一男，嫂子为了拉持小的，便把大的交给了姑姑。于是在名分上，小熊便跟着姑姑，其实是生身之母。这小孩非常乖，好像从一生下，便自知犯了过，犯了不该活而贸然活的罪过。他竟非常的顽健，聪明伶俐得动辄惹人怜，但又动辄引人骇怪，他像小女孩似的听话，家中人他谁都怕，家里的人起初只是像怜惜小猫小狗似的怜惜他，又像厌恶小猫小狗似的厌恶他。

大人们这样的态度，其实大不对，却引起了姑母黎小霞的恨恨不平。起初黎小霞本不喜欢熊儿，为了众人过于冷待，便又唤起黎小霞的母爱来了。大家全不疼，黎小霞心中暗暗不忿，又被这年才五岁的小孩体验出来了。熊儿天天亲近姑母小霞，所以不久，便离开了他的名分上的娘，来到后楼，跟着这真实的娘、称呼上的姑姑，同居在一室了。

熊儿到了七岁，应该出就外傅，上学读书。为了种种缘故，他大门不出，二门不迈，直耽误到九岁，他才携弟入塾。起了个学名，叫作黎梦熊，黎大娘子亲生的那个男孩，就名叫梦麟。黎梦熊挎着书包，和弟弟梦麟开始离家门，蹈到外界。他上学是很聪明的，只是天分既高，但淘气得出众，般上般下的同学，比心眼，比膂力，都斗不过他。他入塾最迟，后来居上，竟然成了邻童的领袖，就这样生出是非来了。偶因游戏，他打了人家的小孩，人家的大人出来叱斥他，他口齿很锐利，竟把大人问住。而且小孩话更气人，教人急不得，恼不得，以此惹起了大人的痛恨。这个邻家老妪本来护犊，竟戳指毒骂熊儿："贼种，野种，天生下流种子，从小看大，三岁知老，果然是私生子，小杀坯！"黎梦熊不甘示弱，依然反唇相讥。到底小孩斗不过大人，邻家老妪连掴他好几掌，他挨了打，跑回家了。

他把邻家老妪骂他贼种、杀坯、私生子的话，学说给母亲黎大娘子听，又说起邻童先骂了他，说他是丫头养的，他为此才打架，扯着黎大娘子的手，教她出去给人评理。不料黎大娘子并不像人家妇人样护犊，反而把黎梦熊痛骂了一顿，不许他跟学伴一块玩耍，更不许他与邻童一伙游戏，坚命他从今以后，下学回家，赶紧领弟弟回家，如果再跟邻儿淘气，不问谁是谁非，将永远不准他上学，永远禁止他出街门口。

黎梦熊是个卓慧的小孩，认为母亲太不讲理，又不疼他，也反唇相讥起来，哭着说："我知道娘不疼我，只爱我兄弟，我知道我不是娘亲自生养的！”

这一句话说坏了，黎大娘子大怒，揪过来打了一顿，黎梦熊大哭，忙叫：“姑姑救命，我娘偏心眼，又打我了！”

最疼爱他的姑姑，从后楼慌慌张张出来，也不知姑姑和娘说了些什么话，娘和姑姑起了争执，两个人全哭了。娘把外间丑骂的话只略一说，只说出“贼种，杀坯，下流种子”这几句话，姑姑蓦地黄了脸，一向姑姑是爱护他的，这一次不然，竟也揪过他来，痛打了一顿，且打且说：“下流种子！你好孩子，你好捏子，并会给你娘找骂！早知今日，倒不如捏死你！”这一顿打，把黎梦熊如坠五里雾中，尤其奇怪的是娘，一见姑姑生气，反而央告起来，连连道：“好妹妹别生气，是我错了！”姑姑哭着说：“不是嫂嫂错，是我的错，是我的罪孽。”满面热泪，一个劲地吞声呜咽，不令出声。

从这天起，他的姑姑竟忘寝废食，一连哭了好几夜，而且真个的不教黎梦熊上学了，黎梦熊到底是小孩，最怕大人哭，他竟吓得跪在黎小霞面前，再三悔过说：“姑姑不要发气，我再也不敢了，我再也不跟街坊同学吵架了。姑姑别哭了，赶明天让我上学吧。”

家中情形很像出了大纠葛，爹爹，娘，甚至于太婆，都来佛楼，向姑姑说好话。姑姑一味啼哭，说出了还要带梦熊离开这家，离开这黎家冲。乱了好些天，他也就废学好些天，终于这一天，发生新事故了。

姑母黎小霞搂着梦熊说：“熊儿，你不知你跟寻常小孩不同吗？你本来是个小孽障，你不自安分，弄得在此地没法存身了。孩子，我要携带你逃避家乡，埋没在没人的地方，孩子，你是跟我走呢，还是留在家呢？”黎梦熊说：“我自然是跟着姑姑，我晓得太婆、我娘、我爹，都不很喜欢我，只喜欢小麟弟弟，我知道只有姑姑真爱我，我永远跟着姑姑过，我不愿跟他们，姑姑上哪里去，我跟姑姑就上哪里。”这一番孩子话，说得黎小霞越发心酸，叹道：“孩子，你真是我的活冤孽，你你你太聪明了。”

这时候，老武师黎道朗纵酒致疾，已经谢世，黎老奶奶垂暮之年，也没有多大寿数了，黎小霞自知久居母家，老母一死，兄嫂能容，也恐侄男长成之后，不能久安；她就向老母兄嫂，说出别离的话。家中便像遭了变故似的，七言八语，感伤哭劝，乱了好些天，黎小霞去志已坚，到底诀别了。

黎小霞带着黎梦熊，遂迁到昭陵山麓，距离尼庵不远，是黎姓本家已经半荒废的山庄。长兄长嫂亲来督工修葺，就作为黎小霞守贞习佛之所，发给一个使女、一个老妪，还有老仆。黎小霞不要这些人，只留下使女执炊。

黎小霞无心习佛，只是闭门课侄，教给黎梦熊读书习字，并教给他学拳练剑，借此忘愁。黎小霞又想到山居宜图自卫，既须当心夜狼偷食鸡豚，又须留神椎埋小盗肆扰，她便不但督促黎梦熊练武，她自己也把武功拾起来，勤加演练，一来课子，二来防患，三来也可以借此占住了心思，暂忘身世之悲。昼间无事，她又种菜养鸡，一天忙到晚，伤心人别有怀抱，就这样消磨岁月，把精神寄托小孩身上。

到黎梦熊十三岁那年，黎梦熊一个人入山打鸟，好在近山没有猛兽，最厉害的只是野狼罢了。黎小霞教给黎梦熊防身的本领，能够窜高、能够上树、能够发箭、发镖、发甩箭。只要不遇狼群，他是并不害怕的。于是黎梦熊越来越胆大，竟一个人远猎到邻山。山行最易迷路，有一日他独自逐鹿，误撞到一座山寺前，叩门问路。寺内僧侣见黎梦熊十几岁的小孩，宛然做猎人打扮，孤行独往，颇以为奇。老和尚指示了迷途，便问他姓名、住处，何故一人独出？父母放心吗？小孩说实话，告诉老僧，他姓黎，跟姑母山居，父母健在，只是不喜欢他，他算是过继给守贞独居的年轻姑母了。

问他："姑母是谁？夫家姓什么？"老和尚以为这小孩的姑母，一定是守寡的节妇。黎梦熊答不出来，只说："姑母也姓黎，跟我一个姓，我从来没有姑父的，我姑母没有两姓，只是姓黎。"

问他："为什么这样胆大？不怕狼吗？"黎梦熊笑道："我姑姑一身的好本领，全传给我了，我不怕狼，便是老虎，我也不怕。"又说："我们家全会武，我祖父乃是有名的武师。"倚靠他的聪明，他的稚气，和他的傲然自负，把老和尚招得很诧异，又觉得可笑。他又一点也不腼腆，拿出干粮来，大嚼一顿，跟着向老和尚要水喝，问这个，问那个。问完，便告辞要起。老和尚叹道："这个小孩太聪明了，只是两眼如秋水一般明澈，似乎早慧些，恐怕将来难逃桃花劫！"

黎梦熊道："什么叫桃花劫？我为什么逃不开？"

老和尚道："看你这么诡，原来不懂得桃花运！你不要问，以后你也要懂得了，小檀越，你要自爱呀！"

黎梦熊睁着一对水汪汪的眼，很疑惑的样子，说："你的话我全不懂，等我回去，问我姑姑。"扭头出去了。

这工夫，黎小霞因他逾时未归，已然携猎犬出来寻他。姑姑见面，免不了盘诘去向，黎梦熊把老和尚的话，一字一板学说给姑母听。黎小霞心如止水，骤闻此言，不禁怅触前情，凄然变色，随即说了些别的话，劝梦熊一个人不要远行，见了生人，不要随便披述身世，"尤其是我们家全家习武的话，不该随便告诉生人，武林人士往往有恩有怨。孩子你还小，不晓得人间险诈。"

说完，也就揭过去了。

流光瞬度，又是一年，黎梦熊十四岁了，黎小霞年逾三十。突然间，昭陵山麓，来了一个游方道士，山村民户挨家募缘，并在黎小霞隐居之所徘徊了两天。到第三天头上，黎梦熊跟了姑母攀山越险，练习飞纵术，这个游方道人潜伏在岩树后，暗暗窥伺良久。因为隔得远，藏得严，黎氏姑侄全不留意。

到第四天，黎梦熊奉姑母之命，往山涧上汲水摘菜，这个游方道士四顾无人，蓦地现身，向黎梦熊打了稽首，说道："小居士，你可姓黎吗?"黎梦熊愕然道："不错，我姓黎，你怎么晓得?"

道人逼近了，把黎梦熊上下细看道："你的母亲可叫黎小霞?"黎梦熊道："黎小霞是我姑姑，你问我这个做什么?"

道人仍不回答，依然追问道："你今年一定是十四岁了，对不对？你姑姑的父亲，是叫黎道朗？你姑姑的哥哥是叫黎绍光？你们是黎家冲的人，对吗?"黎梦熊道："对呀!"他小小的人，心中也怦然耸动，说道："老道，我跟你不认识，你怎认识我家里的人?"

游方道士凄然长叹道："孩子，你十四岁了，你却不知道你的生身之父，你回去问问你母亲，不，你问问你姑母，你的姑父是谁？你的生身父亲又是谁？你告诉你姑母，现在你的姑父他并没有死。他受了多年牢狱之灾，他侥幸还活着，已经改邪归正了。你问问你姑姑，可愿意见见他吗？他现在也出家了，他为了悔过，要求见你姑母一面。如果你姑母肯见他，我可以把他领来。"

黎梦熊越发纳罕，抗声道："老道，你不要胡说，我姑姑从来没有出嫁，哪有姑父?"便凝眸打量道人，年约三四十岁，面色惨白，只是双眼炯炯，看人似将入骨，死盯着黎梦熊，连连点头，好像含着眼泪。黎梦熊潜生厌恶之心，骂了一声：“讨厌！”掉头不顾，径回家门。

到了吃晚饭的时候，黎梦熊无心中提起此事，问道：“姑姑，我是有个姑父吗？”黎小霞正举碗运箸，闻言突然一震，赶紧把饭碗放下，说道：“这是谁说的？你怎么无缘故问这个？”黎梦熊忙道：“姑姑别生气，我是，我是……”

黎小霞忙镇定心神，道：“我不生气，你是听谁说的？”黎梦熊惴惴地望着姑姑的脸，说道：“哪里呀，是今天，我在河边，遇见一个游方老道，他问我，你可知道你有个姑父吗？他又问我，你可知道你的生身父吗？”

黎小霞变了色，两眼直勾勾地看着这个小孩子，半晌道：“游方道人？这道人什么样？多大年岁？姓什么，叫什么？哪里口音，他还问你什么？怎么答对的？”黎梦熊嗫嚅起来，黎小霞猛一眼看见使女小红，便吩咐小红：“把街门掩上，快到厨房，给我泡茶来。”屏退女奴，然后悄悄地蔼声诘问梦熊，黎梦熊只得如实说了。黎小霞嗒然若丧，切齿道：“这一定是他！他竟会没有死！他要干什么？他又找来了，他……”

正自恨詈，窗外忽起了弹指声，一个艰涩的语音道：“黎小姐，不错是我，我没有死，我找来了！我不是干什么，我只是向你赔罪，悔罪，我要见见我们的小孩！”黎小霞蓦地立起身，目视窗外，厉声喝道：“张青禾，你还没死！你怎么不死？你莫非害了我一生，还不甘休，还不教我贴贴实实活着！”窗外又传来了央告声。黎小霞愤起胸臆，一挫身，倏地灭了灯，用手拉起黎梦熊，按他伏隅卧地，很忙地说：“这是贼，你不要动。”火速地抄兵刃，夺门冲杀出去了。月光下，张青禾一身道装，赤手空拳，向小霞连连作揖。黎小霞不顾一切，叱斥一声，挥剑猛斫。

黎梦熊蜷伏在屋隅，幼稚的心迷迷惘惘，怦然一动，突然也蹿起来。就黑影中，摸索着一把剑，大叫一声："姑姑别怕！"也飞身扑出来，紧缀出去了。

荒山风吼，月色凄迷，依稀有三条人影，翻墙越室，此逐彼奔，喧斗声中，冲破了夜幕，越去越远。

张青禾越狱在逃，为忏情补过，苦寻黎小霞，来到此间，图拾旧欢。黎小霞白璧留瑕，芳心如碎，十余年来抱恨已深；此日冤家重逢，毕竟能否"将错就错"，屈节下嫁，似属不可测，但想她和他之间，春风数度，情留余孽，既有着这样一个熊儿，也许是造化小儿恶作剧，故意给她留下一缕丝牵连，也就给他，网开一面，故意留下赎罪的机缘。

在当日，在夜间，在厨下烹茶的婢女小红，几乎吓掉了魂。先听见生人叫，继听见女主詈，旋听见一片刀剑交触声，脚步崩腾声，夹杂着辩诘声、央求声，以及猎犬绕院狂吠声，疑心贼来打劫。吓得她爬伏厨下，抱头屏息抖战。跟着是喊止吠停，一种深不可测的寂静，笼罩全院。一直耗到天明，街门依然严扃，屋门依然洞开，残灯欲灭，风去楼空。女主黎小霞，小主黎梦熊双双一去，渺然无踪！

附　录

末路英雄咏叹调

——白羽之文心

叶洪生

> 一个人所已经做或正在做的事，未必就是他愿意做的事，这就是环境。环境与饭碗联合起来，逼迫我写了些无聊文字；而这些无聊文字竟能出版，竟有了销场，这是今日华北文坛的耻辱！我……可不负责。

说这话的人，是上世纪三十年代中国武侠小说界居于泰山北斗地位的白羽；所谓“无聊文字”指的就是武侠小说！以其当时的声名、成就，竟在自传《话柄》中发出如此痛愤之语，这就很可使人惊异且深思的了。那么，他又是怎样“入错行”的呢？

白羽其人其事其书

白羽本名宫竹心，清光绪廿五（1899）年生于天津马厂（隶属今河北青县），祖籍山东省东阿县。父为北洋军官，家道小康，故其自幼生活无虞，嗜读评话、公案、侠义小说。1912 年民国建立，宫竹心随其父调职而迁居北平，遂有幸接受现代新式教育。

中学时期因受到新文学运动影响，兴趣乃由仿林（纾）翻译小说转移到白话文学上来，并立志做一个“新文艺家”。

宫氏中英文根底极佳，十五岁即开始尝试文艺创作；向北京各报刊投稿，笔名“菊庵”。他的才华曾深得周树人（鲁迅）、作人兄弟赏识，并慨然给予指导及帮助，鼓励他从事西洋文学译述工作。奈何其十九岁时不幸丧父，家庭遭变；即令考上北平师范大学亦不能就读，反倒要为养活七口之家而到处奔波——他干过邮务员、税员、书记、教师、校对、编辑、记者以及风尘小吏；甚至在穷途末路时，还咬着牙充当小贩，卖书报——一直挨到他贫病交加，吐血为止；除了一支健笔，可说是身无长物。

1926 年是宫竹心生命中的一大转折。此前由于他终日为生活忙碌而与鲁迅失联，遂陷于精神、物质上的双重人生困境。恰巧言情小说名作家张恨水亟需为自己担纲主编的北平《世界日报》副刊《明珠》版找一名写手，以分任其劳，乃公开登报招聘“特约撰述”。此时宫竹心正为“稻粱谋”所苦，看到招聘广告，当即连夜赶写了七篇文史小品稿件投寄应征；方于众多自荐者中脱颖而出，成为一名每日皆要奋笔书写各类文稿的“特约撰述”。

这工作其实是低酬劳、高剥削的文字苦力活。它唯一的好处是有固定稿费可领，生活相对安定；而其边际效用则是借着《世界日报》这块艺文园地“练功”的机会，把宫竹心的文笔给磨炼出来，且炼成一支亦庄亦谐、亦雅亦俗而又刚柔并济的生花妙笔。这倒是他始料未及的意外收获。

如是经过一段时日的磨笔磨剑，以及亲身经历种种世态炎凉的残酷现实，他的思想观念乃逐渐产生了微妙的变化。在他悲叹“新文艺家”之梦难圆的同时，也清楚地看到张恨水是如何在通俗小说领域里呼风唤雨、财源广进的！理想与现实的冲突迫使他不得不选择后者。于是张恨水写作模式（通俗小说连载）及其名利双收的丰美果实遂成为青年宫竹心梦寐以求的人生目标，因为这可以立马解决养家活口的实际问题。

他明白言情小说是张恨水的“禁区”，最好别碰；却不妨用“借古讽今”的手法来写“卑之无甚高论”的武侠小说——这就是他初试啼声的武侠处女作《青林七侠》，连载发表于《世界日报》副刊。然而这次的试笔却是一篇失败之作。因为作者企图反讽政治现实竟失焦，而读者反应冷淡则更令人气沮；故连载数月后即被“腰斩”，不了了之。而据通俗文学研究者倪斯霆的说法，直到 1931 年，《青林七侠》方交由天津报人吴云心主编的《益世晚报》副刊连载续完。

1928 年夏天宫氏重返天津，转往《商报》任职。此后迄至对日抗战前夕，约莫八九年间，他都流转于天津新闻圈中厮混；除了曾独家报导女侠施剑翘（因替父报仇而枪杀军阀孙传芳）刑满出狱真相的新闻，引起社会轰动外，可谓乏善可陈。

1937 年 7 月 7 日因“卢沟桥事件”而引爆中国全面抗日战争，平、津随之沦陷。宫竹心一家于战乱中迁居天津二贤里，由于困顿风尘，百无聊赖，遂与友人合作开办“正华补习学校”；打算一面办学，一面卖文，以弥补日常生活开销。那么，到底该写哪一类题材的小说才好呢？却煞费思量。就在这个节骨眼上，昔日旧识小说家何海鸣忽找上门来，代表天津《庸报》邀约撰稿。当下宫氏喜出望外，一拍即合，遂决定撰写武侠小说以投读者所好。

当时正值抗战军兴，华北沦陷区人心苦闷，皆渴望天降侠客予以神奇的救济，而由著名评书艺人张杰鑫、蒋轸庭演述的镖客故事《三侠剑》（按：其主要人物多脱胎于《施公案》、《彭公案》等书）在北方已流传了一二十年，人多耳熟能详。宫氏灵机一动，何不结撰一部以保镖、失镖、寻镖为主题的镖客恩怨故事，以顺应读者阅读习惯及审美需求；只要能摆脱俗套，翻空出奇，在布局上下功夫，则以其生花妙笔与文字技巧，小说焉有不受读者欢迎之理！

于是他精心构思故事情节，并找来深谙技击的好友郑证因做“武术顾问”；务求所描写的江湖人物言谈举止惟妙惟肖，各种兵器用法乃至比武过招的手、眼、身、法、步，一招一式都能画出来。在如此认真写作之下，1938 年春天宫氏即以“倒洒金钱”手法打出《十二金钱镖》（原题《豹爪青锋》），连载于《庸报》。他选用“白羽”为笔名——取义于欧俗，对懦夫给予白羽毛以贬之；或谓灵感来自杜甫诗句“万古云霄一羽毛”，亦有自伤自卑、无足轻重之意。（宫氏所撰武侠小说，均署名“白羽”，而无署“宫白羽”者！）

孰料这“风云第一镖”歪打正着！白羽登时声名大噪，竟赢得各方一致好评。于是不等《钱镖》正传写完，即应邀回头补叙前传《武林争雄记》，又续叙后传《血涤寒光剑》、《毒砂掌》，并别撰《联镖记》、《大泽龙蛇传》、《偷拳》等书，共二十余部。他那略带社会反讽性的笔调，描摹世态，曲中筋节，写尽人情冷暖；而文笔功力则刚柔并济，举重若轻，隐然为“入世”武侠小说（社会反讽派）一代正宗——与“出世”武侠小说（奇幻仙侠派）至尊还珠楼主双星并耀；一实一虚，各擅胜场。

但白羽不以为荣，反以为耻。因此他除将卖文（武侠小说）所得移作办学之用外，待生活稍定，即减少乃至终止武侠创作；同时自设“正华学校出版部”，陆续印行回忆录《话柄》，自传体小说《心迹》，社会小说《报坛隅闻》，短篇创作集《片羽》，小品文集《雕虫小草》、《灯下闲书》、《三国话本》及滑稽文集《恋家鬼》等等。余暇则从事甲骨文、金文之研究，自得其乐。

据白羽已故老友叶冷（本名郭云岫）在《白羽及其书》一文中透露：“白羽讨厌卖文，卖钱的文章毁灭了他的创作爱好。白羽不穷到极点，不肯写稿。白羽的短篇创作是很有力的，饶有幽默意味，而且刺激力很大；有时似一枚蘸了麻药的针，刺得你麻痒痒的痛，而他的文中又隐含着鲜血，表面上却蒙着一层冰。可是造化弄人，不教他做他愿做的文艺创作，反而逼迫他自掴其面，以传奇的武侠故事出名；这一点，使他引以为辱，又引以为痛……”

1949年后，白羽以其享誉大江南北的文名，获任天津作家协会理事、文联委员、文史馆员；并一度出任新津画报社长及天津人民出版社特约编辑。他“最痛”的武侠小说固然已全部冰封，但“工农兵文学”他也不敢碰——因为一则缺乏这方面的生活体验，很难下笔；二则政治气候变化无常，思想束缚更大。试想，他半生服膺并力行文艺创作上的写实主义，可当时的社会现实该怎么写呢？

1956年香港《大公报》通过天津市委宣传部的关系，约请白羽重拾旧笔，“破例”给该报撰一部连载武侠小说。他力辞不获，遂草草写了最后一部作品《绿林豪杰传》——自嘲是“非驴非马的一头四不像”！其无奈之情，溢于言表。

白羽晚年罹患肺气肿，行动不便，却仍一心一意想出版他的考古论文集。惜此愿终未得偿，而在1966年3月1日晨含恨以殁，享龄六十七岁。

“现实人生”的启示

诚如白羽所云，他是为了“混饭糊口”迫不得已才写武侠小说。但即令是其所谓“无聊文字”亦出色当行，不比一般。单以文笔而言，他是文乎其文，白乎其白，文白夹杂，交融一片；雄深雅健，兼而有之。特别是在运用小说声口上，生动传神，若闻謦欬；亦庄亦谐，恰如其分。书中人物因而活灵活现，呼之欲出！

另在处理武打场面上，白羽本人虽非行家，却因熟读万籁声《武术汇宗》一书，遂悟武学中虚实相生、奇正相间之理；据以发挥所长，乃融合虚构与写实艺术“两下锅”——举凡出招、亮式、身形、动作皆历历如绘，予人立体之美感。尤以营造战前气氛扑朔迷离，张弛不定；汲引西洋文学桥段则“洋为中用”，收放自如……凡此种种，洵为上世纪五十年代香港以降港、台两地一流作家如金庸、梁羽生、司马翎等之所宗。这恐怕是一生崇尚新文学而鄙薄武侠小说的白羽所意想不到的吧？

认真推究白羽所以“反武侠”之故，与其说是受到“五四”一辈西化派学者的负面影响，不如说是他目睹时局动荡、政治黑暗，坚信“武侠不能救国”的人生观所致。因此，若迫于环境非写不可，则必“借古讽今”，方觉有时代意义。据白羽在《我当年怎样写起武侠小说来》一文的说法，早在其成名作《十二金钱镖》问世前，就写过两篇失败的武侠小说：

一是《粉骷髅》（原名《青林七侠》；1947 年易名《青衫豪侠》出版），内容影射媚日汉奸褚民谊；“因为反对武侠，写成了侦探小说模样”——时在“九一八事变”之前。

二是《黄花劫》，“写的是宋末元初，好像武侠又似抗战”；对“前方杂牌军队如何被逼殉国”传闻深致愤慨——时在“九一八事变”之后。（按：《黄花劫》系 1932 年天津《中华画报》连载时原名，1949 年被不肖书商改名《横江一窝蜂》出版。）

正因有此前车之鉴，故抗战第二年他着手撰《十二金钱镖》时，虽一样是采用“借古讽今”的创作手法，却将“讽今”的焦点由政治现实转移到社会现实上来。他在《话柄》中曾就此说明其创作态度：

> 一般武侠小说把他心爱的人物都写成圣人，把对手却陷入罪恶渊薮。于是设下批判：此为“正派”，彼为“反派”；我以为这不近人情。我愿意把小说（虽然是传奇小说）中的人物还他一个真面目，也跟我们平常人一样；好人也许做坏事，坏人也许做好事。等之，好人也许遭恶运，坏人也许得善终；你虽不平，却也无法。现实人生偏是这样！

如此这般面对“现实人生”，进而加以无情揭露、冷嘲热讽，便是《十二金钱镖》一举成名，广受社会大众欢迎且历久不衰的主因。例如书中写女侠柳研青“比武招亲”却招来了地痞（第九章）；一尘道长仗义“捉采花贼”却因上当受骗而中毒惨死（第十五章），这些都是活生生、血淋淋的冷酷现实。至若白羽屡言此书得力于“旦角挑帘”——让女侠柳研青提前出场，与夫婿杨华、苦命女李映霞之间产生亦喜亦悲的“三角恋爱”——则系“无心插‘柳’柳成荫”之故。

笔者有鉴于此，因以其成名作《十二金钱镖》为例，针对书中故事、笔法、人物、语言及其独创“武打综艺”新风等单元，加以重点评介；聊供关心武侠创作的通俗文学研究者及广大读者参考。

小说人物与语言艺术

众所周知，《十二金钱镖》系白羽开宗立派之作。此书共有十七卷（集），总八十一章，都一百廿余万言。前十六卷约略写于抗战胜利之前，故事未结束；是因白羽业已名利双收，不愿再写“无聊文字”。1946 年国共内战再起，白羽为了维持生活，不得已重做冯妇；遂又补撰末一卷，更名为《丰林豹变记》，连载于天津《建国日报》，乃总结全书。

持平而论，《十二金钱镖》的故事情节并不复杂，主要是描写辽东“飞豹子”袁振武为报昔年私人恩怨，来找师弟俞剑平寻仇；因此拦路劫镖，而引起江湖轩然大波的故事。说白了，不外就是“保镖—失镖—寻镖”这码事；却因为作者善于运用悬疑笔法，文字简洁生动，将保镖逢寇的全过程——由探风、传警、遇劫、拼斗、失镖、盗遁以迄贼党连同镖银离奇失踪等情——曲曲写出，一步紧似一步！书中的“扣子”搭得好，语言亲切有味，情节又扑朔迷离；因而引人入胜，欲罢不能。

诚然，一部小说若想写得成功殊非幸致；在相当程度上须取决于人物塑造，以及相应的小说语言是否生动传神而定。这就要看作者驾驭文字的能力究竟可达何等境地，方能产生“烘云托月”的艺术效果。

书中主人翁“十二金钱”俞剑平是作者所要正面肯定的角色。此人机智、老辣、重义气、广交游，兼以武功超群，生平未逢敌手；但每念“登高跌重，盛名难久”，则深自警惕；因而垂暮之年封剑歇马，退隐荒村。今即以铁牌手胡孟刚奉“盐道札谕”护送官帑，向老友俞剑平借去“十二金钱”镖旗压阵，路遇无名盗魁劫镖一折为例，看作者是如何刻画俞剑平这个侠义人物的表现。

当时被派去护镖的俞门二弟子“黑鹰”程岳，哭丧着脸奔回俞家报讯，说是：“师傅，咱爷们儿栽啦！”俞剑平骤闻失镖，把脚一跺，道：“胡二弟糟了！”（因失镖者必然要负连带责任。）再闻镖旗被拔，登时须眉皆张道：“好孩子！难为你押镖护旗，你倒越长越抽搐回去了！”——这是先以朋友之义为重，其后方顾到个人荣辱。一线之微，即见英雄本色，毫不含糊！

随后当他看到那“无名盗魁”留下的《刘海洒金钱》图，上面画着十二枚金钱散落满地，旁立一只插翅豹子，做回首睨视之状；并有一行歪诗，写着：“金钱虽是人间宝，一落泥涂如废铜！”当即了然，不禁连声冷笑道：“十二金钱落地？哼哼，十二金钱落不落地，这还在我！”

在这些节骨眼上，作者用急、怒、快、省之笔将俞剑平那种虎老雄心在、荣辱重于生死的“好胜”性格刻画入微；令读者如见其人，如闻其声！错非斫轮大匠，焉能臻此！

插翅豹子天外飞来

“飞豹子”袁振武这个隐现无常的大反派，在小说正传里称得上是扑朔迷离的人物。他除了拦路劫镖时一度亮相以外，便豹隐无踪，改以长衫客的姿态出现；声东击西，神出鬼没！充分显露出豹子的特性。

作者写袁振武种种，全用欲擒故纵法，口风甚紧。前半部书只说豹头老人如何如何；直到第四十三章，始初吐“飞豹子”之号，仍不揭其名；再至第五十九章，方由一封密函透露“飞豹子”的来历，却是“关外马场场主袁承烈”！难怪江南武林无人知晓。如此这般捕风捉影，教读者苦等到第六十一章，才辗转从俞夫人托带的口信中和盘托出“飞豹子袁承烈”的真实身份——竟然是三十年前俞剑平未出师门时的大师兄袁振武！此人心高气傲，曾因不愤乃师太极丁将爱女许配师弟俞剑平，并破例越次传以太极掌门之位，而一怒出走，不知所终……本书“捉迷藏”至此，始真相大白。

一言以蔽之，此非寻常庸手所用“拖”字诀，而是白羽故弄狡猾的“蓄势”笔法；曲曲写来，行文不测，乃极波谲云诡之能事。正因这头“插翅豹子”天外飞来，飘忽如风，扬言要雪当年之耻，非三言两语可以交代；故白羽特为之另辟前传《武林争雄记》（1939 年连载于北平《晨报》），详述袁、俞师兄弟结怨始末。由是读者乃知其情可悯，其志可佩！袁振武实为本身性格与客观环境交相激荡下所造成的悲剧人物。至于《武林争雄记》续集《牧野雄风》，则系白羽病中央请好友郑证因代笔所撰，固不必论矣。

最具喜感的“小人物狂想曲”

前已约略提过，白羽创作武侠小说，极讲究运用语言艺术。其客观叙述故事的文体固力求风格统一，而杜撰书中人物的对白则千变万化，端视其身份、阅历、教养、个性而定；或豪迈，或粗鄙，或刁滑，或冷隽，或笑料百出，不一而足。

在本书林林总总的小说人物中，描写得最生动有趣的是“九股烟”乔茂。这虽是个猥琐不堪、人见人厌的镖行小丑，却是小兵立大功，起到“穿针引线”和“药中甘草”的作用；特具喜感，很值得一述。

按：书中写“九股烟”乔茂这个小人物的言行举止，活脱是西班牙骑士文学名著《魔侠传》（Don Quijote，或译《唐吉诃德》即“梦幻骑士狂想曲”）的主人翁吉诃德先生（按：Don 音译为“唐”，是西班牙人对先生的尊称）之化身。若无此甘草人物穿针引线，误打误撞地追踪到贼窟，也许咱们的俞老英雄就真格让飞豹子给“憋死”了。而在作者正、反笔交错嘲讽下，乔茂的刻薄嘴脸、小人心性以及色厉而内荏的思想意识活动，几乎跃然纸上；堪称是“天下第一妙人儿”！

据称，此人原是个积案如山的毛贼，专做江湖没本钱的买卖；长得獐头鼠目，其貌不扬。他生平没别的本领，却最擅长轻功提纵术，有夜走千家之能。曾有一宵神不知鬼不觉地连偷九家高门大户，遂得诨号“九股烟”；兼又姓乔，故又名“瞧不见”。

这乔茂混到铁牌手胡孟刚的振通镖局做镖师，因嘴上刻薄，常得罪人，谁也看他不起。譬如在起镖前夕，他一开口就说：“这趟买卖据我看是‘蜜里红矾’，甜倒是甜——”别人拦着他，不教他说“破话”（不吉利）；他却一翻白眼道：“难道我的话有假吗？人要是不得时，喝口凉水还塞牙！”等到押镖行至中途，贼人前来踩探，他又龇牙咧嘴说着风凉话：“糟糕！新娘子给人相了去，明天管保出门见喜！”

果然，“飞豹子”四面埋伏，伤人劫镖，闹了个“满堂红”，人人挂彩！乔茂死里逃生，心有不甘；为求人前露脸，遂冒险追蹑敌踪，却又教人给逮住，身入囹圄。好不容易自贼窝逃生，奔回报讯；众家镖客正为那伙无影无踪的豹党发愁，急着要问镖银下落，他老小子可又“端”起来啦——“找我要明路？就凭我姓乔的，在镖局左右不过是个废物！咱们振通镖局人材济济，都没有寻着镖，我姓乔的更扑不着影了！”活脱一副小人得志之状，溢于言表。

于焉经过众镖客一番灌迷汤、戴高帽，总算在“乔大爷”口中探得了镖银下落；再派出三侠陪他前去进一步探底——这下姓乔的可不能说是“瞧不见”啦！孰料三侠皆看不起乔茂为江湖毛贼出身，乃背着他自行踩探敌人虚实。作者在此描写乔茂自言自语的心理反应，有怨愤，有讥诮，有得意，精彩迭出，令人不禁拍案叫绝。且看乔茂躺在床上假寐，是怎么个骂法：

> “你们甩我么，我偏不在乎，你们露脸，我才犯不上挂火。你们不用臭美，今晚管保教你们撞上那豹头环眼的老贼，请你们尝尝他那铁烟袋锅。小子！到那时候才后悔呀，嘻嘻，晚啦！我老乔就给你们看窝，舒舒服服地睡大觉，看看谁上算！”……忽然一转念：“这不对！万一他们摸着边，真露了脸，我老乔可就折一回整个的！……教他们回去，把我形容起来，一定说我姓乔的吓破了胆，见了贼，吓得搭拉尿！让他们随便挖苦。这不行，我不能吃这个，我得赶他们去……”

可“九股烟”乔茂说的比唱的还好听！一旦遇了敌，只有逃命逃得“一溜烟”的份儿。请再看他躲在高粱地里恨天怨地的一折：

> 九股烟乔茂从田洼里爬起来，坐在那里，搔头，咧嘴，发慌，着急，要死，一点活路也没有。又害怕，又怨恨紫旋风、没影儿、铁矛周三个人："这该死的三个倒霉鬼，你们作死！若依我的意思，一块儿奔回宝应县送信去，多么好！偏要贪功，偏要探堡。狗蛋们，你妈妈养活你太容易了。你们的狗命不值钱，却把我也饶上，填了馅，图什么！

值得特别注意的是，作者系以乔茂的"单一观点"贯穿本书第三十六、三十七章来叙事；所有的故事情节皆通过其心中想、眼中看、耳中听分别交代。这种主观笔法洵为现代最上乘的小说技巧；而白羽运用自如，下笔若有神助，的确妙不可言。

向《武术汇宗》取经与活用

据冯育楠《泪洒金钱镖——一个小说家的悲剧》一文的说法，当初白羽同道至交郑证因曾推荐一本万籁声所著《武术汇宗》给白羽参考。万氏曾任教于北平农业大学，为自然门大侠杜心五嫡传弟子；其书包罗万象，皆真实有据，为国术界公认权威之作。白羽仗此"武林秘笈"走江湖，并以文学巧思演化其说，遂无往而不利矣。

《十二金钱镖》书中除一般常见的内外家拳掌功夫、点穴法、轻功、暗器以及各种奇门兵器的形制、练法外，还有著名的"弹指神通""五毒神砂"和"毒蒺藜"三种，值得一述。其中白羽杜撰的"弹指神通"功夫曾在二十年后金庸《射雕英雄传》（1957）与卧龙生《玉钗盟》（1960）中大显神威；但系向壁虚构，不足为奇。而另两种毒药暗器则实有其事，殆非穿凿附会之说。

经查万籁声《武术汇宗》之《神功概论》一节所云："有操'五毒神砂'者，乃铁砂以五毒炼过，三年可成。打于人身，即中其毒；遍体麻木，不能动弹；挂破体肤，终生脓血不止，无药可医。如四川唐大嫂即是!"此书写于民国十五（1926）年，如非捏造，则"四川唐大嫂"至少是存在于清末民初而实有其人。于是"四川唐门"用毒之名，天下皆知；而首张其目用于武侠小说者，正是白羽。

如本书第十四章侧写山阳医隐弹指翁华雨苍生平以"弹指神通""五毒神砂"威震江湖！第十五章写狮林观主一尘道长武功绝世，却为毒蒺藜所伤，不治身死；后来方追查出此乃四川唐大嫂一派独门秘传的毒药暗器。而另据《血涤寒光剑》第八章书中暗表，略谓"毒蒺藜"与"五毒神砂"系出同源，皆为苗人秘方；"真个见血封喉，其毒无比"！而四川唐大嫂更据以研制成多种毒药暗器，结怨武林云。

此外，谈到轻身术方面，过去一般只用飞檐走壁、提纵术或陆地飞腾功夫，罕见有关轻功身法之描写（还珠楼主偶有例外）。而自白羽起，则大量推出各种轻功身法名目；例如"蹬萍渡水""踏雪无痕""一鹤冲天""燕子钻云""蜻蜓三点水"及"移形换位"等。究其提纵之力，则至多一掠三数丈；此亦符合《武术汇宗》所述极限，大抵写实。

再就描写上乘轻功所产生的特殊效果及用语而言，像"疾如电光石火，轻如飞絮微尘""隐现无常，宛若鬼魅"等，皆富于文学想象力与艺术感染力。凡此多为后学取法，奉为圭臬；甚至更驰骋想象，渲染夸张无极限。恕不一一举例了。

开创“武打综艺”新风

白羽在《十二金钱镖》第七十二章作者夹注中说：“羽本病夫，既学文不成，更不知武。其撰说部，多由意构，拳经口诀徒资点缀耳。”然“文武之道，一张一弛”，实无可偏废。因此白羽既不能完全避开武打描写，乃自出机杼，全力酝酿战前气氛；对于交手过招则兼采写实、写意笔法，交织成章，着重文学艺术化铺陈。孰知此一扬长避短之举，竟开创“武打综艺”新风，殆非其始料所及。

在此姑以第四十章写镖客“紫旋风”闵成梁夜探贼巢，以八卦刀拼斗长衫客（即飞豹子所扮）的一场激战为例；便知作者虚实并用之妙，值得引述如次：

> 紫旋风收招，往左一领刀锋，身移步换；脚尖依着八卦掌的步骤，走坎宫，奔离位。刀光闪处，变式为“神龙抖甲”，八卦刀锋反砍敌人左肩背。长衫客双臂往右一拂，身随掌走，迅若狂飙。……一声长笑，“一鹤冲天”，飕的直蹿起一丈多高；如燕翅斜展，侧身往下一落。紫旋风微哼一声，“龙门三激浪”，往前赶步，猱身进刀；“登空探爪”，横削上盘。这一招迅猛无匹，可是长衫老人毫不为意，身形一晃，反用进手的招数，硬来空手夺刀。倏然间，施展开“截手法”，挑、砍、拦、切、封、闭、擒、拿、抓、拉、撕、扯、括、抹、打、盘、拨、压十八字诀。矫若神龙掠空，势若猛虎出柙；身形飘忽，一招一式，攻多守少。

像这种轻灵、雄浑兼具的笔法，奇正互变，实不愧为一代武侠泰斗！因为此前没有人这样写过，有则自白羽始。特其因势利导，将八卦方位引入武打场面，且活用成语化为新招，则又为说部一大创举。后起作家凡以“正宗武侠”相标榜者，无不由此学步，始登堂入室。惟白羽地下有知，恐亦啼笑皆非——原来“现实人生”之吊诡竟一至于此！念念“怕出错”的比武却成为康庄大道！这个历史的反讽太绝太妙，实在不可思议！

结论：为人生写真的武侠大师

综上所述，白羽所谓“无聊文字”——武侠小说竟获致如此高超的艺术成就，诚为异事。然“无聊”不“无聊”仅只是某种道德观或价值判断，并非意味下笔时无所用心，便率尔操觚！相反地，像白羽这样爱惜羽毛、恨铁不成钢的文人，即令是游戏之作，也要别出心裁，不落俗套；况其武侠说部以“现实人生”为鉴，有血有肉乎！

著名美学家张赣生在《民国通俗小说论稿》（1991）一书中曾说：“白羽深感世道不公，又无可奈何，所以常用一种含泪的幽默，正话反说，悲剧喜写。在严肃的字面背后，是社会上普遍存在的荒诞现象。”此论一针见血，譬解极当。用以来看《偷拳》写杨露蝉三次“慕名投师”而上当受骗，洵可谓笑中带泪。

白羽早年受鲁迅影响甚深，所以在《十二金钱镖》一举成名后，犹常慨叹：“武侠之作终落下乘，章回旧体实羞创作”。其实“下乘”与否无关新旧。试看鲁迅《中国小说史略》亦曾明确指出：“是侠义小说之在清，正接宋人话本之正脉，固平民文学之历七百余年而再兴者也。”平民文学即今人所称民俗文学或通俗文学；只要出于艺术手腕，写得成功，便是上乘之作。岂有新文学、纯文学或所谓“严肃文学”必定优于通俗文学之理！

毕竟白羽在思想上有其历史局限性，没有真正认清武侠小说的文学价值——实不在于“托体稍卑”（借王国维语），而在于是否能自我完善，突破创新，予人以艺术美感及生命启示。因为只有“稍卑”才能“通俗”，何有碍于章回形式呢？即如民初以来甚嚣尘上的新文学，其所以于近百年间变之又变，亦是为了“通俗”缘故。惜白羽不见于此，致有“引以为辱”之痛！

但无论如何，他的武侠小说绝不“无聊”；其早年困顿风尘、血泪交织的人生经验，都曾以各种曲笔、讽笔、怒笔、恨笔写入诸作，实无殊于“夫子自道”。据白羽哲嗣宫以仁君在《论白羽》一文中透露：“《武林争雄记》拟以其本人曲折经历为模特儿，故在写作过程中反复改动，多次毁稿重写。郑证因曾对白羽家人叹息说：‘竹心（白羽本名）太认真了！混饭吃的东西，何必如此？’……”见微知著，料想其他诸作亦曾大事修删，方行定稿。是以报上连载小说与结集出版后的成书内容、文字颇有不同。

由是乃知白羽珍惜笔墨逾恒；其文心所在，莫非为人生写真！无如社会现实太残酷，“末路英雄”悲穷途！只好用“含泪的幽默”来写无毒、无害、有血、有肉的武侠传奇；聊以自嘲，聊以解忧。

清代大诗家龚自珍的《咏史》诗有云：“避席畏闻文字狱，著书只为稻粱谋。”白羽写武侠书可有定庵先生“正言若反”之意？也许除了“为稻粱谋”外，他的潜意识中还有为武侠小说别开生面的灵光在闪耀；因能推陈出新，引起广大共鸣。

其故友叶冷是最早看出白羽武侠传奇“与众不同”的行家。

1939 年他写《白羽及其书》一文，即曾把白羽和英国传奇作家史蒂文森（R. L. B. Stevenson，以《金银岛》小说闻名）相比，认为白羽的书真挚感人，能“沸起读者的少年血”。实非过誉之辞！

整理后记

《雄娘子》，可视为《剑底惊螟》别传。上海百新书店 1949 年 1 月出版，上下册各五章，全书共十章。1992 年 8 月北岳文艺出版社版《雄娘子》第四章缺约四千五百字，第八至九章缺八千余字；本次出版，将所缺全部补齐。